나다움의 **서사**

젊은사람   나이든 사람

머리, 모자, 옷무늬, 색깔,

다리모양

다리 모양

←관찰자

나다움의 서사

김숙경 그림일기

시간을 그리는 화가,
나를 찾아 떠난 1000일의 畵花일기

navy blue, sky blue, cobalt blue, rich blue,
Royal blue, Cerulean blue, midnight blue, indio blue.

007, 063, 064, 017, 071, 035, 082, 46, 74, 23, 41, 056 ...

솔과학

나의 그림일기가 이랬으면 좋겠다

2020. 7. 3.

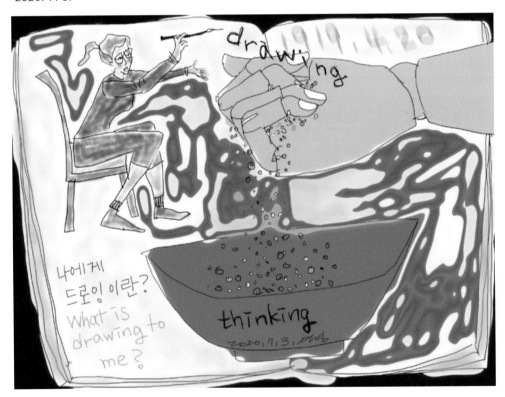

2015년 7월 23일의 드로잉에서 "나에게 드로잉이란? 나의 가끔씩 반짝이는 생각들을 잊기 전에 나의 그릇에 담아 놓는 것"이라고 적어 놓았다.

버지니아 울프의 1919년 4월 20일 부활절. 일요일 일기는 "내 일기가 어떤 모양이기를 바라는가? 짜임새는 좀 느슨하지만 지저분하지는 않고, 머릿속에 떠올라오는 어떤 장엄한 것이나, 사소한 것이나, 아름다운 것이라도 다 감쌀 만큼 탄력성 있는 어떤 것, 고색창연한 깊숙한 책상이나 넉넉한 가방이어서, 그 안에 허섭스레기 같은 것들을 자세히 살피지도 않고도 던져 넣을 수 있는 그런 것이길 바란다. 한두 해 지난 뒤 돌아와 보았을 때, 그 안에 있던 것들이 저절로 정돈이 되고, 세련되고, 융합이 되어 주형으로 녹아있는 것을 보고 싶다. 정말 신비스럽게도 이런 저장물들에는 그런 일이 일어나곤 한다. 그 같은 주형이 우리 인생에 빛을 반사할 만큼 투명하면서도 예술작품의 초월성이 갖는 침착하고 조용한 화합물이길 바란다."라고 적었다.

나의 어설픈 그림일기가 모아져 몇 년 후 다시 보았을 때 버지니아 울프가 말한 일기처럼 되어 있으면 좋겠다.

목차

PART 2. – 077
소소한 일상, 나의 삶에 이유 있음을 그리다

PART 3. – 127
畵花일기, 문턱에 내린 별빛들과
시간을 색칠하다

PART 6. – 277
나다움의 서사, 하루를 그림에 담아내다

PART 7. – 325
그림, 이미 그리움, 마음의 빛을 색채에 담다

PART 8. – 375
나를 찾아 떠난 화가 김숙경 사소한 일상에서 그 해답을 찾다

PART 9. – 427
그림이 나이고 내가 그림이다
그리고 그것이 자연이고 일상이다

PART 10. – 477
나의 그림은 이제 모두의 이야기이자 그림이 되었다

PART 1

나를 보는 '나'와의
만남을 그리다

단정하게 나이 들었으면 좋겠다

단정하게 나이 들었으면 좋겠다.

늙지 않는 게 좋을까 ?

2020. 3. 9.

이 인형은 나와 나이가 비슷하다.

늙지 않는 것은 좋은 것일까?

아침부터 봄비가 내린다.
봄비가 그치면 봄바람이 불겠지?

2020. 3. 12 Eva

어려서도 그리지 않던 공주 같은 모습에 관심이 생겼다.
집안일 하다가... 돌아서서 그림 그리다가... 하루가 참 바쁘게 돌아간다.
이 나이에 공주 같은 드레스를 입은 여인들이 부러운 건 주책인가?
나는 아직 여자인가?

3월의 마음, 115×70cm, 장지에 분채, 2023

나
만
그
런
가
?

꽃은 매일매일이 예쁜데...
집을 비운 다음 날은 집안일이 너무 많다.
나만 그런가?

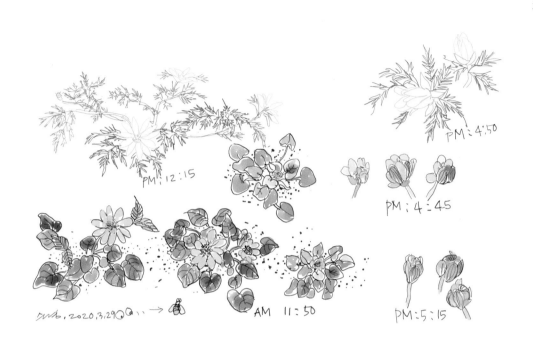

PM : 4 : 50

PM ; 12 : 15

PM ; 4 : 45

AM 11 : 50

PM : 5 : 15

2020. 3.29

흑동이나물의 꽃은 활짝 피었을 때 보면 반들반들한 노란 플라스틱 같다.

아침, 점심, 저녁에 따라 꽃잎이 변하는 모습이 신기해서 그려보았다.

제주 세복수초 (선만 그린 꽃)도… 몰랐었다. 오늘의 득템은 '벌'

엔틱 그릇에 보면 벌, 풍뎅이, 파리… 이런 것들,

나처럼 꽃 그리다 발견하고 그려 넣었구나!

숨은 그림 찾기.

2020
3. 31

쓰
담
쓰
담

3월! 매일 일기 쓰기 성공!

작년에 심은 독일은방울꽃은 자리를 여러 번 옮겨 심어서 나오지 않을 거라 생각했다.
실험 삼아 은방울꽃 하나를 다시 사서 심다가 4개의 싹이 올라오는 것을 발견했다.
마음의 여유를 가지고 기다렸어야 하는데...
"안녕? 너를 믿지 못했구나!"

빈둥지 증후군이 올까?

동화는 출퇴근 시간이 너무 오래 걸린다고 힘들어했었다.

회사 통근버스 30분 이내의 시간이 걸리는 곳으로 집을 보러 같이 갔다. 집을 정했다.

"엄마! 섭섭해?"

"엄마! 섭섭해?"

이젠 두 아이 다 집을 떠나서 살게 되었다.

빈둥지 증후군이 올까?

밥

2020.4.20.해담

2020
4. 20

눈물의 밥이라고 해야 할까? 감동의 밥이라고 해야 할까?

세상에 이런 일이...
혼자 점심을 먹는데
남편이 담근 김치,
남편이 만든 쑥국,
남편이 만든 나물무침들,
남편이 만든 강된장...
그리고 이웃 할아버지가 갖다주신 산나물
밥은 전기밥솥이...
이런 걸 '눈물의 밥'이라고 해야 하나?

어
사
화
같
아
!
+
어
사
화
꽃
같
아
!

御
賜
花 →

御
賜
花 →

2020. 4. 9. 수영

남편이 오전에 "우리집 장미조팝나무꽃은 '어사화' 같아!" 했는데, 잠시 후 은사님께서
마당의 꽃 사진을 보내시고는 '겹복숭아! 어사화 꽃 같아!' 문자를 보내셨다.

'어사화'라는 단어를 두 사람에게 두 번을 듣다니 세상에 이런 일이!!!

인디언 앵초

인디언 앵초

2020. 4. 14. ᓂᓇ

인디언 추장이 쓰는 모자를 닮아서 '인디언 앵초'라고 이름 지었다고 한다.
작년에 심었는데 하나는 꽃이 피었고, 하나는 꽃봉오리들이 나오기 시작한다.

꽃샘추위에 생각나는 따뜻한 커피

꽃샘추위!
언제는 낮 기온이 21도라더니, 오늘은 체감온도 6도라고 한다.
따뜻한 커피가 자꾸 생각나는 날이다.

아무리 어려운 종이접기도 다 접을 수 있는 동화가 이사를 갔다.
남편이 대학에서 공부하던 곳,
동화가 초등학교를 입학했던 곳,
동주는 그곳이 고향인 줄 아는 곳,
동화는 그곳에서 회사 생활을 시작하게 되었다.

오늘 아침 튤립 안에 개구리가 앉아 있는 것을 발견했다.

하루 종일 들락날락 개구리가 있는지 궁금했다.

꼼짝 않고 앉아 있는 것 같더니,

해질 무렵 개구리는 꽃술을 어깨에 메고 꽃을 떠났다.

1835년 안데르센은 나와 같은 경험을 한 뒤 '엄지공주' 이야기를 쓰지 않았을까?

프렌치 라벤더 월동할 수 있을까?

나는 라벤더 향을 좋아한다. 내 사랑 꽃집 아줌마가 월동 된다고 해서 작은 나무처럼 된 프렌치 라벤더를 심었다. 검색해 보니 겨울엔 힘들 것 같다. 호주 매화와 라벤더는 겨울에 화분에 옮겨서 키워야겠다. 노란 꽃을 좋아하는 남편은 노란 꽃도 못 사고 마당에서 바쁘다.

마당에서 꽃을 옮겨 심다가 떨어진 꽃을 발견했다.
떨어진 꽃을 작은 물컵에 담가 테라스 난간 위에 올려놓았다.
비가 내리고 난 뒤 맑은 하늘과 햇볕이 만들어 낸 색들이 보석처럼 빛난다.

오디오북으로 펄벅의 '어머니'를 들었다. 읽었다?

오디오북으로 펄벅의 '어머니'란 소설을 들었다. 내 삶은 소설 속 어머니 인생의 2/3 지점 정도에 있지 않을까? 후반부에 어머니가 느끼는 감정들은 좀 더 세월이 지나서이겠지만 공감이 간다. 펄벅은 1963년 한국의 수난사를 그린 소설 '살아있는 갈대'를 썼고, 1965년에는 다문화 아동복지 기관인 펄벅재단 한국지부를 설립했다. 내가 3살 때... 참 멋진 여성이다.

팔이 네 개였으면 좋겠다는 (꽃을 발로 밟을까봐...) 남편과 삽질을 잘한다는 옆집 아저씨는 내가 내준 꽃 옮겨심기 숙제를 엉망으로 하고 있다가 나의 지휘가 시작되자 얼마나 잘 따라 하는지... 난 꽃들 앞에서 오케스트라 지휘자가 된 기분이었다.

오늘따라 나의 부엌 창가에 있는 유리병들이 시원해 보인다. 설거지할 때와 요리할 때 빼
고 그릇들이 싱크대 위에 올려져 있는 걸 싫어한다. 이유는 내가 밥만 하는 여자이고 싶
지 않아서이다.

내
그
림
이
여
리
여
리
~
하
게
그
려
진
이
유

2020 5. 30. 스케치 7:20PM

은방울 나무의 꽃들이 한껏 부풀었다. 다른 날보다 늦게 나가서 저녁 7시까지 그림을 그렸는데 여름 날씨 같고 기분이 상쾌했다. 오늘은 24절기 중에 8번째 절기를 지나고 있다.

'소만' 본격적인 농사의 시작이 되는 시기.

'햇볕이 풍부하고 만물이 점차 생장하여 가득 찬다'는 의미가 있고, '여름 문턱이 시작되는 계절'이라고 한다. 그래서 내 그림이 여리여리~ 하게 그려졌구나! ~~~

2020. 6. 2 Unh

Y선생님이 귀농하신 큰아버지 댁에서 곰취를 땄다고 가져오셨다.
비닐 봉투에 들어 있는 곰취를 스케치하려고 열어보다가...
아! '꽃다발'이라 부르고 싶다!
노란 고무줄로 묶은 9송이 곰취꽃.
곰취장아찌로 변신했다. 남편의 아이디어로~
두고두고 꽃다발 생각하며 잘 먹겠습니다.

아침에 누구의 글인지 모르겠지만, 수학적으로 풀어낸 멋진 말을 발견했다.

$- \times - = +$

나쁜 사람 나쁘다 하면 좋은 사람 되고

$- \times + = -$

나쁜 사람 좋다고 하면 나쁜 사람 된다.

천재다!

"도시 농부가 늦잠을 자면 안 되지." 소리에 잠을 깼다.
오늘은 내가 꿈꾸던 도시농부 1일차. 114×48cm 밭이 3개 생겼다.
중요한 포인트 1곳. 밭 가운데 아이비 제라늄꽃을 제일 먼저 심어 놓고
가지고추, 파프리카, 가지를 심었다. 야채 꽃도 있으니 꽃밭이지 뭐~

옆집의 첫 수확한 앵두 선물

아침에 일어나 마당에 나갔는데 올해 첫 수확한 앵두를 예쁘게 담아 우리 집 테이블에 올려놓은 한 그릇의 선물을 발견했다. 잎이 달린 앵두로 예쁘게 장식한...

나중에 물어보니 정원 일은 잘하나 씨를 막 던진다고~ ㅎㅎ '거칠다'는 평가를 받는 옆집 아저씨의 감성이었다. "남편! 함부로 평가하면 안 돼요! 엄청 섬세한 분입니다." 그림 그리고 먹으려고 냉장고에 넣었다가 밤에 그리니 낮의 느낌으로 그려지지는 않았다. 그래도...

분홍색 달맞이꽃 & 노란색 달맞이꽃

2020. 6. 7. Yub

분홍색 달맞이꽃은 3년째 꽃이 피고 있다. 하늘하늘 꽃이 피어나면 너무나 매력적이어서 혹시라도 내가 잡초인 줄 알고 새싹을 뽑을까 염려되는 꽃이다. 노란색 달맞이꽃의 싹은 붉은 화관 같아서 그림으로 그렸었는데, 붉은 잎은 초록이 되었고 노란 꽃을 피웠다.

맘에 드는 레몬색 꽃들. 꽃말은 기다림, 밤의 요정, 소원, 마법. 꽃말이 잘 어울린다.

2020. 6.8

100th anniversary

3월 1일부터 공개로 그림일기를 쓰기로 했다.

오늘은 100일이 되는 날이라 나에게 별을 주려고 별 수국을 그렸다. 매일 하다 보니 다 좋은 드로잉이 될 수는 없었지만... 그래도 하루도 거르지 않고 지켰으니 나를 칭찬한다.

우단동자 & 그림 그리기를 방해하는 모기

2020.6.9.스함

가운데 있는 우단동자는 3년째 되어서야 꽃이 피었다.

핑크색 꽃일 줄 알았는데 하얀색 꽃이 피었다. 3월 21일 일기에 백록색 식물이 무슨 꽃을 피울지 궁금하다던 그 식물이 오늘의 주인공이다.

어제부터 느꼈는데 모기가 많아졌다. 반바지, 반팔 티셔츠를 입고 있다가 집에 뛰어 들어가 긴 바지와 긴팔 옷을 입고 나와 그림을 그렸다. 이제는 얇은 긴팔, 긴 바지가 준비물 중의 하나가 될 것 같다.

나는 그림을 그릴 테니 언니는 바느질을 하시오!

요즘 나는 바느질 좋아하는 여자를 그리고 있다. 바느질하는 멋진 방을 가진 H언니는 내가 몇 년 동안 갖고 있던 옷본과 옷감을 가져간 지 하루 만에 옷을 만들어 주었다. 언젠가는 옷을 만들어 보겠다던 내 꿈은 아직 저 멀리에 있다. 오늘부터 그림 속에 바느질 도구를 그려 넣기 시작했다.

"나는 그림을 그릴 테니 언니는 바느질을 하시오!"

- 한석봉 어머니 버전

그녀 이야기 – 바느질은 사랑을 꿰는 일, 61×50cm, 장지에 분채, 2020

가
지
꽃
말
이
있
다
니
···
먹
을
줄
만
알
았
지
···

2020. 6. 14 SHO

언젠가 가지를 먹을 줄 알면 어른이 된 거라는 말을 들은 적이 있다. 특별한 맛이 없어서 그런가 보다. 나는 가지가 매달려 있는 것은 본 적이 있는데, 꽃은 오늘 처음 보았다. 인도 가 원산지이고 신라시대에 우리나라에 들어왔으며 꽃말은 '진실'이라고 한다.

꽃은 도시농부 우리 집에서 보았지만... 가지는 사왔다. 오늘 저녁엔 기념으로 가지 요리 를 해서 먹으려고 한다.

나의 살림 점수는 B를 유지하려고 한다.
오늘은 밀린 겨울옷 정리, 다리미질... 하루 종일 일을 하는데 좀 억울하다.
결혼한 여자...

처음부터 주차 잘 하는 사람은 없어요, 남편님들!

클라리시아로 불리는 여성 중세 필사본 삽화가는 자신을 글자 'Q'의 꼬리로 표현했다.

남성 중심 사회에서 자신의 흔적을 남기고 싶었던 여자.

나는 이틀 동안 지하 주차장에서 독일 유학파 문학박사 (절대 머리가 나쁜 사람이 아니라는...) Y 선생님께 주차를 가르쳐 드렸다. 남편들은 왜??? 부인에게 친절하게 운전을 가르치지 못할까? 부인이 다칠까 봐?? 단 우리 남편은 제외! 내가 가르쳐서 운전면허를 땄기 때문이다.

주차 잘하는 방법도 내가 가르쳐 주었다. 여자도 배우면 운전 잘합니다!!!

시든 꽃을 가위로 잘라주면 신기하게도 새로운 꽃들이 자꾸자꾸 올라온다. 화려한 색은 어디로 가고 흙색으로 변해있는 꽃을 보면 "너는 흙이니 흙으로 돌아갈 것이니라"를 떠올리게 된다. 나는 꽃을 잘라서 그 자리에 떨어뜨린다. 흙으로 돌아가 양분이 되겠지.

오늘은 일 년 중에서 태양이 가장 높이 뜨고 낮이 가장 길다는 '하지'이다.

그림 두 점을 끝내고 작품 사진을 찍으러 스튜디오에 갔다. 화판 4개를 사고, 물감을 사고, 아교를 샀다. 병에 든 아교를 신문지에 싸주실 때만 해도 '안 싸주셔도 되는데…' 생각했었다. 예쁜 유리병에 든 석채(천연 돌가루) 물감을 하나씩 다 사려면 1억 원 정도가 필요하다고 했다. 분채 물감에 최적화된 내 그림에 만족해야 하나? 이런 생각을 하며 스타벅스 매장에서 커피를 하나 사 들고 나와 몇 모금 마시고 걷다가 꽈당!!! 넘어졌다. 반사적으로 커피 컵은 던지고 아교 병이 깨질 것을 걱정했다. 신문지에 싼 아교 병은 깨지지 않았다. 아줌마 두 분이 나에게 다가와 "괜찮아요? 저런 신발이 문제가 많아요." 애써 괜찮은 척 벌떡 일어났다. 넘어진 김에 쉬어 가랬다고 잠시 쉬어야겠다.

2020.6.24.스케치

다른 민들레들이 다 지고 난 뒤, 바보같이... 그것도 보도 블럭 틈새에서 작은 민들레가 피었다. 소설 '옥상에 핀 민들레꽃'에서 박완서 작가는 "민들레를 피게 한 옥상에 한 숟가락도 안 되게 모인 흙은 먼지들이 떠다니다가 축축한 날 무거워져서 땅에 내려앉았으며, 비를 맞고 떠내려가다가 움푹한 곳에 모이게 되었다"고 했다. 그곳에 꽃씨가 날아와 피었다고...

꽃이 피자 장마를 맞은 우리 집 앞 민들레는 아직 피지도 못한 작은 꽃봉오리도 있는데...

박완서 작가 말대로 하면 꽃씨가 시멘트 바닥에 떨어져 피어 보지도 못한 꽃보다 낫다고 했으니

이 장마 속에서 잘 견디어 내기를...

학
교
를
너
무
일
찍
다
녔
나
봐

숫자의 계산법은 이런저런 법이 있다는 건 알지만, 시계로 계산하는 것은 처음 보았다.

우리 동네 수학자에게 동영상을 보냈다. 돌아온 답은…

우리 동네 수학자: "ㅋㅋ 요즘 교과서에 다 나와요… ㅋㅋ^^"

나: "ㅋ 학교를 너무 일찍 다녔나 봐."

우리는 둘 다 어려서 손가락 꼽아가면서 배운 걸로 끝을 맺었다.

버지니아 울프의 '어느 작가의 일기'는 1918년(36세)부터 1941년(59세)까지 27년 동안 쓴 일기책이다. 책의 미리 보기 목차는 다른 게 없다. 1918, 19, 20... 41. 나는 그림일기를 얼마나 지속할 수 있을까? 생각을 해 보았지만 글쎄? 자신 있게 말할 순 없다. 이 책을 사 보려고 검색했는데 새 책은 절판이라, 사용 흔적 많으나 손상 없는 상품이라고 적혀있는 제일 싼 책을 골랐다. 어떤 흔적인지 궁금하기도 하고... 밑줄? 포인트로 결제해서 엄청 싼 값에 살 수 있었다. 한 여자의 작가적 생애는 어땠는지, 어떤 생각을 하며 살았는지? 나이 들어가면서 생각은 어떻게 변해 가는지? 궁금하다. 나와는 비교도 안 되는 멋진 사람이지만 그래도... 같은 여자로서...

2020
6. 28

입으라는 패션 아이템

펜데믹 사태에 휴양지를 꿈꾸며

계속되는 팬데믹 사태에 먼 곳으로 휴가를 가지 못하는 아쉬움은, 이번 여름 패션 아이템으로 수영복을 속에 입고 도시를 활보하라는 것 같다.

어제 예고 없이 동주가 집에 왔다. 거의 반년 만에 집에 왔는데 살이 많이 쪘다. 코로나로 인해 각자 있는 곳에서 잘살아보자고 했는데 음식을 제대로 챙겨 먹지 못한? 운동부족? 확-찐자? 내일 다시 가야 한다는데 마음이 안 좋다.

다음에 올 때는 살 빼서 오기로 했다.

1458 × 390 cm 정도의 작품 나도 할 수 있을까?

오전에 나의 오전 회의가 있었다. 올해의 전시를 내년으로 미루고 대신에 12월 중순까지 각자 100호 이상의 그림을 완성하고 워크샵을 하기로 결정했다. 금호 미술관에서 열리고 있는 김보희 선생님 전시를 보러 갔다. 길이가 1458cm 높이는 390cm 작품을 2011년부터 2014년까지 그리셨다고 적혀있다.

녹색 나무들과 꽃들, 숨은그림찾기 하듯 숨어있는 새들, 동물들을 보면서 나도 저렇게 큰 그림을 그려보고 싶은 생각이 들었다. 내 그림 방법으로는 얼마나 걸릴지…

큰 작업실이 ㅠㅠㅠ 없다.

그림을 다시 시작할 땐 집안 정리를 한다. 그림 그리며 신경을 덜 쓰게 되니까.

오늘 냉장고를 정리하는데 버려야 하는 음식들이 많았다.

만일 누군가 냉장고 검사를 왔다면 창피할 정도로...

그런데 이런 건 여자 눈에만 보이나?

나다움의 서사

엔니오 모리꼬네는 오늘 별이 되었다

얼마 전 후배의 문자는 "네~ 아직도 그리고 있어요. 빨래 널다 그리고, 음식물 쓰레기 버리고 그리고, 애 픽업하고…" 나도 그렇게 살아서 오늘이 후배의 마지막 전시 날이라는 걸 깨닫고, 갤러리 문 닫기 30분 전에 겨우 도착해 그림을 보았다. 후배는 아이가 기다린다고… 급하게 차를 마시고 헤어졌다.

강남 한복판 빨간 신호등에 서 있는데 mbc 라디오에서 배철수 씨는 Ennio Morricone 가 오늘 별세했다는 소식과 영화 '미션' 가브리엘의 오보에를 마지막 음악으로 들려주었다. 93세 영화음악의 거장은 오늘 별이 되었다.

을지로에서 오전 10:30에 도록 발송을 하기로 했다. 일찍 도착하려고 30분 넉넉하게 나가려고 했는데... 지갑을 잃어버렸다고 집안 곳곳, 어제 갔던 김밥집까지 가보며 45분을 찾았다.

할 수 없이 남편의 카드 한 장을 가지고 버스를 탔다. 카드들도 문제지만 주민등록증, 운전면허증... 앞일이 깜깜했다. 남편에게 전화가 왔다. 매의 눈으로 찾아냈는데 내가 그림 그리는 책상 위에 얌전히 있더라고... 색깔이 비슷해서 못 찾은 거라고 했다. 남편에게 문자를 보냈다.

"울 뻔함. 찾았다는데 왜 눈물이... 잃어버렸을 땐 안 나오더니." 너무 가벼운 마음으로 지하철에서 드로잉도 하고, 조금 늦었지만 카드 찾은 기쁨의 커피도 쏘았다. 집에 돌아와 내 책상의 상태를 그대로 그렸다. 역시 지갑 찾는 건 어려운 조건이었다. 조금 아까 들은 이야기인데, 혹시나 내가 치매가 아닐까? 생각하며 냉장고 안에도 들여다보았다고 했다. 참!

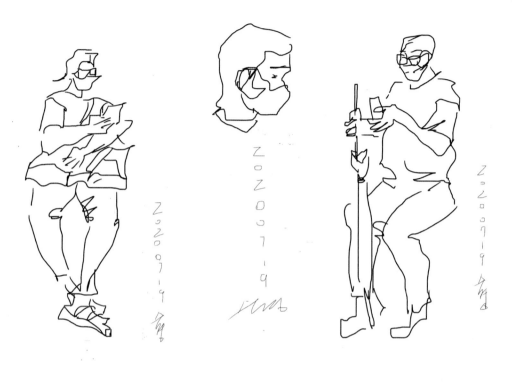

스케치북을 가지고 나오지 않아서 핸드폰에 받아 놓은 앱을 사용해 보았다.

손가락으로 그림을 그렸다. 화면이 작아 어떻게 그려지고 있는지 모른 채 감으로 그려 나
갔다.

잘못 그린 곳을 지우는 방법도 몰라서 그냥 그렸다.

사인하다가 알아냈다. 지우기.

BLUE! 너를 확실하게 실험해 볼테다

navy blue , sky blue , cobalt blue, rich blue,
Royal blue, Cerulean blue, midnight blue, indigo blue,

007, 063, 064, 017, 031, 035, 032 , 46, 74, 23, 41, 050 ...

2020.7.10
DWb

navy blue, sky blue, cobalt blue, rich blue, royal blue, cerulean blue, midnight blue, indigo blue... 파란색은 종류가 100가지가 넘는다고 한다. 내 생각에 도자기 염료는 번호로 외워야 한다. 007, 063, 064, 017, 031, 035, 032, 046, 074, 024, 041, 050... 나는 오늘부터 3일 동안 나중에 고르기 쉽게 숫자를 쓰고 그 파란색을 칠해서 구워 볼 예정이다. 하얀 도판에 그리는 건 왜 눈이 더 피로할까?

오늘 오후 수고의 보상인 듯, 얼마 전 "Crinoline lady 찻잔을 모아볼까..." 하고 코코에게 말했는데, 코코랑 친하다는 이유로 만난 적도 없는 분이 나에게 그냥 주신다고 했다는 소식을 전해왔다. 사진을 보니 blue가 많다~

그녀 이야기 – 자신을 '앤티기'라 부르며 찻잔을 쌓는 놀이, 72×45cm, 장지에 분채

PART 2

소소한 일상,
나의 삶에 이유 있음을 그리다

2020
7. 12

'마음, 이라는 곳엔 도대체

무엇이 들어가고 무엇이 나오는가?

내일 오전 도자기 굽는 곳에서 약속이 있었다. 그냥 하루 놀러 갈 수도 있다. 누가 숙제 검사를 하는 것도 아닌데... 오늘의 나는 하루 종일 불안하고 초조한 마음으로 그림을 그리고 있었다. 오후 5시 30분쯤, 내일의 약속이 미뤄지면서 바로 찾아온 마음의 평화와 안도감.

'마음'이라는 곳엔 도대체 무엇이 들어가고 무엇이 나오는가?

분명 나의 마음인데....

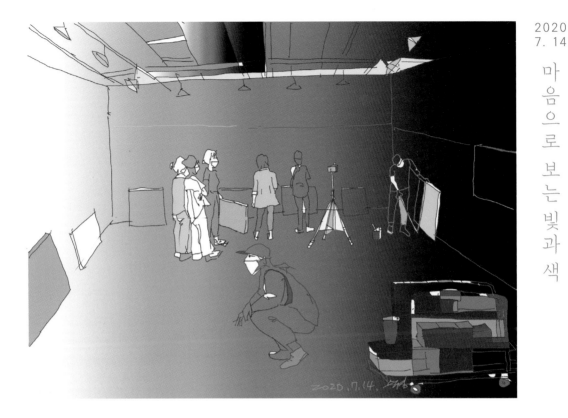

마음으로 보는 빛과 색

'마음으로 보는 빛과 색'이란 주제로 내일부터 인사동 동덕아트 갤러리에서 춘추회 전시를 한다. 1975년에 창립이 되었고, 올해가 마흔일곱 번째 전시이다. 나는 오늘 전시장에서 회원들과 작품반입, 디스플레이... 전시 준비 작업을 도왔다. 오랜 시간 일하고, 저녁도 같이 먹고, 차도 마셨다. 작가들과 있는 시간은 정말 행복하다.

2020
7. 21

갤
러
리
원
상
복
구
방
법
1,
2,
3

전시 끝나는 날은 작품 포장, 반출이 중요하지만, 또 하나의 일은 갤러리 '원상복구'이다.

1. 못을 빼야 하고 2. 하얀 백묵을 물에 적셔 구멍을 메우고 3. 그 위를 흰색 페인트로 덮는 일이다. 젊은 여자 작가 둘이서 그 일을 했다. 투명 앞치마는 인상적이었다. 그 외에 포스터, 현수막 철거, 쓰레기 버리기... 나는 일주일 동안 4번 갤러리에 나가는 일이 벌어졌는데...

집에 와서 3시간 동안 잠이 들었다.

학교 다닐 때부터 갖고 있던 등황(고대부터 사용된 대표적인 식물성 천연 안료) - 너무 예쁜 노랑색 봉채(100% 자연 건조 과정을 거친 막대 형태의 물감 - 먹처럼 물에 갈아서 사용한다)를 찾아냈다. 진한 파랑색 편채는 쪽(전통 단청에서 사용되었던 식물성 안료)으로 만들어졌다. 이사하면서 너무 꼭꼭 숨겨 놓아서 찾을 수가 없었다. 분채를 사용하고 있어서 전혀 사용하지 않았었는데, 작년 가을 부터 이 재료들에 관심이 갔다. 오늘 나는 마치 화학자의 연구실인 듯 이런 저런 방법으로 칠하고 말리는 테스트를 해 보았다. 그림 그리는 중간 중간에...

속이 다 비치는 옷은 누구에게 어울릴까?

'고쟁이를 열두 벌 입어도 보일 것은 다 보인다'라는 속담은 이 옷을 두고 한 말은 아니겠지만... 어느 유명 브랜드에서 속이 다 비치는 옷을 만들었다. 비싸기도 하지만 명품 몸매를 갖거나, 모델처럼 마른 사람이 아니고서는 절대 입을 수 없는 옷 같다.

어제, 오늘 하루 종일 비가 내린다. 처마에서 떨어지는 빗소리가 듣기 좋다. 비 오는 날은 절대로 입고 나가면 안 되겠지? 이 옷을 그려보고 싶었다.

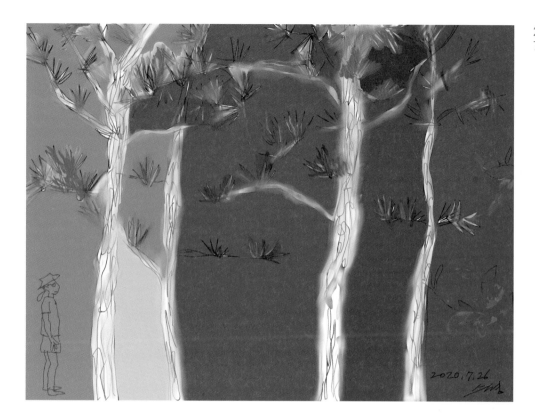

나는 쪽빛 하늘을 보았다!

2020.7.26

머칠 동안 내리던 비가 그쳤다.

아침에 나의 뜰에서 커피를 마시다가 하늘을 보았는데 '쪽빛 하늘'이란 단어가 떠올랐다.

하늘은 날이면 날마다 신비로운 색을 보여주는 마술사 같다.

'미국'을 '미쿡'이라고 제일 먼저 부른 사람은 누구일까?

비가 이제 그만 왔으면… 하는 마음이 생기는 날이다. 올해 우리 집엔 사과가 흉년이다. 딱 두 개 열렸다. 낮에 페이스북을 열었는데 사과나무 사진이 떴다. 댓글이 두 개 있길래 열어 보았다가 하루 종일 ㅋㅋㅋㅋ~ 웃음이 나왔다.

엉뚱한 질문에 100점. 기가 막힌 답에 A+를 주고 싶다 . '한국:미국=1:1'

신조어가 되었나? 하고 '미쿡'을 찾아보았는데 사전엔 없는 것 같다. 그런데 '미쿡 닷컴'이 있다. 신기한 건 '미주 한인을 위한 대표 커뮤니티'라고 한다. '미쿡'이란 말은 한국에 사는 한국 사람이 만들었는지? 미국에 사는 한국 사람이 만들었는지??? 궁금해졌다.

아시는 분 있나요?

저녁 먹으러 가는 길

오늘 낮엔 어제보다 더 많은 초당 13,073톤의 물을 방류한다고 했다. 오늘은 그림 그리는 내내 '나의 그림은 현실적이지 못하다'라는 먹구름만큼 무거운 생각이 내 가슴속 깊은 곳에서부터 울려 나왔었다. 날씨 탓이라 생각되었다. 저녁때는 휴가를 맞은 동화가 집으로 왔다.

남편과 나, 동화 셋이서 저녁을 먹으러 나갔다. 동화가 밥을 샀다.

내일은 우리 네 식구 완전체가 되는 날이다.

가
족
사
진
을
찍
었
다

새벽에 일어나 동주 집으로 향했다. 오는 길은 구름을 뒤로 하고 해를 향하여 나아가는 길이었다. 이사할 때 코로나19가 시작되어 혼자서 이사했다. 4층에서 5층으로... 집은 더 넓어지고 환하고 좋아졌다.

동주가 좋아하는 섬에 가서 구경을 하고 사진을 찍었다. 섬은 작지만 멋있었다. 오늘은 우리 가족이 똘똘 뭉쳐서 다녔다. 가족은 같이 있을 때 아름답다. 왼쪽부터 동주, 동화, 나, 남편!

hand drip coffee

2020. 8.5. 인병

짧지만 행복한 만남은 동주 집 앞에 있는 핸드 드립 커피 집에서 마무리되었다. 커피 서비스 카트를 우리 테이블 앞에 밀고 오셔서 직접 커피를 내려주시는 사장님의 모습은 아무 데서나 볼 수 없는 멋진 모습이었다. 내가 붓으로 선을 그릴 때 숨을 참고 붓을 세워 그리듯, 숨을 참고 물줄기가 아닌 물방울들이 규칙적으로 방울, 방울... 방울들이 뚝, 뚝, 뚝, 뚝... 떨어져 모여 향기 가득한 커피가 완성되는 정성스런 커피였다. 자신 앞에 있는 어느 누구에게도 이와 같은 마음으로 정성을 다해 진정성을 보여준다면 아름다운 삶이 주어질 것이란 생각을 갖게 하는 하루였다. 행복하고 아름다운 여행이었다.

오늘은 가을이 시작되는 날 '입추'다. 나는 '후'라는 말을 오늘 알았다. 입추 후 15일을 5일씩 '3후'로 나누는데 첫 5일 동안은 서늘한 바람이 불어오고, 다음 5일 동안은 이슬이 진하게 내리며, 마지막 5일 동안은 쓰르라미가 운다고 한다. 사전에서 '후' 자를 찾아보니 '닷새 동안을 이르는 말'이라고 했다. 한자의 '기후 후(候)'자는 1. 기후, 계절, 2. 철, 때, 3. 닷새, 5일의 뜻을 가지고 있다. 옛 선조들이 가을을 맞으며 이렇게 세심한 관찰을 한 것이 놀랍다. 마지막 5일을 맞을 때 쓰르라미 소리를 들을 수 있을까?

69세, 사유를 멈춘 사람은 아니다

아침에 '69세'라는 영화 포스터를 보았다. 주연을 맡은 영화배우 예수정 씨는 '노인으로서 죽음에 가까워지고 있는 것은 사실이지만, 사유를 멈춘 것은 아니다.'라는 인터뷰를 했다고 하니 내용은 무거운 이야기가 틀림없다. 임선애 감독은 결혼과 출산을 거치면서 영화감독이 될 수 없겠다고 스스로 선을 긋고 살다가 아이를 어린이집에 보내고 5~6시간을 활용해서 쓴 작품이라고 한다. 이 두 가지 사실만 알고 가서 영화를 보고 싶다. 20일에 개봉한다.

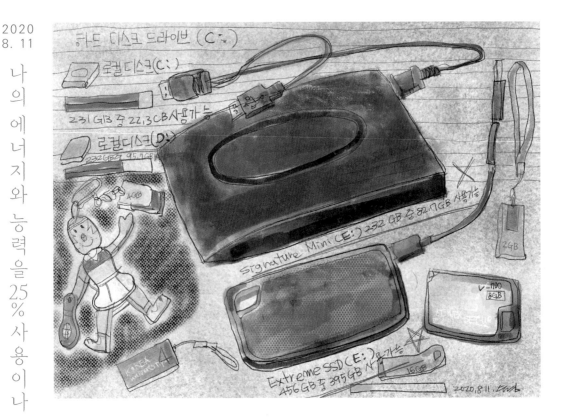

컴퓨터와 usb 등 이곳저곳에 있던 내 그림 자료들을 새로 산 휴대용 스토리지에 저장하고 있다. 이 또한 영원히 안전하다고는 할 수 없겠지만, 새것에 옮겨 놓으니 또 몇 년은 안심해도 된다. 몇 GB 저장 공간에 얼마만큼의 GB가 남았다고 알려주는 컴퓨터 화면을 보면서...

"평균적인 사람은 자신의 일에 자신이 가진 에너지와 능력을 25% 투여한다. 세상은 능력의 50%를 쏟아붓는 사람들에게 경의를 표하고, 100%를 투여하는 극히 드문 사람에게 머리를 조아린다." - 엔드류 카네기

'나는 25%는 제대로 쓰고 있나?' 하는 생각을 해보게 된다. 오늘도 밥하기, 청소하기, 마트에 가기 이런 일이 그림 그리는 일보다 훨씬 더 많았다.

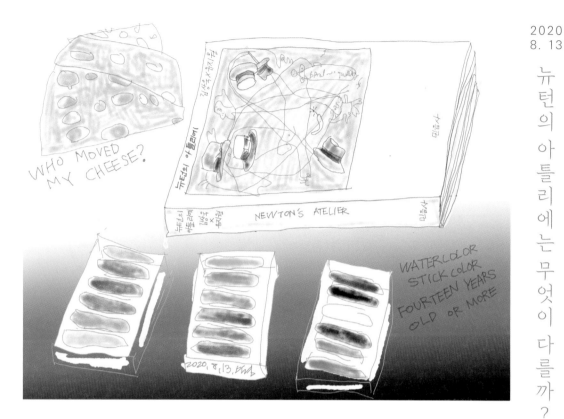

WHO MOVED
MY CHEESE?

NEWTON'S ATELIER

WATERCOLOR
STICK COLOR
FOURTEEN YEARS
OLD OR MORE

2020. 8. 13. bkw

남편 이름 옆에 '김숙경'이라고 적힌 택배를 받았다. 열어 보니 남편이 볼 책들을 사면서 내 책 한 권을 추가해서 배송시킨 깜짝 선물이다. '뉴턴의 아틀리에, "미술은 물질의 예술이다. 여러 물질이 가진 특성을 한데 모아 원래 존재하지 않던 새로운 특성을 만들어내는 것이 미술이다. 레오나르도 다빈치는 여러 색의 물감을 모아 '모나리자'라는 새로운 존재를 만들어냈다. 미술은 공간의 예술이기도 하다. 미술 작품은 반드시 공간을 차지해야 한다. 하지만 작품이 차지하지 않는 빈 공간도 작품의 일부이다. 미술 작품은 물질이 채운 공간과 빈 공간의 경계에 존재하기 때문이다." 오늘은 물리학자 김상욱의 프롤로그만 읽었다. 뭔가 재미있는 이야기들이 많을 것 같다.

韓 大
立 獨

2020. 8.14

오늘 인천 공항에서 남편을, 서울역 KTX 역에서 동주를 마중했다. 내일이 8·15 광복절이라 거리마다 태극기가 게양되어 있었다. 아침에 시를 읽었는데... 아들 둘이 있는 나는 하루 종일 이 시가 내 머리 속에서 떠나지 않는다.

8월 15일 밤에 나는 병원에서 울었다.

너희들은 다 같은 기쁨에

내가 운 줄 알지만 그것은 새빨간 거짓말이다.

일본 천황의 방송도,

기쁨에 넘치는 소문도,

내게는 곧이가 들리지 않았다.

나는 그저 병든 탕아로

홀어머니 앞에서 죽는 것이 부끄럽고 원통하였다...

- 오장환 '병든 서울'

선조들은 나라를 찾아 주었는데 나는 후세에게 무엇을 해 주어야 할까?

75주년 광복절을 맞았다.

선조들이 나라를 찾아 주었다.

우리 세대는 후세에게 무엇을 물려주어야 할까?

너무 거창한가?

나는 무엇을 해야 할까? 생각했다.

환경이 제일 중요한 것 같아서 나의 생활에서 작은 것부터 하나하나 실천해 나가야겠다는 생각을 했다.

일곱 성인이 살기에 적합하고…

비록 여뀌 잎처럼 땅이 협소할지라도,

'여뀌, 학명 Persicaria hydropiper (L.) Delarbre'는 내가 참 좋아하는 꽃이다. 그래서 남편도 이 꽃은 뽑지 않는다. 삼국유사 가락국기 앞부분에는 김수로 왕이 처음으로 서울을 정할 때, '비록 여뀌 잎처럼 땅이 협소할지라도, 일곱 성인이 살기에 적합하고, 마침내 좋은 곳이 될지어다.'라는 이야기가 있다. 13세기에 우리나라에 있던 꽃이라니 놀랍다. 오늘은 동주와 많은 이야기를 했다. 학업 이야기, 앞으로의 계획… 동주가 얼마나 좋은 유전자를 가지고 있는지에 대해 이야기를 해 주었고 모든 것이 잘 될 거라고 말해 주었다. 꽃말이 '학업의 마침'이라니 신기하다.

달개비꽃은 오늘이 마지막 밤이다

아침에 달개비(닭의 장풀, 닭의 밑씻개)꽃을 그렸는데, 그리면서 귀뚜라미 소리와 매미소리를 들었다. 그래서 밖에 핀 달개비꽃으로 표현해 보았다. 달밤에 노래하는 귀뚜라미 네 마리도 그려 넣었다. 이 집으로 이사 오기 전에는 달개비가 있는 곳을 알아 두었다가 한 뿌리 가져와 수반에 담가 놓고 키우면서 보았었다. 우연히 당나라 시인 두보도 '꽃이 피는 대나무'라고 수반에 키웠다는 것을 알게 되었다. 파란색 염료로 쓰이기도 하고, 꽃은 하루가 지나면 아침이슬과 함께 꽃잎이 녹아버리고 만다고 한다. '순간의 즐거움', '짧았던 즐거움'이 꽃말인 이유인가 보다. 달개비꽃은 오늘이 마지막 밤이다.

인
간
의
가
능
성
은
무
한
하
다

"인간의 가능성은 무한하다. 그러나 이것과 모순되는 듯이 보이지만 인간의 불가능성 역시 무한하다. 이 둘 사이, 할 수 있는 무한과 할 수 없는 무한 사이에 인간의 삶이 있다."

- 게오르 짐멜(독일 사회학자)

내가 하던 일들이 조금씩 남편에게로 넘어가고 있다. 나보다 먼저 일어나는 남편이 새벽에 걷고 들어와 핸드 드립 커피를 내린 후 나를 깨우는데... 점점 맛있게 커피를 내리는 것이 느껴진다. 나는 장마 때문에 쪽파가 실파처럼 자란 파 4단을, 남편은 고구마 줄기 껍질 벗기기 3단을 같이 다듬었는데 '우보천리(牛步千里, 소의 걸음으로 천 리를 간다.)'라고 말하면서 다듬다 보니 속도가 점점 빨라졌다. 남편이 파김치와 고구마순 김치를 담갔다. 저녁때 동화가 와서 우리 가족은 다시 완전체가 되었다.

오늘은 이런저런 일로 말을 많이 하게 되었다. 나는 말을 너무 많이 하면 목이 너무 아프고, 기가 다 빠지는 느낌이 든다. '말'이란 단어를 찾아보니 '사람의 생각이나 느낌 따위를 표현하고 전달하는 데 쓰이는 음성기호. 곧 사람의 생각이나 느낌 따위를 목구멍을 통하여 조직적으로 나타내는 소리를 가리킨다.'라고 쓰여 있다. 신기하게도 국어사전에 내가 목구멍이 아픈 이유가 적혀있다. 아직도 내가 구름 위를 걷고 있는 느낌, 이 느낌을 다른 사람도 공감하는지 궁금하다.

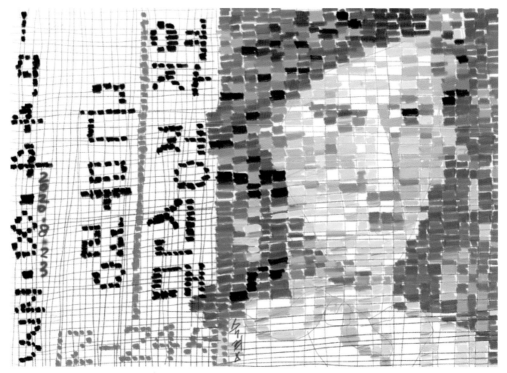

2020
8. 23

1944년 오늘, 여자 정신대 근무령 공포 시행,에
대한 나의 생각

1944년 오늘 여자 정신대 근무령 공포 시행, 만 12세-40세의 배우자 없는 여성 일본 남양 등지로 징용.

76년 전의 일이다. 2016년 나는 오래된 미래 ver.1 Halmony(할머니) 그림을 그린 적이 있다. '위안부'를 그렸다. 12살은 너무나 어리다. 오늘은 절기상 더위가 한풀 꺾인다는 '처서'이기도 하다. 그렇다면 점점 추워지는 날들을 맞으며 어린 소녀들은 얼마나 무섭고, 집에 돌아가고 싶었을까? 그녀들의 어머니는 또 어떤 마음으로 살았을까? 생각해 보게 된다.

오늘의 일기는 어제 아이들과 밤 3시까지 이런저런 이야기와 픽셀에 대해서 진지하게 이야기했기에 픽셀의 느낌으로 그려보았다.

할머니 작품 - 치마 끝에서 올라오는 마른 꽃은 할머니가 흘린 피가, 눈물이 고향의 밭에서 보던 작은 꽃으로 피어나 고국을, 부모를, 형제를 가슴에 품어야 했던 할머니의 모습이다.

오래된 미래 ver.1 − Halmony, 65×210cm. 순지에 분채 2016

오늘 우리 집은 살기 위한 기계였다

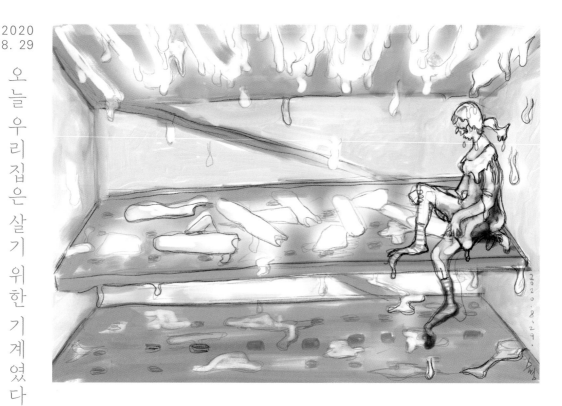

프랑스 건축가 르코르비제는 '집은 삶의 보석상자여야 한다'와 '집은 살기 위한 기계' 두 유명한 말을 남겼다고 한다. 집은 두 가지가 다 공존하는 것 같다. 오늘의 나는 8층짜리 냉동고를 청소하느라 거의 9시간을 소비했다. 서랍의 식품을 다 꺼내서 녹지 않게 다른 냉장고에 마구 넣어 놓고, 냉동고의 서리가 다 녹아내릴 때까지 기다렸다가 (기다리다 못해 드라이기도 동원했다) 물기가 하나도 남지 않도록 마른 행주로 닦은 다음, 다시 마구 넣은 식품들을 꺼내어 정리하는 일을 했다. 오늘의 우리 집은 살기 위한 기계였다. 냉동고는 20년이 되었는데 청소하니 또 반짝반짝 새것 같다. 너무나 힘들어서 오늘 내 몸과 마음이 다 녹아내리는 날이었다.

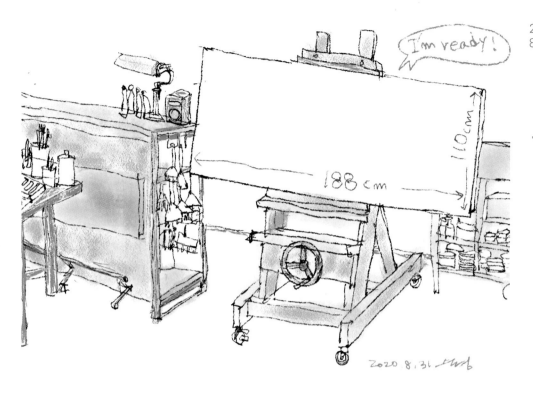

큰 그림을 그리려고 집 구조를 바꾸었다. 공간 확보 차원에서... 188x110cm 드로잉을 두 점 해보려고 하는데 생각처럼 잘 될지 모르겠다. 1800년대 말 지퍼가 발명되었다고 한다. 처음엔 부츠의 긴 구두끈 대신에 쓰였는데 30년이 지나서 옷에 붙이기 시작했고, 그 뒤로도 15년이 지난 1935년에 지퍼에 색을 넣고 크기를 조절하거나, 장식용 액세서리로 사용한 최초의 패션 디자이너에게 당시 '뉴요커'지는 그의 봄옷 컬렉션을 "지퍼가 잔뜩 붙었다"고 소개했다고 한다. 나는 그 이미지를 보지 못했지만 낯선 것을 시도해 보는 것은 억지스러울 수도 있고, 의외로 신선한 결과물일 수도 있다. 9월의 내 작업은 직접 해보지 않고는 내 자신도 결과를 예측할 수 없다. 오늘 나는 시작할 모든 준비를 마쳤다. I'm ready!

내 손톱밑에서 백일홍이 자란다면…

동주가 갔다.

허전한 마음을 달래보려고 꽃집에서 백일홍을 색깔 별로 사 왔다.

심고 나서 보니 손톱 밑이 까맣다.

"맨손으로 흙을 주무르다가 들어오면 손톱 밑이 까맣다. 외출할 일이 있으면 정성 들여 손을 씻지만 대강 씻고 외출할 적도 없지 않아 있다. 그러고 사람을 만날 때면 열심히 테이블 밑으로 감추지만 속으로는 엉뚱한 상상력으로 비죽비죽 웃음이 나온다. 며칠만 나의 때 묻은 손톱을 간직하면 열 손가락 손톱 밑에서 푸릇푸릇 싹이 돋지 않을까? 단연 때가 아니라 흙이므로 매니큐어 대신에 푸른 싹이 돋아난 열 손가락을 높이 쳐들고 도심의 번화가를 활보하는 유쾌하고 엽기적인 늙은이를 상상해 본다."

- 박완서, '못 가본 길이 더 아름답다' 중에서

- 2011년 이 책을 읽고 박완서 작가의 손톱을 상상하며 드로잉 한 적이 있다. 오늘은 내 손톱을 그려 보았다.

그녀 이야기 – 11월의 Flower & Artist 53×59cm, 한지에 수간채색, 2020

2020년 "9월 1일, 여권통문의 날" 첫 번째, 법정기념일 제정 기념전에 작품을 내게 되었다. 오늘 작품 반입을 하면서 팜플렛을 받았는데 122년 전 리소사, 김소사(소사는 기혼여성들을 지칭한 말이다. 이름도 없이 '소사'로 통칭이 되던 시절이었다.)를 비롯한 여성 운동가분께 감사한 마음이 들었다. 전시장을 나와 차에 타서는 내 머리를 한 번 쓰다듬어 주었다. 2018년 여권통문 발표 120년을 기념하고, 국립여성사 박물관 건립을 위한 한국 여성 미술인 120인 전에 참여했었다. 90대(나이)부터 50대까지 참여했고 이번 전시 역시 그렇다. 이번에는 52명이 전시한다. 초대의 글을 일기에 남기고 싶다.

1898년 9월1일, 서울 북촌에서 리소사, 김소사와 함께 양반부인, 평민부인, 기생에 이르기까지 조선의 여성들은 여성의 교육권, 직업권, 참정권을 주장하는 우리나라 최초의 여성인권 선언문인 '여권통문'을 발표하였습니다. 유교적 가부장제에 갇혀있던 여성들이 교육을 통하여 사회활동이 가능하게 된 이 날은 2019년 10월 31일 법정기념일로 제정되었습니다. 첫 번째 '여권통문의 날'을 맞이하여, 122년 전에 여성의 역할과 권리를 말씀해 주신 선각자께 감사의 마음을 표현하고자, 우리 화단을 이끌어 가시는 여류 화가님을 모시고 전시회를 개최합니다. 역사적으로 기념이 될 이 날을 축하하는 전시에 많은 관심 부탁드립니다.

- 토포하우스 대표 오현금

미나리를 그렸다. 물가에서 자라야 하는데 그냥 땅에 심었더니 잘 자라지도 않는다. 근재(芹齋) 쉽게 말하면 '미나리꽝'이란 여자에 대해 이야기하고 싶었는데 이 이야기는 다음에 다시 해야겠다. 미나리를 그리다가 오늘의 날씨와 너무나 딱 맞는 글을 소개하고 싶어서다.

"9월 중순 어느 가을 날, 나는 자작나무 숲 속에 앉아 있었다. 이른 아침부터 가랑비가 조금씩 오고 있었지만, 그 사이사이에는 이따금씩 따스한 햇살도 비추는, 그런 변덕스런 날씨였다. 하늘 전면이 떠다니는 하얀 구름으로 덮이는가 했더니, 갑자기 아주 잠깐 동안에 군데군데 구름이 흩어져 밀려난 뒤에서 아름다운 눈동자 같이 맑디맑은 온화한 하늘이 나타난다. 바로 머리 위에서 나뭇잎이 가냘프게 한들거리고 있었는데, 그것을 듣기만 해도 계절을 알 수 있었다. 그것은 즐겁고 소곤소곤 웃는 봄의 몸부림도 아니고, 여름의 부드러운 속삭임이나 긴 대화도 아니며, 늦가을의 초조하고 추워하는 투덜거림도 아니고, 겨우 들릴 듯 말 듯한 정도의 졸음 섞인 재잘거림이었다."

- 러시아의 소설가 뚜르게네프, '사냥꾼의 일기'

마이삭 태풍이 지나간 끝자락. 오늘의 날씨는 이랬다.

김치를 담글 때 생강을 사면 꼭 남는다. 오래 놔두면 독이 된다고 해서 버렸었다. 작년부터는 남은 것을 강판에 갈아서 설탕과 1:1로 섞은 다음, 병에 넣고 냉장고에 보관했다가 다음에 김치를 담글 때 이것을 사용한다. 맞는 방법인지는 모르겠지만 나름 괜찮은 것 같다. 오늘 김치 담그고 남은 생강을 갈아 생강청을 만들었다. 일기로 그리다가 '앨리스 닐'(1900~1984)이 80세의 나이에 자신의 누드 자화상을 그린 그림이 생각났다. 생강 색으로 몸을 그린 것 같기도 하고 ㅎㅎ… 인물의 감정과 심리를 잘 표현해서 '영혼 수집가'로 불린 이 여자 화가 역시 아이들이 어려서는 아이들이 잠든 밤에 그렸고, 아이들이 학교에 갔을 때 그렸다고 한다. 생강은 병에 담았지만, 모델과 소통하며 공감하려고 노력했으며 "나에게 좋은 인물화란 그냥 정확한 표현을 하는 것 이상 다른 무언가를 의미한다"고 한 앨리스 닐의 이 말과 작업태도는 나의 마음에 담아야겠다.

나에게 허락되지 않은 것은 무엇인가?

톨스토이 '사람은 무엇으로 사는가' 2번의 예: 몸집이 큰 부자가 시종을 거느리고 구두 수선공에게 와서 고급 가죽을 보여주며 1년을 신어도 모양이 변하지 않고, 실밥이 터지지 않는 구두를 만들라고 명령하고 집으로 돌아가다 죽었다. 하나님이 미하일(하나님의 지상명령을 어긴 죄로 하늘로 돌아가지 못하고 있는 대천사 미카엘)에게 내준 세 가지 질문 중 1번. 사람 마음속에는 무엇이 있는가? 3번. 사람은 무엇으로 사는가? 이 두 가지는 노력할 수 있다. 2번. 사람에게 허락되지 않은 것은 무엇인가? 자신에게 무엇이 필요한가를 아는 힘이 주어지지 않은 인간인 나는 때로는 필요 없는 욕심도 내게 되고, 일어나지 않을 걱정도 하고 산다. 1885년에 저술한 단편 소설이 2020년이 되었지만 이것은 변하지 않는 질문이고, 답이다. 사랑!

의욕을 행하는 자에서 문제가 생겼다 오늘의 나는 의욕할 수 있는 자 까지는 되었는데,

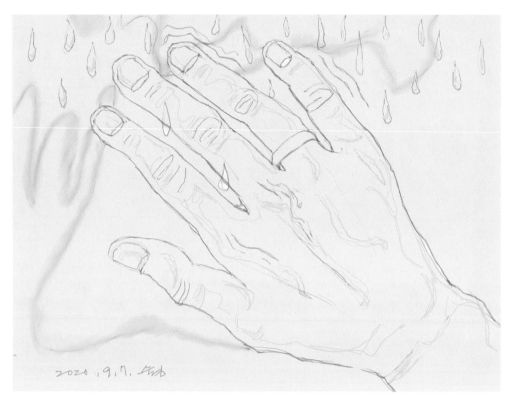

2020. 9. 7. 김희

독일의 철학자 프리드리히 니체는 "그대들이 의욕하는 바를 언제든지 행하라. 하지만 그보다 먼저 의욕 할 수 있는 자가 되라"고 했다.

오늘의 나는 '의욕 할 수 있는 자'까지는 되었는데... 의욕을 조금 행하다가 손이 아팠다. 평소에 그리던 방식은 아니었다. '이러다 지문이 지워지면 어쩌나? 코로나 19 때문에 해외여행 갈 수 없으니 지문 쓸 일은 없겠지? 그럼 왼손으로 문질러야 하나?' 이런 생각을 하긴 했다. 저녁이 되니 약지 손가락 지문 있는 곳이 아프고 손이 움직일 때마다 군데군데 근육이 아프기 시작했다. 설거지할 때 물방울이 떨어져 부딪히는 것이 통증으로 느껴지니 이건 해도 해도 너무한 경우가 아닌가? 이제사 그림 시작인데...???

프린트기 잉크가 배달이 되었다. 새 잉크를 가득 넣었지만. 여전히 프린트가 되지 않았다. 결국은 AS 하는 분이 집으로 오셨다. 검정색 잉크 카트리지가 문제였다. 오늘의 내 그림은 검정이 칠해지지 않고 흰줄을 무수히 만들어 내던 프린트기가 만들어 낸 포스터 같은 작품이다. 만일 잉크를 뜯지 않았다면 프린트기를 바꾸는 편이 나았을 뻔했다. 1902년 오늘 프랑스 화가 로트렉이 37세로 세상을 떠난 날이라고 한다. 어릴 때부터 그린 데생 5,000여 점을 포함해 포스터 등 6,500 작품을 남겼다고 한다. 프린터기에서 프린트되는 A4 용지를 보면서 과장된 표현을 쓰자면, 쉬지 않고 프린트를 뽑아내듯 그림 그렸을 로트렉의 열정을 생각해 보게 되는 밤이다.

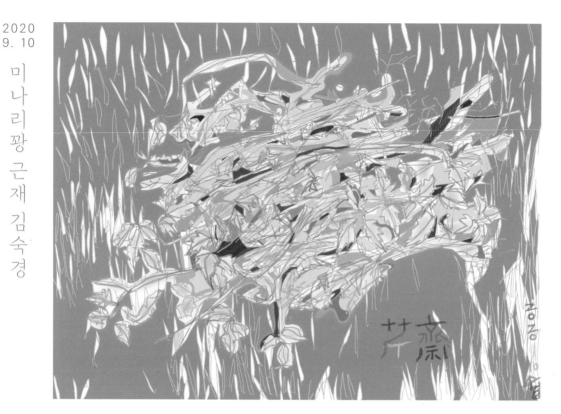

"어느 고을 조그마한 마을에 한 사람이 살고 있네. 지붕이 낮아 새들조차도 지나고야 마는 집에 목소리 작은 사람 하나 살고 있네…"

- 임길택 '작은 사람'

마당의 미나리를 다 뽑아 버렸다. 잡초와 엉켜 쓰레기가 되었다. 쉽게 말하면 '미나리꽝' 고급스럽게 말하면 '근재(芹齋)' 결혼하기 전에 Y 선생님께서 호를 지어 주셨다. 낙관도 몇 개 만들어 주셨다. 공식적으로 사용한 적은 없다. 요즘은 호를 부르는 시대도 아니지만… 젊고 철이 없을 때는 너무 초라한 것 같았다. 세월이 지난 지금은 내 이름보다 멋지고 의미도 좋다. 뽑혀서 말라가는 미나리를 그리다가 내 젊은 날의 무지개빛 꿈을 표현하겠다고 빨간색, 주황색, 노랑색, 초록색, 파란색, 남색, 보라색을 조금씩 넣어 주었다. 오늘은 근재 김숙경이다.

가을이 왔다!

대문을 열고 들어오지 않고 담장을 넘어

현관 앞까지 가을이 왔다

대문 옆의 황매화를 지나

비비추를 지나 돌단풍을 지나

거실 앞 타일 바닥 위까지 가을이... 창 앞까지 왔다... 친구의 엽서 속에 들어 있다가

내 손바닥 위까지 가을이 왔다

- 오규원, '가을이 왔다'

어제 동화가 와서 자고 갔다. 동화에게 주어진 어려운 프로젝트를 성공했다고 했다. 얼굴이 좀 까칠해졌고, 머리가 길었다. 동화의 여름은 그렇게 지났다. 가을비가 내리는 오늘 낮에 반바지와 반팔을 입고 있던 나는 처음엔 긴팔을 꺼내 입었고, 다시 긴바지를 꺼내 입었고, 다시 목이 긴 양말을 꺼내 신었다. 가을이 왔다!

종이 박스를 정리하는 오늘의 내 마음

테라스 110×150cm 꽃밭에서 'Flower+Artist를 간접 경험한다' 생각하고 꽃들을 섞어서 키워보고 있다. 요즘 플로리스트(florist)를 그리고 있기 때문이다. 밑그림 단계이지만 나의 꽃들을 그려 넣다 보니... 아직까지는 느낌이 괜찮다. 오전과 낮에는 집중해서 그림을 그렸고, 초저녁에 종이 박스들을 정리해서 버렸다. 장마 때문에 버리지 않아서 제법 많았다.

"예술의 목적은 우리의 영혼에 묻은 일상의 먼지를 씻어 내는 것이다."

- 파블로 피카소의 말이다.

박스의 테이프를 뜯어내고, 박스를 반듯하게 접어 책장에 책을 정리하듯 빈 박스에 넣다 보니, 내 마음까지 맑아지는 느낌이어서 즐거운 마음으로 분리수거장을 왔다 갔다 했다.

동주가 본 영화 '퐁네프의 연인들' 자막을 보았다. "'하늘이 하얗다'고 해줘. 그게 만일 나라면 '난 구름은 검다'고 대답할 거야." 두 사람이 어떻게 되었는지 나는 모른다. 대화가 참 아름답다고 생각했었다. 오늘은 '세계 오존층 보존의 날'이다. 오존층은 성층권인 25~30km 높이에 있고 오존을 모두 모아 지구로 가져온다면 두께가 0.3cm에 불과하다고 한다. 오존은 태양에서 오는 자외선을 흡수해서 산소로 바꿔 주는가 보다. 그런데 1980년부터 매년 4%씩 감소하고 있다고 한다. 만일 자외선이 그대로 들어오면 피부가 붓거나 피부암이 생기고, 눈에는 백내장이 생기고, 면역체계가 무너진다고 한다. 난 과학자가 아니라 프레온 가스, 할론 가스를 어떻게 해야 할지 모르겠으나... 이런 아름다운 자막을 본 날 이 대화를 여기에 쓰다니... 슬프다.

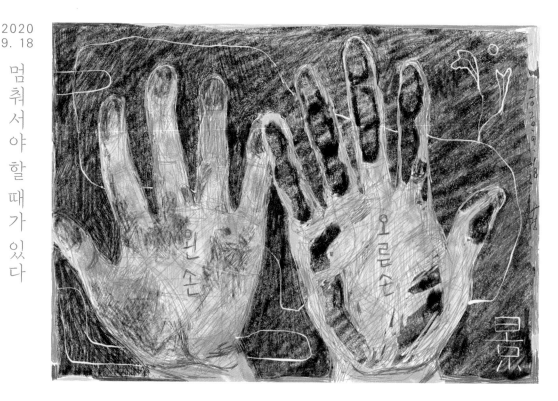

"책이 '예술 작품'이 되기 전에 우리가 그것을 붙잡을 수 있다면? 마치 아샴 언덕을 올라갈 때처럼 머릿속에 떠오르는 것을 따끈할 때 붙잡을 수 있다면, 물론 그럴 수는 없다. 왜냐하면 언어의 과정은 느리고 혼란스럽기 때문이다. 단어 하나를 찾기 위해 멈춰서야 할때가 있다. 그리고 또 채워 넣어야 할 문장의 틀이 있다."

- 버지니아 울프 1926년 일기 중에서

그림을 그리면서 느끼고 생각하던 여러 가지들이 글을 쓰는 작가의 생각과 다를 바 없다는 생각을 하게 된다. 몇 단어만 바꾸면 그림 그리는 일과 무엇이 다를까? 나는 그리던 밑그림을 다 완성하지 않은 상태로 뜯어냈다. 채색하면서 화면의 구성을 위해 어떤 것을 그려 넣을 수도, 뺄 수도 있기 때문이다. 오늘 뜯어낸 밑그림 뒷면에 목탄을 칠하고 손으로 문질러 먹지를 만들었다. 그리고 손을 보았다. 밑그림을 좀 더 힘주어 눌러 그렸어야 하는데 흐리게 베껴졌다... 이런저런 일로 그림 그리기는 멈춰 섰다.

멋진 작업실이었다. 팔로우를 눌렀다. 사진이 몇 장 없어서 아껴서 보려고 했었다. 다 보지 못한 상태에서 잉크가 보였다. 9월 2일에 "잉크네요 ~~~작업도 궁금합니다. 언제 보여주세요." 댓글을 남겼고 답이 왔다. "네 감사합니다. 포스팅은 정기적으로 하겠습니다. 사진에 멈춰진 작은 드로잉도요." 이틀 전 나의 일기에 댓글이 달렸다. 내 일기에 대해 말씀하셔서, 읽어 주셔서 감사하다고 썼다. 그 날 사진이 올라 왔었는데 오늘 낮에서야 자세히 읽어 보았다. 돌아가신 분이었다. 내게 쓴 댓글은 아들의 글이었다. 6월에 돌아가셨다는 것을 알았다. 눈물이 핑 돌았다. 마치 나와 이야기하시던 분이 돌아가신 것 같은 느낌이었다.

"방역으로 면회가 금지된 가운데 간호사를 통해 메모가 전해졌다. - 시방 나는 즐겁소. 책과 드로잉 북이 왔으니. 평생의 반려자이자 멘토인 이해선에게 보낸 쪽지였다. 2020년 6월 15일 이른 새벽, 그가 떠났다. 탈속의 삶과 정통회화의 존엄성을 함께 보여준 예순여섯 해였다." - CULTURA 8월호 '박노련 작가의 생애와 작품세계' Park. Noryun 박노련 예술가 'Life is Art ; Art is Life' 1954-2020. 'Rest in peace!'

이루 말할 수 없이 간단히…

식사를 간단히, 더 간단히,

접시 위에 놓인 이야기 헬렌 니어링의 소박한 밥상

나는 도시 농부를 살짝 포기했다. 며칠 전 옆집에서 키워보라고 주신 무와 배추, 아주 작은 모종 4개를 몽땅 뽑고 꽃을 심었다.(쉿! 비밀이다.) 씻어서 접시에 올려놓고 해바라기씨, 호두, 블루베리, 마늘 편 썬 것, 올리브 오일, 발사믹 식초, 소금을 살짝 뿌려서 먹었다. 맛있었다. 나는 채식주의자가 되고 싶다고 말한다. 아직은 좀 힘들다. 15년 전에 헌 책방에서 '헬렌 니어링 - 소박한 밥상'이란 책을 샀었다. 1977년에 나온 책이라서… 언젠가는 꼭 실천해 보겠다고 소중하게 보관하고 있다. 가장 마음에 드는 것은 "식사를 간단히, 더 간단히, 이루 말할 수 없이 간단히 준비하자. 그리고 거기서 아낀 시간과 에너지는 시를 쓰고, 음악을 즐기고, 곱게 바느질하는 데 쓰자. 자연과 대화하고, 테니스를 치고, 친구들을 만나는 데 쓰자." - 헬렌 니어링. 요리책이지만 요리 사진은 하나도 없다. 그런데 재미있고, 유용하다. 밑줄을 쳐 놓은 것들이 참 많았다. 그만큼 알아두면 좋은 것들이 많았다는 것이겠지.

요즘 일주일에 하루 정도는 지구를 생각해서 채식을 하자고 말한다.

"채식이야말로 가장 간단하고 깨끗하고 쉬운 식사법이다. 나는 식물과 과실, 씨앗, 견과를 먹고 사는 것이 이성적이고, 친절하며, 지각 있는 사람들이 사는 방식이라고 믿는다."

- 헬렌 니어링 멋진 여자!!!

그녀 이야기-채식주의자, 61×50cm, 장지에 분채, 2021

내 인생에 시

나 사는 숙제

어린 나이 시집 와서

살고 보니 아무 실감이 안 납니다

그러나 그 사이에 자식들 나서 키우고

가리케고 하느라고 아무 마음 엄시

사라습니다 그러나 요즘 갓치

조운세상

하고 싶은 것도 다 해보고

살다

죽고십습니다

생생님
감사합니다

2020.9.24 서영

맨드라미꽃이 닭벼슬처럼 벌어지는 것을 오늘 알았다. 지난번 밑그림 그릴 때는 날씬해서 그런 종자인 줄 알았다. 남편이 오늘 알려 주었다. 지금 이 모습이 내가 기억하는 맨드라미 맞다. 아이들 초등학교 다닐 때, 학교에서 평생교육 시범학교라고 1년 프로젝트로 동네 사람들 그림 가르치는 봉사를 한 적 있다. 재료를 처음부터 사라고 하기가 부담스러워 집에서 챙겨갔다. 처음엔 쉬운 민화로 시작해서 기초를 가르쳤다. 2학기에는 각자 집에서 스케치를 해오고 학교에서는 채색을 하게 했다. 수줍어 말도 못 하시고 열심히 하시던 80이 넘으신 할머니는 마당에 있는 꽃들을 하나씩 그려 오셨는데 참 순수한 그림이었다. 맨드라미를 보니 그 할머니가 생각났다. 액자를 맞추고 전시를 하고 끝냈는데, 자녀분들이 엄마의 작품들을 보고 감동해서 먹, 붓, 채색물감, 종이 다 사드렸는데 학교에서는 1년이었다고 평생교육을 계속하지 않았다. 한동안 그 할머니는 그림을 계속 하셨을까? 생각을 했었다.

'할매들은 시방' - 전라도 장흥 할머니들이 글도 처음 배우고, 그림도 그려본 뒤 만든 책에서, 그 할머니와 같은 마음일 것 같은 시와 그림의 일부를 오늘 일기에 같이 그려보았다.

내 인생에 시
나 사는 숙제 / 어린 나이 시집와서 요때까지 / 살고 보니 아무 실감이 안 납니다 / 그러나 그 사이에 자식들 나서 키우고 / 가리케고 하느라고 아무 마음 엄시 / 사라습니다 / 그러나 요즘 갓치 조운 세상 / 하고 싶은 것도 다 해보고 살다가 / 죽고 십습니다 / 생생님 감사합니다.
책이 없어서 성함을 모르겠다. 그 할머니 성함도 기억이 안 난다. 두 분! 죄송합니다.

캐나다에 사는 내 동생은 자기가 언니인 줄 아나 보다. 자기 것을 사면 꼭 내 것까지 두 개씩 사서 보낸다. 옷, 가방... 오늘 인편으로 보낸 물건들을 택배로 받았다. 동생은 어려서부터 눈이 많이 나빴다. 한 쪽 눈이 더 많이 나빴다. 수술을 하고 안경을 빼고 다녔는데 지금은 더 나빠졌다. 그런데 약이 한국에 있는 것을 알면서도 나에게 눈약을 많이 보냈다. 미안하고 고맙다.

음악에서 곡의 빠르고 느림을 말할 때 'Moderato(모데라토) - 보통 빠르기, Andantino(안단티노) - 조금 느리게, Andante(안단테) - 느리게, 걸음걸이의 빠르기, Adagio(아다지오) - 천천히, 매우 느리게, Largo (라르고) - 아주 느리게, 폭넓게... Larghissimo(라르기시모) - 아주아주 느리게'의 단계들이 있다. 나는 내 동생의 눈이 더 이상 안 나빠졌으면 좋겠고, 나이가 들어가는 과정에서 안 좋아지는 거라면 Larghissimo 아주-아주-느-리-게-보다도 더 아주-아주 느-리-게...

사
람
이
풍
경
으
로
피
어
날
때
가
있
다

추석 연휴가 지날 때까지는 아이패드에 손으로 그려야 할 것 같다. 오랜만에 추석 명절을 치르지 않게 되어 어제 못한 작업을 해보려고 했는데, 오며 가며 화판을 쳐다만 보고 있다. 페이스북에서 황창배 선생님 전각(돌, 나무, 금이나 옥에 인장을 새기는 것) 작품을 보았다. 황창배 미술관 전시 / 황창배 19주기 특별기획 '1979년 이후 그림' 왼쪽은 선생님께서 전각하신 것을 흉내 내어 그려 봤고, 오른쪽은 '집에 있는 나'를 표현해서 전각으로 새겼던 것을 그렸고, 이 두 개의 전각을 이젤 앞에서 그림을 그리는 스승과 제자로 표현해 보았다.

사람이 / 풍경으로 피어날 때가 있다 / 앉아 있거나 / 차를 마시거나 / 잡담으로 시간에 이스트를 넣거나 / 그 어떤 때거나 / 사람이 풍경으로 피어날 때가 있다…

사람이 풍경일 때처럼 / 행복한 때는 없다

- 정현종, '사람이 풍경으로'

일기 썼으니 그림 작업을 조금이라도 하고 자야겠다.

'탄생 100주년 기념 – 박래현, 삼중 통역자'의 전시를 기획한 학예연구사의 설명을 '국립 현대 미술관 MMCATV'로 보았다. 학생 때 박래현 작가의 작품을 보았을 때와 오늘 내게 보이는 것은 많이 달랐다. 끊임없이 배우고, 배운 것들을 융합하고, 시대를 생각하고, 민 족을 생각하고, 자신을 생각하며 그 생각들을 작품에 쏟아낸 한 여인의 삶이 너무나 아 름다웠고, 존경스러웠다. 아이 4명을 키우며 덕수궁 미술관을 가득 채운 많은 작품이 부 러웠고, 잠자는 시간도 아끼며 작품을 했다는 설명에서 나는 반성을 안 할 수가 없었다.

스
티
브
잡
스
의
말
을
생
각
하
며

연휴가 길었다. 아직도 Apple pencil을 고치지 못해 손가락으로 그리고 있다. 얼굴이나 사과의 꽃은 손가락에 가려서 감으로 그렸다. 펜으로 그린다고 잘 그리는 것도 아니지만...

아무튼 신기한 일이다. 어려서는 생각조차 못 해본 방법으로 그리고 있으니 말이다.(처음에 애플을 접하게 된 이유는 삼성보다 값이 쌌다는 이유였다.)

내가 갖고 있는 도자기 사과 2개와 유리사과 1개를 그린 이유는... 2011년 오늘 애플 창업자 스티브 잡스가 56세로 세상을 떠난 날이라고 해서 그려 보았다.

"Stay Hungry, Stay Foolish. 항상 목마른 상태에 머무세요. 바보처럼 깊게 파세요."

"당신의 시간은 한정되어 있습니다. 그러니 다른 사람을 위한 인생을 살며 시간을 낭비하지 마십시오."

"마음이 시키는 대로 직관을 따를 용기를 가지십시오."

- 스티브 잡스

오늘은 한 번에 많은 일을 했다. 액자 찾고, 차 안에서 교보문고 '바로드림 서비스'로 책 주문하고, 스타벅스에서 후배랑 만나 커피 마시고, 세종문화회관 미술관에서 전시할 그림 반입하고, 다시 교보로 와서 책 찾고, 용산 전자랜드에 있는 애플 서비스 센터에 가서 펜 촉 사고(그림을 많이 그렸다는 증거 - 소모품이었다) 집으로 왔다. 어제는 펜슬이 필요 없을 것 같더니 또 써보니 익숙한 느낌이다.

세종문화회관 건너편 교보빌딩에는 현판이 있다. 오래전이지만 지금도 내 가슴에 남아 있는 글은,

사람이 온다는 건 / 실은 어마어마한 일이다. / 한 사람의 일생이 오기 때문이다.

- 정현종, '방문객'

이 시를 본 뒤, 우리집을 방문하게 되는 모든 사람을 '한 사람의 일생이 온다.'고 생각하면 귀하게 대접하게 되었다. 어린 아이일지라도… 오늘 그림을 들고 걸어가다가 고개를 돌려 교보빌딩 현판을 보았다. 코로나 19 이전에 유행하던 노랫말인데 이렇게 간절할 수가 없었다. 눈물이 날 정도로…

세상 풍경 중에서 / 제일 아름다운 풍경 / 모든 것이 제자리로 돌아오는 풍경

- 시인과 촌장들, '풍경'

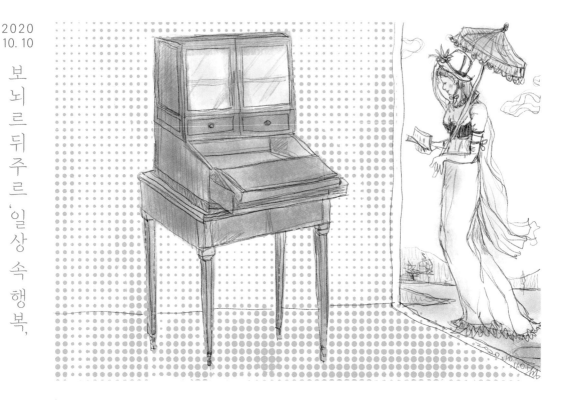

이십 대에 나는 40살이 되면 언제나 정장을 입고, 머리는 짧고 단정하며, 우아한 모습일 거라 생각했었다. 물론 경제적으로도 윤택하고... 그런데 아니었다. 희망을 10년 뒤, 20년 뒤로 미뤄도 나의 경우는 달라진 게 없다. "1760년경에 처음 등장한 작은 여성용 책상을 '보뇌르뒤주르(bonheur du jour)'라고 한다. 문자 그대로 해석하면 '일상 속 행복'" 사진을 보았다. 오늘은 그림이 괜찮은 것 같다가, 맘에 안 들다가 변덕스럽고, 집안일도 많았다. 저녁 설거지를 마치고 내 핸드폰 앞 화면을 보뇌르뒤주르 책상 사진으로 바꾸었다. 일기에서는 방도 만들어주고 여자도 그려 주었다. 저런 책상이 생긴다면 나는 무엇으로 장식할까? 상상도 살짝 해보면서... 행복은 멀리 있는 것이 아니고 지금 이 순간이 행복해야 미래도 행복하다고 생각한다.

내가 소설에서 댑싸리를 발견하다니…

서울에서만 자란 나는 마당에 꽃을 키우면서 조금씩 표현력이 풍부해지는 것 같다. 전에는 자연을 비유한 글을 읽으면 어떻게 이런 표현을 했을까? 하는 생각들을 참 많이 했었다. 그 경험이 부러웠고, 그리고 그냥 이해하려고 했다. 오늘은 우리나라 최초의 여자 서양화가 '나혜석'의 자전적 소설 '경희'를 읽다가 "저 댑싸리 그늘 밑에 드러누우려 하여도 개가 비웃고 그 자리가 아깝다고 할 터이다." 부분에서 나도 댑싸리를 안다는 것이 너무나 반갑고 신기했다. 알게 된 건 2년 전? 그런데 그 작은 댑싸리 그늘 밑에 어떻게 눕지? 라는 생각을 하다가 자료를 찾아보니 150cm까지 자란다고 되어 있어서 이해가 되었다. 내가 본 건 고작 50cm 정도였으니까. 백일홍이 나왔고 댑싸리가 나왔으니 어느 계절인지 짐작이 가는 것 또한 신기했던 날이다.

2022.12.16.(Fri)

PART 3

畫花일기, 문턱에 내린
별빛들과 시간을 색칠하다

"코요아칸의 집과 멕시코 가구들에 입힌 모든 색은 나의 작품에 큰 영향을 미쳤다."

- 프리다 칼로(1950년)

'화가들의 정원(재키 베넷)' 책에서 프리다 칼로의 푸른 집 정원을 보았다. 1번-집, 2번-오렌지 나무가 있는 안뜰, 3번-작업실, 4번–피라미드, 5번-전시 공간, 6번-확장한 정원, 363평의 정원에는, 개, 고양이, 거미, 원숭이와 앵무새, 어린 애완 사슴, 장미, 제비꽃, 소나무, 석류, 복숭아, 마르멜르 나무가 있었다. 그녀의 작품을 하나하나 떠올리면서, 집과 넓은 정원을 상상해 보았다.

나는 아직도 '플로리스트' 작품을 끝내지 못했는데, 아직 꽃과 많이 친해지지 않았다는 생각을 했다.

오래전 나에게 드로잉으로 일기를 쓰고 싶게 만들어준 'THE DIARY OF FRIDA KAHLO' 책에서 프리다 자신을 표현한 드로잉을 그녀의 정원에 그려 보았다. 꽃밭을 거닐고, 동물들과 교감을 나누며 작품에 녹여낸 프리다 칼로를 생각하면서…

블루바드, 측백나무과 이지만 잎이 부드럽고 색은 묘한 초록색이다.

나무의 잎들은 마치 나의 일기처럼 어디로 휘어질지 모르는 방향성을 가지고 있다.

글 쓰는 일이 그림 그리는 것보다도 더 어려워서 계속하는 것이 맞는지… 이런 생각을 할 때가 많다. 일기에 나무를 그리다가 외국의 어떤 여자가 나뭇가지로 크리놀린을 만들어 입고? 걸치고? 걸어가던 모습이 떠올랐다. 나 같기도 하고… 현실의 나는 그냥 조용히 숨어서 그림 그리는 여자. 가끔은 상상 속에서 크리놀린을 입어보는 여자이다. 그림 속에 숨어있을 때가 훨씬 편했다. 글이나 말은 어렵다.

그림을 그리고 들어오다 보니 어두워지고 있었다. 테라스에 촛불을 켰다. 나의 매일 일기 쓰기 도전을 위하여…! 다시 용기를 내서 말도 안 되는 글을 또 썼다.

"당신에게 (이 부분을 '당신이'로 바꾸어 읽었다.) 하는 모든 말에 감정적으로 반응한다면, 당신은 끊임없이 고통받을 것이다. 진정한 힘은 감정의 절제에서 온다. 만일 누군가의 말이 당신을 통제한다면 모든 사람이 당신을 통제할 수 있다는 것을 의미한다. 심호흡하고 상황이 지나가길 기다려라."

- 워런 버핏

어제의 그림도 잊고 내 기운을 바꾸어 보려고 집 앞 coffeesmith에 갔다. 원래 여행 초보자가 짐을 많이 꾸리듯이 꿈이 컸다. 가서 보니 준비해 놓은 스케치북과 연필을 집에 두고 갔다. 순간순간 떠오르는 것을 메모도 하고 스케치할 목적이었는데 못했다. 카페에서 '제이콥의 방'을 읽었는데 나에겐 어렵다. 기억과 욕망이 굴절된 공간이라고 하는데, 아직 무엇을 말하는지 모르겠다. 이제서 제이콥은 어린 시절을 지나 대학에 갔다. 이 책은 카페에서 읽기를 끝내려고 마음먹었다. 그냥 그러고 싶다. 여러 번 가야할 것 같다. 오늘 내가 읽은 부분에서 좋았던 구절은 "나는 나야. 고집스레 견딜 수 없이 동의하지 않게 만드는 젊음의 억누를 수 없는 확신에 연장자들의 세계는 검은 윤곽을 둘러치는 세계인 것이다. 그러나 그 젊음의 확신은 제이콥이 스스로 만들지 않으면 이 세상에서 형체가 없는 것이었다." - 제인에어 '제이콥의 방'

가슴이 뻥 뚫리는 느낌의 2층에서 커피를 마시고 책을 읽다가 1층의 풍경을 그렸다.

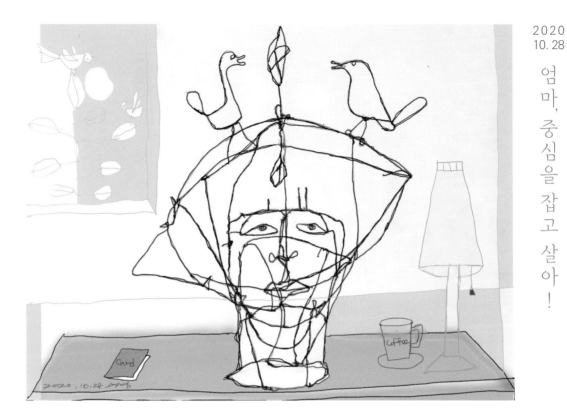

일 년을 한눈에 볼 수 있는 계획표를 만들고 싶어져서 어젯밤부터 칸을 만들었다.

몇 년 전 동화가 밤에 내가 그린 여자를 철사로 만들고, 편지와 함께 식탁 테이블에 올려놓고 학교에 갔다. 열어보니 "엄마 중심을 잡고 살아! 머리 위의 꼭지를 건드리면 추가 흔들릴 거야." 이런 내용의 편지가 있었다. 그 생각이 떠올라 계획표 가운데 철사로 만든 여자를 그려 넣다가 문자를 했다.

나: 그때 엄마한테 어떤 중심을 잡고 살라고 한 거야?

동화: 새가 둘이잖아. 기억 안 남. 엄마가 중심 잘 잡는다 생각함. 권고가 아니었던 걸로 기억해. 뭔지 몰라도.

(이렇게 끝났다.) 짧은 글은 오히려 긴 글보다 강력한 메시지일지도 모른다는 생각을 해보았다. '중심'이란 단어에 들어갈 수 있는 모든 것들을 상상할 수 있으니 말이다. 나에게 '주부와 화가' 사이의 중심은 언제나 가족이 먼저이고, 그 다음이 '그림'이었다.

K 선생님과 달에 가기로 약속했다

나는 오늘 K 선생님께 달에 같이 가자는 프로포즈를 받았다. 그래서 같이 가기로 했다.

이럴 줄 알았으면 몇 년 전에 동화가 달의 지분을 사자고 했을 때 사놓을 걸… 하는 생각을 했다.^^

드로잉 그림들과 글에 반해서 샀던 '순간 울컥'의 저자 이장미(한국화가) 선생님이 글을 쓰고 그림을 그린 '달에게 간 나팔꽃' 책을 선물로 받았다. (나팔꽃을 직접 그려주시고 저자 사인이 들어 있는…) 자신이 출간한 책을 모르는 사람이 사서 간직하고 있었다는 일로 K 선생님을 통해 감사의 마음을 전해왔다.

'순간 울컥'은 따뜻한 가족 드로잉 일기이다. 절제된 선과 색, 가족의 마음을 들여다보는 작가의 시선, 일상을 관찰하는 화가의 해석, 돋보이는 책 바인딩. 표지와 속지의 느낌까지도 다 좋았다.

'달에 간 나팔꽃'은 사용 연령 0세 이상으로 되어 있는데 나이 든 내가 읽어도 감동 받는 책이다. 달까지 가는 길이 얼마나 먼가 느껴지는 그림의 편집 ,이 책 자체만으로도 또 하나의 아트북이다. 깜깜한 밤이지만 포근한 느낌을 주는 종이질감까지도… K 선생님과 달에 같이 가기로 한 이유는 책에 있다.

이장미 선생님! 감사합니다. 잘 간직할께요. 선생님의 다음 책을 기대합니다.

명동 대성당 파밀리아 채플에서 동화 초등학교 친구 S가 결혼식을 했다. 결혼식 미사는 조용하고 아름다웠다. 이 층 뒤에서 들려오는 성가, 중간중간 들려오는 종소리, 낮은 소리로 느릿느릿 말하는 예배의식… 모든 의식을 지켜보며 추억에 잠기기도 했다. 이십대의 내가 친구의 증인으로 신부 옆에 서 있던 일을 떠올렸다. 신부님의 말씀 중에서 기도하라, 그리스도의 사랑을 실천하라, 말씀을 전하라는 당연하신 말씀인데 '사랑과 정의가 함께 공존하는 사랑'을 하라고 하신 것이 기억에 남는다. 정의만 있고 사랑이 없으면 진정한 정의가 아니고, 사랑만 있고 정의가 없으면 진정한 사랑이 아니라고 하셨다.

S와 J는 즐거울 때나 괴로울 때나, 잘살 때나 못살 때나 성할 때나 아플 때나, 서로 사랑하고 존경하며 신의를 지키겠다고 서약하였다. 예식이 끝난 후 친구들 앞에서 신부의 부케(bouquet)를 잘 받아낸 친구를 그렸다. 집에 오면서 동화가 꽃다발을 받으면 바로 결혼해야 하는 거냐고 물었다. ㅎㅎ

시간은 화살처럼 지나 겨울이 되었다

아침에 어떤 할머니의 사진을 보았다. 내가 만들고 싶었던 온통 파란색 타일 벽 앞에서 파란색 무늬의 옷을 입고 파란색 의자에 앉아 뜨개질하는 모습. 나이 들어서도 미적 감각을 잃지 않는 할머니가 되도록 노력해야겠다고 생각했다. 겨울의 첫 달인 11월이 시작되었다. 3월 초부터 일기를 쓰기 시작했으니까 벌써 8개월 썼다. 봄에 시작했는데 겨울이 시작된다니... 시간은 정말 화살처럼 지나가는 것 같다. 사진 속 할머니의 시간도 그렇게 지나갔겠지...

'바람과 함께 사라지다'를 쓴 마거릿 미첼은 인터뷰에서 "글쓰기는 힘든 작업이에요. 밤마다 글을 쓰고 또 써도 겨우 두 장을 완성해요. 다음날 아침에 그 글을 읽고 나서 깎아 내고 또 깎아 내고 나면 겨우 여섯 줄 남죠. 그럼 다시 시작해야 해요." 미첼은 '바람과 함께 사라지다'의 모든 것을 적어도 20번 고쳐 썼다고 하는데, 내가 매일 밤 일기를 쓰고 다음날 깎아 내고 깎아 낸다면 난 이 일기를 지속할 수 없다. 백지가 될지도 모를 일이기 때문에...

1954년 오늘 앙리 마티스가 세상을 떠난 날이라고 한다.

앙리 마티스는 "한 화가의 초기 작품에는 모든 것이 담겨 있다"고 했다는 말에 좀 놀랐다.

나의 대학 졸업 작품들이 인물화였기 때문이다. 요즘 나의 인물화가 조금은 나의 색을 찾아가고 있는 것 같기도 하다. 마티스의 말 중에서,

"내게 가장 흥미 있는 것은 정물이나 풍경이 아니라 인물이다. 인물에 의해 나는 생명에 대한 거의 종교적이라 할 수 있는 감정을 표현한다."고 말했다.

나는 인물 그림이나 드로잉을 통해서 사람의 여러 감정이나 모습들을 표현하는 것을 좋아하는 것 같다.

오늘 앙리 마티스의 '붉은 방'에 초대받았다. 피카소가 말한 대로 태양을 삼켜서 그런지 온통 붉은색이었다. 창밖엔 붉은색 마티스 미술관이 보이고, 하늘엔 붉은 심장을 가진 이카루스가 보였다. 나를 위해 붉은 사람들은 악기를 연주해 주었다. 몸 둘 바를 몰라 머쓱한 표정을 하고 있었지만 행복했다.

"삶은 어린아이의 눈으로 보아야 한다." - 앙리 마티스

알베르 까뮈의 서정적 및 비판적 에세이들을 읽고

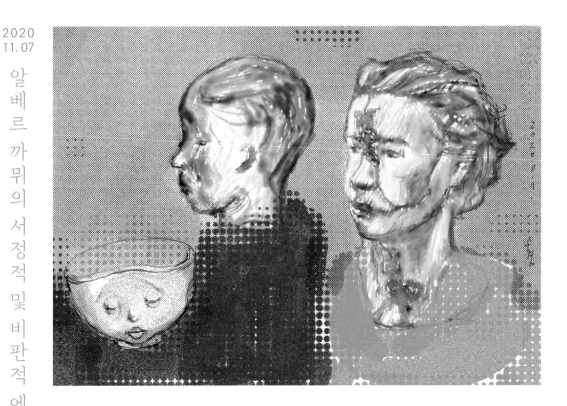

"나의 가족들은 모든 것이 결핍되어 있으면서도 실제로는 아무것도 부러워하지 않았다. 책 읽는 법조차 몰랐던 나의 가족들은 그들의 침묵과 그들의 자제력과 그들의 타고난 침착한 자존심으로써 나에게 가장 귀중한 교훈을 주었다... 나의 어린 시절을 지배했던 사랑스러운 온화함이 나를 온갖 분노로부터 해방시켜 주었다. 나는 거의 아무것도 없이 살았지만, 일종의 환희 속에서 살았다. 나는 나의 내부에 있는 무한한 힘을 느꼈다. 그래서 내가 해야만 했던 모든 것은 그 힘을 구사할 방법을 찾아내는 일이었다." - 알베르 까뮈 '서정적 및 비판적 에세이들'

1913년 오늘 알베르 까뮈가 태어난 날이다. 이 글을 읽고 눈에 보이는 척도와 마음으로 보는 척도에 대해서 생각해 보았다. 침묵, 자제력, 침착한 자존심, 사랑스러운 온화함, 내부에 있는 무한한 힘... 이것들은 온 우주를 다 갖는 풍요로움이었겠다 싶다. 나는 아이들에게 이런 것들을 얼마나 주었을까? 생각해 보는 하루였다.

국립현대미술관 덕수궁에서 '탄생 100주년 기념: 박래현' 전시를 보았다. 처음 보는 작품들이 아니어서 내 나름대로 보고 싶은 부분을 집중적으로 감상하였는데, 작품에 나타난 새들에도 관심을 가지고 보았다. 작가는 새에 아주 관심이 많았던 것 같다.

3전시장을 나오니 박래현 선생님께 편지쓰기 코너가 있었다. 편지지가 너무 마음에 들었다. 그래서 나도 그려보고 싶었다. 비치되어 있는 연필로 작가가 세계여행 중 수집한 새를 그려 넣고 "박래현 선생님! 당신이 모았던 새를 그려 보았어요. 이 새가 당신에겐 어떤 의미였을까요? 멋진 여성. 존경합니다."라고 써 놓고 왔다.

"마음속에 가질 수 있는 예술성이란 어려운 것은 아니다. 인간의 감정 속에 어느 귀한 흐름이 움직일 때 얻을 수 있는 것, 이것은 우리가 느낄 수 있는 예술의 세계가 우리 마음에 가져다주는 어느 표지라고 본다."

- '나와 예술' 1958 박래현

137

인간의 높이 오르고 싶은 욕망

오늘 레고를 천장까지 높게 쌓은 아이 사진을 보았고, 패션의 경계를 허문 소재의 건축가 '이세이 미야케'와 '다이 후지와라'의 A-POC '한 장의 천(A Pieece of Cloth): 미래를 위한 의복'이란 프로젝트를 보았다. 이 두 가지는 높이 높이 올라간다는 공통점이 있다.

높이 올라가는 빌딩들과 높고 거대한 탑을 쌓아 하늘에 닿으려고 했던 바벨탑도 생각해 보았다. 아이들도 어른들도 마음속에 오르고 싶은 욕망이 있는 것 같다는 생각을 해보았던 날이다.

마음속은 아무도 모른다. 얼마나 불안한 지, 얼만큼 상처를 받았는지, 어떤 마음을 먹고 있는 지... 사랑하는 가족들조차도 그 마음의 무게는 정확하게 모른다.

"나는 24살에야 대학에 들어갈 수 있었다. 뒤처져 있지만 홀로 살고 있다는 생각, 날 도울 사람이 아무도 없고 매사를 스스로 해결해야 한다는 사실, 이 현실들은 내 모든 정신을 공부에 집중하게 했다. 더는 믿을 사람이 없을 때 자신을 믿게 된다. 그러니 나를 무시하던 사람과 사회가 쉽게 던지는 평가들이 무너지도록 자신을 절대 그대로 내버려 두지 마라."

- 마리 퀴리, 1888년에 일기장에서 발견된 말

오늘은 44살에 노벨상을 탄 퀴리 부인에게 연구실에서 입을 따뜻한 옷을 선물하려다가 담요를 뒤집어쓰고 있는 나도 슬쩍 끼워 넣었다. 오늘은 주말이라 일이 많았다.

행복은 우리가 숨 쉬던 공기 속에 존재한다

벤야민 전문가 Y 선생님의 '벤야민과 국도로 걷기' 블로그에서 '또 다른 행복론: 미완의 행복을 기억하며 단단해지기' 글을 읽었다. Y 선생님은 "행복이 무엇인지 별로 고민해 본 적은 없다. 늘 행복해서 그런 것은 당연히 아니다.(그럴 리가 없으니까!)"로 시작된 행복 이야기는 오늘 내 생각의 주제였다. 그럼 '나는 행복한가???' 생각해 보았다. 답은 참 어려웠다. 행복의 기준이 무엇인지? 순간 행복한지? 하루 종일 행복한지? 매일매일 행복한지?... 행복은 나 혼자만 행복한 것은 너무 이기적이다. 가족의 구성원이 행복해야 나도 행복한 것이니 행복은 한 곳에만 머물러 있는 속성은 아닌 것 같다. 지금 같은 팬데믹 시대엔 우리나라, 세계, 우주공간까지 도달해야 진정한 행복을 말할 수 있을 것 같다.

얼마 전 4명의 여자들이 무언가를 마시는 퍼포먼스를 보여주는 사진을 보았다. 나는 이들의 빈 병에 행복의 공기를 넣어주고 싶었다. 행복의 공기를 우리 식구들에 불어 넣어주고 싶기도 하고...

"행복의 이미지는 우리 고유의 삶의 궤적이 우리로 하여금 지나오게 한 시간으로 채색되어 있다. 우리에게 부러움을 일깨울 수 있는 행복은 우리가 숨 쉬던 그 공기 속에만 존재한다. 우리가 말을 걸 수도 있었을 사람들, 품에 안길 수도 있었을 여인들과 함께 숨 쉬던 그 공기 속에만." - 벤야민

나를 소개하는 글을 써야 하는 것을 웹하드에 자료 올리려다 알았다.

김숙경(1961년 생) 여자들의 이야기를 주제로 그림을 그리고 있다. 7살 때 엄마는 나에게 화가가 되라고 하셨다. 내가 그때부터 소질이 있었는지는 모르겠다. 초등학교 1학년 때 매일 한 장씩 그림을 그려서 담임선생님께 갖다 드렸다. "왜 매일 가져오니? 숙제도 아닌데…" 하셨다면 난 아마도 화가가 되지 못했을 것 같다는 생각을 해 본 적이 있다. 결혼 후 육아를 혼자서 감당하면서 전시에 그림을 냈다가 내 그림을 부끄러워서 쳐다보지 못한 일이 있었다. 그림은 작가를 떠나면 어떤 핑계도 댈 수 없다는 것을 깨닫고 그림 그리기를 포기했었다. 동갑내기 남편을 똑같이 대학원생일 때 만났는데, 박사를 하고 강의를 하는 것을 보며, '엄마도 나를 공부시킬 때 화가가 되길 바라셨을 텐데…' 하는 생각이 들었다. 그림을 그리지 않는 10년 동안 책과 펜과 책상만 있으면 공부할 수 있는 전공이 부러웠었다.

뒤늦은 깨달음이지만 드로잉을 했다면… 드로잉은 쉬운 일 같으면서도 쉽지 않은 습관인 것 같다. 그래서 2020년 3월 1일부터 매일 공개적으로 드로잉 일기를 쓰겠다고 하고 인스타그램, 페이스북, 블로그에 올리기로 했다. 나의 일기는 작심삼일을 넘겼고, 3주를 넘겼고, 3달을 넘겼다. 어제로 264일이 되었다.

며칠 전 붉은색 플로리스트 그림은 끝냈다. 크지 않은 그림이었는데 나는 이 그림을 풀어
내기 어려워 예상보다 시간을 많이 써버렸다. 계획한 시간까지 끝낼 수 없을 것 같은 아직
무어라 말을 못 하겠는 애매모호한 파란색 그림을 그리고 있다. 오늘은 그림에 딱 붙어서
떨어지지 않으리라 작정을 했었다. 날씨도 따뜻하고 밖에서 일하기 좋을 것 같아서 남편
혼자 크리스마스트리 장식을 하라고 했다. (그럼 그렇지...) 혼자서는 어떻게 해야 할지 모르
겠다고 나를 불러내 같이 하게 되었다. 마당의 사과나무에 장식하고, 소나무와 소나무를
연결해 장식하였는데 작년 감나무에 했을 때보다 잘된 것 같다. 집안의 트리도 장식했다.
아이들이 크고 나니 우리가 즐기는 느낌이었다. 내일은 그림에 딱 붙어 있을 수 있을까?

행복한 크리스마스, 160×130cm, 장지에 분채, 2021

'무
거
운
책
임
감
,
이
란
옷
을
보
고

네덜란드의 디자이너이자 사진가 수잔 용만스(Suzanne Yongmans)의 일회용품으로 만든 옷 사진들과 글을 보았다. 그중에 '무거운 책임감'이라는, 진흙으로 빚어 만든 옷이 머릿속에서 떠나지 않는다. 나이가 들수록 책임감의 무게는 점점 무거워지고 있다고 느껴서 더욱 공감한 것 같다.

"오늘의 책임은 회피할 수 있지만, 내일의 책임은 회피할 수 없다." - 톨스토이

하루하루 잘 살아야겠다. 책임져야 하니까!

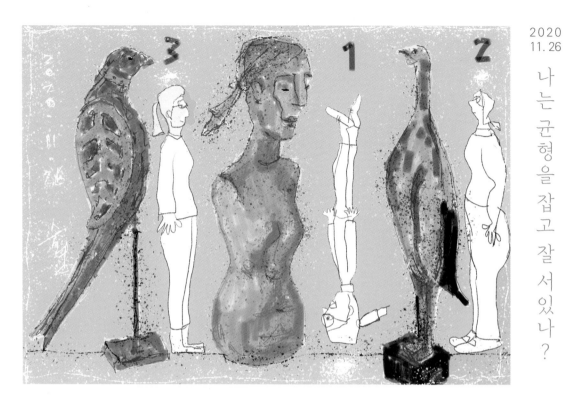

나는 균형을 잡고 잘 서 있나?

나는 학교 다닐 때 일기를 매일매일 쓴 적이 없다. 개학날이 가까워오면 달력을 보며 기억을 짜내서 밀린 일기를 하루 만에 썼다.

그림도 미리미리 끝내고 노는 편이 아니다. 어쩌다 나는 일기를 매일 쓴다는 이유로 혹시나 내가 과대평가를 받는 것이 아닌가? 하는 염려를 할 때가 있다.

오늘 아침 '별빛 샤워' 님의 '머리가 땅에 닿을 수는 없다.' 글을 읽으며 내 자신을 생각했다.

"... 근데 이 신선놀음이 자칫 사람을 가분수로 만들기도 한다. 사람마다 각자의 독특한 성향이 있다. 난 생각이 많은 편이다. 생각이 많은 사람은 일부러라도 가볍게 생각을 털어줄 필요가 있다. 발로 서야 한다. 발이 땅에 닿아야 한다. 머리를 땅에 대고 설 수는 없으니까. 한마디로 실천에 약하기에 가분수 된 머리가 자꾸 땅으로 향한다. 땅에는 발이 닿아야 하는데 말이다." 자신의 생각들을 글로 쓰며 머리를 털어주는 일이 땅에 발을 대고 서려는 작은 몸부림이라고 별빛샤워님이 말했다. 댓글에 혹시나 내가 가분수로 보이는 것 아닌가? 나를 돌아보게 된다고 했더니... "가분수 클럽을 만들어야 하나?" 하고 답이 왔다. 내 대답은 "만듭시다."

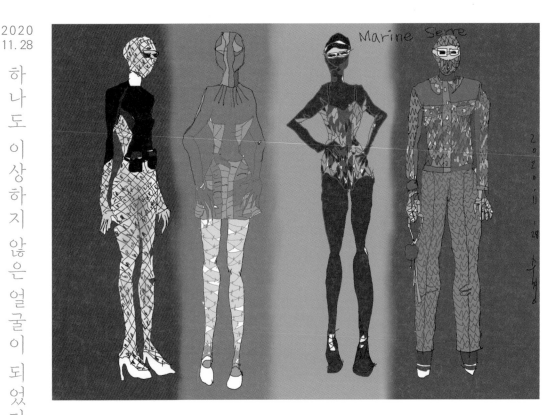

나는 누군가와 마주쳤을 때나, 동네 아이들을 만났을 때 미소를 지어준다. 그러다가 문득 마스크를 끼고 있는 나 자신을 잊고 있었다는 사실을 깨닫고 또 한 번 속으로 웃을 때가 있다. 2020년의 패션 디자이너들은 옷에 어울리는 마스크를 만들어주더니 이제는 얼굴을 다 가려버렸다. '코로나 19' 이전에 이렇게 다 가리고 나타났으면 나쁜 짓을 하려고 얼굴을 가린 사람이라고 했을 테지...!

마린 세르(Marne Serre)는 자신의 옷들에 대해 이렇게 설명하고 있다. "운명적인 사랑(Amore Fati)으로 불리우는 이번 컬렉션은 '록다운' 기간에 완성했습니다. 일시 정지의 시간은 스스로를 되돌아볼 시간이었죠. 쉽진 않았습니다. 세상은 우리가 적응하는 것보다 더 빨리 변하니까요."

안코라 임파로 (Ancora imparo!)

나는 아직도 배우고 있다

12월 중순 예정인 내오회 신작 워크숍은 코로나 확진자의 증가로 만남을 진행해야 할지, 내년으로 미뤄야 할지 의견을 묻고 있다. 오늘 밤 남편은 Zoom으로 프로젝트에 관한 회의를 하였다. 공간을 초월한 회의는 외국에 있는 연구자와도 의견을 주고받았다. 세상은 정말 빠르게 변하고 있어서 계속해서 배우지 않는다면 앞으로의 시대와 단절될지도 모르는 삶을 살아내야 한다고 생각했다.

'안코라 임파로(Ancora imparo)' '나는 아직도 배우고 있다.'는 이탈리아어다. 미켈란젤로가 시스타나 성당의 천장 그림을 완성하고 나서 스케치북 한쪽에 87세 때 적었다고 한다.

'나도 아직도 배우고 있다!'라고 일기에 적어 본다.

'아를의 침실,에서 나의 식구를 기다리다

그림을 시작하기 전에는 정리 정돈이 되어야 집중이 되지만, 작업하는 중엔 낮에는 그림을 그리고 저녁이 되면 식구들이 들어오기 전에 청소를 할 때가 많다. 노란색 대걸레 짜는 기구는 삶은 행주를 헹구는 용으로 쓰고 있는데… (쥐어짜는 손힘이 없어서 그냥 사용 중) 행주를 빨다가 1888년 고흐가 그린 '아를의 침실' 그림이 생각났다. 고흐는 노란 집을 사서 화가 공동체(화가들의 아뜰리에)를 만들려고 했으나 아무도 오지 않았고 '폴 고갱'만 온다는 소식을 듣고 기다리며 그린 그림이다. 노란 의자 2개, 베개 2개, 사진 2개 기다리는 마음은 이런 것일까?

나는 저녁을 했고, 집으로 온 동화와 밥을 먹었고, 동주에게 전화를 걸었다.

해진 뒤 너른 벌판
하늘엔 기러기 몇 점
알록달록한 거미에게
먼 지방에 간 사람의 안부를 묻다

- 장석주, '12월'

이브 생 로랑(Yves Saint Laurent)은 우리 여자들에게 자유를 선물했다. 남자의 전유물이던 턱시도를 여성용 이브닝 웨어로 돌변하게 했을 뿐 아니라 스커트 길이까지 싹뚝 잘랐다. 이러한 선구적이고 진취적 행보에 대해 이브는 이렇게 말했다.

"여자들에게 지금까지 허락되지 않았던 새로운 의미의 자유를 선사했다."

어제와 오늘, 나는 남편에게 자유를 선물 받았다. 김장을 남편 혼자서 다했기 때문이다. 장보기까지... 오늘 절임배추 배달이 오는 날인데 나는 그림을 하나 찾고, C 선생님 전시장에 갔다. 솔직히 이런 경험은 처음이다. 선생님들과 이야기를 하고 있는데 전화가 왔다. 왜 이렇게 늦게 오냐고? 그 전화는 마치 내가 남편에게 왜 아직 안 오냐고 하는 전화와 같았다. ㅋㅋㅋ 뭔가 다급한? (김치 통을 챙겨줘야 하는 일 ㅎ) 4시간 반 동안의 외출이었지만 김장하는 날 집을 완전히 비운 것은 나의 주부 역사상 처음 있는 날이라서 기억하고 싶다.

이브 생 로랑은 1970년부터 LOVE 카드를 직접 만들어 지인들에게 연말마다 카드를 적어 보냈다고 해서 나도 오늘 남편에게 카드를 만들어 보았다.

12월 말이면 모임이 많은 시기였다. 회사는 회식을 못하니까 기업카드로 정해진 액수만큼 한 명씩 돌아가면서 가족과 음식점에서 식사를 하게 아이디어를 냈다. 그래서 남편과 나는 동화에게 멋진 식사를 대접받았다. 통근차가 서는 곳까지 동화를 데리러 가는데 라디오에서 배철수 씨는 '귀 호강'에 대한 주제로 이야기를 하고 있었다. 눈과 입은 막을 수가 있는데, 귀는 막으면 맥박 뛰는 소리… 몸 안에서 나는 소리를 들으려 한다고 했다. 귀를 예쁘게 보이게 하려고 귀걸이로 장식은 할 수 있지만 자기 귓속은 볼 수가 없다고도 했다. 들을 수 없는 베토벤이 손님들을 초대해서 피아노 연주를 하는데 아주 작은 소리로 연주를 하는 부분에서 베토벤은 아주 작게 연주한다고 한 것이 손님들은 너무 작아서 소리가 들리지 않았다고 했다. 하지만 모두들 너무나 행복하게 연주를 들었다고 했다. 음악은 '월광 소나타'를 들려주었다. 철학적이고도 멋진 비유를 많이 하셨는데 운전하느라 이렇게밖에 옮길 수가 없다. 나는 귀 호강을 많이 하는 사람이라 행복하다 생각했다.

가장 값진 것을 위해 잠시 눈을 감고,
가장 참된 것을 위해 잠시 귀를 닫고,
가장 진실한 말을 하기 위해 잠시 침묵한다.

- 조영찬, 듣지도 보지도 못하는 시청각 중복 장애인 시인. 영화 '달팽이별' 주인공

이구아나, 뱀, 족제비, 고슴도치, 오리, 앵무새, 기니피그, 햄스터, 장수풍뎅이, 사슴벌레, 바다에서 사는 물고기... 우리 집에서 키워 본 것들이다. 특히나 동주는 이런 것들에 관심이 많았다. 강원도 GOP 부대에서 휴가를 나오던 날 작은 상자를 내밀었다. 형을 주려고 산에서 주워 왔다고... 언젠가 형이랑 참사슴 벌레를 잡으러 기차 타고 갔는데 잡지 못했다고 했다. 나는 모르던 사실. ㅎㅎ

동화는 좋아하면서 사슴벌레를 박제로 만들었다. 이 선물 덕에 동화는 동주에게 매달 용돈을 보내주나 보다. 자기가 학교 다닐 때 항상 용돈이 부족했다고...

1823년 오늘은 프랑스 곤충학자 앙리 파브르가 태어난 날이다.

"역사는 왕족의 사생아 이름은 기록하면서 말의 기원에 대해서는 언급하는 일이 없다."
- 파브르 곤충기

집에 있는 날들이 많다보니 '사회적 거리두기 2.5단계'가 나에게는 와 닿지 않았었다. 친구와 머리를 하러 갔다가 차라도 마시자는 말에 미장원 근처를 한 바퀴 돌았는데 결국은 들어가지 못했다. 문을 열었어도 들어갈 수 없거나, 가게 문을 닫았거나… 해는 떠 있는데 마음은 어두운 느낌?

이상한 세상이 되어버렸다. 오늘 아침 "이 시는 나의 이야기 같아" 했는데 오늘 나는 이 시를 체감했다. 3단계로 가면 수많은 가게들은 또 어떻게 사나? 생각을 하며 집으로 돌아왔다.

나는 산책이 늘었다 / 나는 요리가 늘었다 / 나에게 시간이 너무나도 늘었다 / 축제가 사라졌다 / 장례식이 사라졌다 / 재난 영화의 예감은 빗나갔다. / 잿빛 잔해만 남은 도시가 아니라 / 거짓말처럼 푸른 창공과 새하얀 구름이 날마다 아침을 연다…

- 김소연, '거짓말처럼'

거짓말처럼 맑은 공기와 전같이 활기찬 세상이 오늘 자고 내일 일어나면 돌아와 날 기다리고 있으면 좋겠다.

월~금요일까지 밤 8시에 50m 레인의 수영장에서 수영을 했었다. '조금만 기다려 보자!...!...!' 하다가 1년이 되어 간다. 친구는 나에게 뼈가 완벽하다고 했는데... 이 뼈에 살이 자꾸 들러붙는다. 친구를 만나려면 운동해야 한다. 2021년엔 두 가지 계획을 세웠다. 1. 하루에 30분 책읽기, 2. 하루에 만보 걷기. 남편이 주문한 책들이 오늘 집으로 배달되었다. 나도 읽고 싶어서 하루 30분이라도 책을 읽겠다고 마음먹었다. '우리가 인생이라 부르는 것들' 책에 있는 시를 소개하고 싶다.

콩나물처럼 끝까지 익힌 마음일 것 / 쌀알빛 고요 한 톨도 흘리지 말 것 / 인내 속 아무 설탕의 경지 없어도 묵묵히 다 먹을 것 / 고통, 식빵처럼 가장자리 떼어버리지 말 것 / 성실의 딱 한 가지 반찬만일 것

새삼 괜한 짓을 하는 건 아닌지 / 제 명에나 못 죽는 건 아닌지 / 두려움과 후회의 돌들이 우두둑 깨물리곤 해도 / 그깟 것마저 다 낭비해버리고픈 멸치똥 같은 날들이어도 / 야채처럼 유순한 눈빛을 보다 많이 섭취할 것 / 생의 규칙적인 좌절에도 생선처럼 미끈하게 빠져나와 / 한 벌의 수저처럼 몸과 마음을 가지런히 할 것

한 모금 식후 물처럼 또 한 번의 삶을 / 잘 넘길 것

- 김경미, '식사법'

어제 오십의 바다를 건넜다고 일기에 적었더니 찬비 님은 50 시작 무렵에 읽으신 책을 알려 주셨다. 조안 앤더슨, '오십에 길을 나선 여자' 첫 페이지 인용구에 형광펜으로 표시하셨다던 글은,

"마음속에서 풀리지 않은 모든 것을 인내하고 의문 자체를 사랑하게나. 답을 구하지 말게 왜냐하면 그대로 살 수 없기 때문에 주어지지 않은 것이니. 중요한 것은 모든 것을 경험하는 것이네. 지금은 의문을 따라 살게. 그러다 보면 점차 자신도 모르게 답을 향한 날들을 살아가고 있을 것이니."

- 라이너 마리아 릴케, '어느 젊은 시인에게 보내는 편지'

나는 10년 뒤에 답을 들었다. 10년 전에도 답을 들을 수 없었던 질문이었다. 오십의 바다를 먼저 건너온 내가 자신 있게 할 수 있는 말은 그 바다를 잘 건너와 보니 식구들이 나를 귀하게 여겨 준다는 것! 동화는 작년 여름 인턴을 끝내고 받은 돈으로 엄마는 Queen이 되라면서 Q가 새겨진 목걸이를 선물했으며, 동주는 아침에 슬쩍 하트를 놓고 가는 이모티콘을 보내 놓는다. 이제부터 다시 알 수 없는 길이지만 차분하게 걸어가 보아야겠다. 나이는 다 다르지만 같이 갈 동지들이 생겼다.

프레디 머큐리는 '보헤미안 랩소디(Bohemian Rhapsody)'를 작사, 작곡했다. 미술학도로 알고 있다. 페이스북 친구 하일지 선생님은 '우주피스 공화국' 책을 쓰셨고 책 내용의 그림을 그리시는데 두 가지 능력이 참 부러웠다. 2002년쯤? '그림책 쓰는 법'을 사서 보았다. 책에서는 성공적인 책 쓰기가 얼마나 어려운 일인지에 대해 말했기 때문에 읽다가 자신이 없어져 버렸었다. 일단 글을 써야 하는데 자신이 없고 내용과 단어 선택이 중요하다고 했다. 그림도 마찬가지였고... 그래서 덮어놓은 나의 작은 꿈이다. 늙어서 삶의 경험이 많아지면 그림책을 만들어 보고 싶긴 하다. '에이트: 씽크' 책에서 벼룩의 예를 든 것을 보았는데 벼룩은 자기 키의 200배를 뛰어오를 수 있는 능력이 있는데, 뚜껑을 덮어놓고 높이뛰기 연습을 하다가 뚜껑을 열면 아무리 힘껏 뛰어도 병속 높이밖에는 뛰어오르지 못한다고 했다. 그림책 쓰는 법을 쓴 엘렌 E.M. 로버츠의 겁주는 말이 나에겐 병뚜껑이었을지도 모른다는 생각을 해 보았다. 뚜껑을 열었으니 작은 희망을 한 번 가져 보아야겠다.

그
림
의
온
도
2020
년

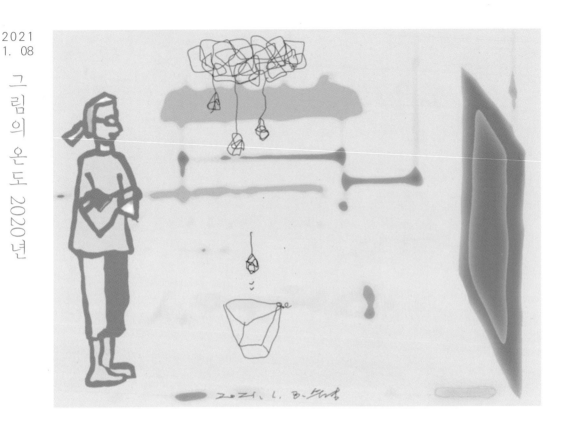

오전의 겨울 햇살은 깊숙하게 집으로 들어온다. 아침에 일어나자마자 햇살 가득한 집에서 파란 그림을 본다. 그 시간이 내 그림이 가장 빛나는 시간? 그림 속에 들어가면 그 따뜻한 느낌은 보지 못하고 그림 속에 빠져야 한다. 1월 초에 끝내야지, 중순에 끝내야지... 아마도 1월 말까지 갈 것 같다. 단순하게 그리고 싶었는데... 단순해지지 않고 있다.

"얼음을 나르는 사람들은 얼음의 온도를 잘 잊고, 대장장이는 불의 온도를 잘 잊는다. 누군가에게 몰입하는 일, 얼어붙거나 불에 타는 일. 천년을 거듭해도 온도를 잊는 일. 그런 일"

- 허연, '얼음의 온도'

나는 오늘 그림의 온도를 잊고 있을까? 생각해 본다.

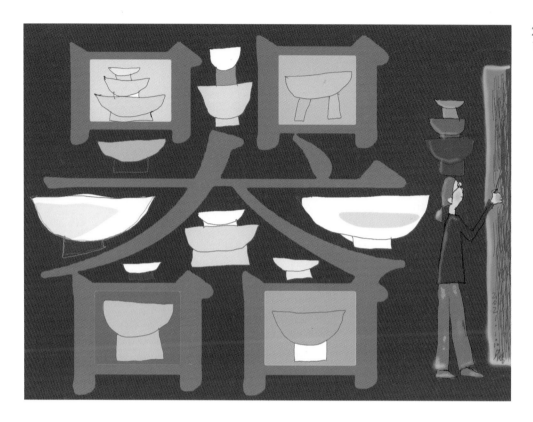

한자의 '그릇 기(器)' 자는 받침대에 네 개의 그릇을 균형 있게 올려놓았다. 오늘 한지를 잘게 찢어 붙이면서 그림을 그리는 여자 작가를 보았다. '세오' 독일에서 유명해지고 뉴욕으로 진출하고, 조수들도 많고, 그림 값도 엄청 비싸다고 했다. 한지 조각 수십만 장이 붙여졌다고 말했다. 작업량도 많다. 내 그림은 세필(굵기가 가는 붓)로 화면을 채우는데 크기에 따라 수만 번, 수십만 번이라고 말할 수는 있다. 나는 파란 그림의 내용을 어제는 채워 넣었는데, 오늘은 다른 곳을 지워내고 있다. 균형을 잡는 것이 참으로 어렵다. 그림 안에서도 그림 밖에서도… 마음은 젊다고 생각하는데 실제의 나는 젊지 않은 것도 그렇다.

"사람이 늙은 처지에서 젊은이를 보고, 실패를 바탕으로 성공을 보고, 시들어 초췌함으로부터 영화로움을 본다면 성품이 안정되고 행동이 절로 바르게 되리라."

- 진의상, '잠영록'

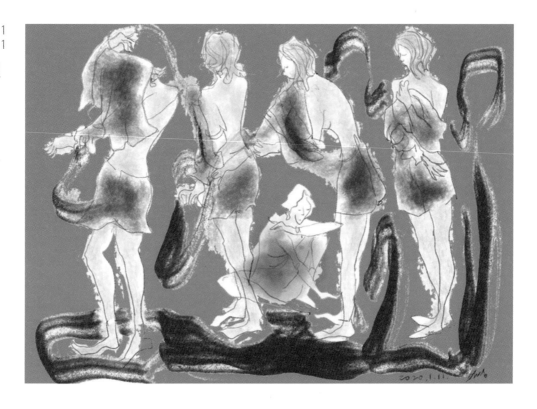

난 지금 옷을 벗는 여자의 움직임이 춤이라 생각하면서 그렸다. 현대무용에서는 이런 동작도 춤으로 보여줄 수 있다고 생각하며... 글을 쓴 천재 안무가, 무용가 J 선생님께 물었다.

나: 5.1 채널은 어떤 것일까요? 엉뚱한 질문이겠죠?

J : 네. 좋은 질문입니다. 대형 영화관처럼 5개의 스피커와 1개의 중저음 우퍼를 서라운딩 배열해서 소리를 웅장하게 전달하는 방식입니다. 일반적으로 2채널이면 스피커 두 개를 무대 양옆에 배열하는 방식이에요.

나: 아하!!! 그럼 공연장마다 다른가요? 아니면 공연 때마다 달라지나요?

J : 음악을 녹음할 때 5.1 채널로 해서 극장 환경에 따라 소리는 달라집니다.

나: 이제 완벽하게 이해했어요. 감사합니다.^^

어떤 음악을 어떤 채널로 관객에게 들려주어야 하는 것까지 고민하는지는 몰랐다.

오늘은 / 오늘에만 서 있지 말고, / 오늘은 / 내일과 또 오늘 사이를 발 굴러라.
건너뛰듯 / 건너뛰듯 / 오늘과 또 내일 사이를 뛰어라... / 널 뛰듯 널 뛰듯 / 이쪽과 저쪽 /
오늘과 내일의 리듬 사이를 / 발 굴러라 발 굴러라. / 춤추어라 춤추어라.

- 김현승, '새해 인사'

눈이 내린 다음 날도 새들은 절대 굶지 않는다

어제와는 달리 툭-툭 눈이 떨어지는 날이었다. 하늘은 맑았는데 집 앞 소나무에서 떨어지는 눈은 툭-툭 떨어졌고 지붕에서 흩날리는 떡가루 같은 눈들은 자기 멋대로 바람에 휘날렸다. 아침에 일어나 보니 까치가 덮인 눈 속에서 감을 쪼아 먹고 발자국을 남기고 떠났다. 동네 직박구리를 시험하기 위해서 부드러운 눈덩이를 찾아 눈이 방금 내린 것처럼 만들어 놓았다. 직박구리도 감을 찾아 쪼아 먹고 까치보다 작은 발자국을 남기고 갔다. 새들은 눈이 발달한 것만이 아니고 머리가 정말 좋다. 눈 내린 다음 날도 새들은 절대 굶지 않는다.

캄캄한 추위가 출렁이고 / 새하얗게 눈보라 아득한데 / 가슴속 가장 깊은 곳에서 / 반짝 눈뜨는 그리움 하나… / 새해엔 빈손 들고 어정어정 / 발걸음만 떠돌지 않게 하소서… / 꿈꾸는 우리들 / 빛나는 삶이게 하소서 발걸음이여.

- 문충성, '새해엔 빛나는 삶이게 하소서'

떨어뜨린 잉크의 얼룩점 하나에서 모티브 찾기

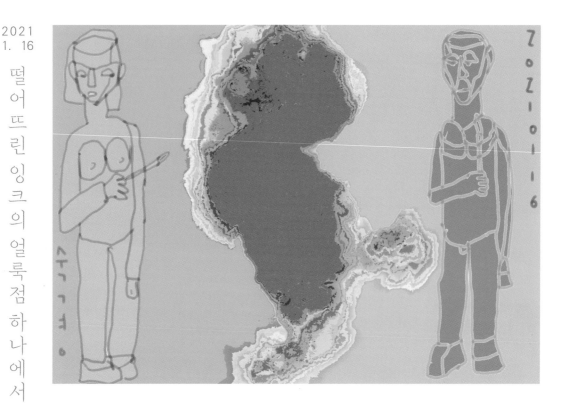

독일 심리학자 H. 로르샤하는 종이에 잉크를 떨어뜨린 뒤 접어서 생긴 형태를 상대방에게 보여주며 '무엇으로 보이는가'를 물어 개성과 정신건강 테스트를 했다고 한다. 나는 오늘 '한국 여성화가 69인이 아트 에세이'를 그림 그리다가, 집안일을 하다가 조금씩 읽고 있다. 한 사람 한 사람의 이야기들을 읽다 보니 떨어뜨린 잉크의 심리 실험이 떠올랐다. 사물에서 순간 떠오른 이미지가 그림의 주제가 되기도 했으며, 과거의 기억이 현재의 작품 소재가 되기도 하였고, 현재의 느끼는 감정이나 상상이 조형적인 세계가 되기도 하였다. 모두가 처음 시작은 작은 점(모티브, motive)에서 시작되었지만, 그 철학적 사고들은 작은 점이 아닌 끝없이 펼쳐진 우주였다.

장을 보러 가기 전 잠깐 '오드리 햅번'의 집을 보게 되었다. 너무나도 유명한 사람이 30년 간 살던 집은 마을 사람들과 어우러진 크지 않은 집이었다. 공동묘지 안에 2평 정도를 차지하는 꽃이 예쁘게 핀 무덤도 보았다. 마을의 마당엔 작은 동상이 하나 있었다. 장을 보고 집에 돌아오는 길 라디오에서 '라이처스 브라더스'의 음악에 대해서는 뭐 좋으나... 그 사람에 대해서는 '쓰레기'라는 표현을 했다. 그리고 추모하고 싶지도 않다고 했다. 라디오에서? DJ가? 충격이었지만 얼마나 쓰레기 같은 인생을 살았으면... 하는 생각이 들었다. 음악은 다른 것을 들어 주었으나 그 유명한 사랑과 영혼 주제가 'Unchained Melody'를 부른 가수이다. 다른 나라에까지 와서 욕을 먹고 있다는 것을 그 영혼은 알고 있을까?

아름다운 입술을 가지고 싶으면 친절한 말을 하라. / 사랑스런 눈길을 갖고 싶으면 사람들에게서 좋은 점을 봐라. / 날씬한 몸매를 갖고 싶으면 너의 음식을 배고픈 사람과 나누어라. / 아름다운 머리카락을 갖고 싶다면 하루에 한 번, 어린이가 그의 손가락으로 너의 머리카락을 쓰다듬게 하라. / 아름다운 자세를 갖고 싶다면 결코, 너 혼자 걷고 있지 않음을 명심해서 걸어라...
만일 도움의 손이 필요하다는 사실을 깨닫는다면, 너의 팔 끝에 있는 손을 사용하라. / 또 너도 나이를 들면 손이 두 개라는 사실을 발견할 것이다. / 한 손은 너 자신을 위한 손이고, 다른 한 손은 다른 사람을 돕는 손이라는 사실을...

- 오드리 햅번이 숨을 거두기 1년 전 크리스마스이브에 아들에게 유언으로 들려준 시.

나는 일기를 쓰며 많은 것을 배운다.

좋은 먹을 고르는 방법을 알려 주겠소!

"좋은 먹을 고르는 방법을 알려 주겠소. 눌어붙거나 껄끄럽지 않고 막힘이 없어야 하오. 그리고 갈았을 때 입자가 가늘어야 좋은 먹이라 할 수 있소. 먹 속에 이물질이 섞이지 않고, 기포가 적거나 없으며, 먹자체가 단단하여 푸석푸석한 느낌이 없고, 갈 때 입자가 고르면서도 가늘게 나타나는 것은 좋은 먹이라 하오. 또한 먹색이 검어야 하오. 묵경에 보면 '먹을 갈 때 붉은 것이 제일이며, 순수하게 검은 것이 그 다음이고, 푸른빛이 나는 것이 그 다음이며, 하얀 빛이 나는 것이 그 다음이다'라고 하였소. 그리고 먹은 서로 부딪혀 보았을 때 그 소리가 아주 맑아야 하오. 먹을 갈거나 두드렸을 때 들리는 소리가 맑고 청아하면 좋은 것이고, 둔탁하고 굵으면 나쁜 것임을 기억하시오. 저잣거리에서 먹을 구입할 때는 먹에다 입김을 쏘인 다음 얼른 코로 냄새를 맡아 사향이나 용뇌의 향기가 은은히 나면 가장 좋은 먹이오. 먹 자체는 향기가 없으나 먹을 갈 때 맑은 향이 풍기는 것이 좋은 먹이라오. 또 한 가지, 먹을 가는 물은 항상 맑은 물을 사용해야 하오. 뜨거운 물은 먹이 빨리 갈리나 입자가 굵어지고, 차를 우렸던 물은 먹의 광택에 손상을 입히니 그런 물을 절대로 사용하지 마시오. 그리고 먹을 갈 때는 무겁게 누르면서 가볍게 움직이는 게 좋소. 항상 곧바로 세워 한 방향으로 가는 것이 좋고, 먹물은 막 갈아서 신선할 때 써야 하오. 미리 갈아서 하룻밤을 묵힌 먹물은 입자가 굵어지고 아교 성분이 풀어져서 좋지 않소, 아무리 값비싸고 좋은 먹이라 해도 사용방법이 게으르면 그 최고의 효과를 얻지 못하오, 그러니 그때그때 바로 쓸 분량만 먹물을 갈아두고 쓰시오."

- '불멸의 꽃' 김명희 장편소설.

세계에서 가장 오래된 금속활자로 인쇄한 책 '직지심체요절'은 1377년 7월 청주 흥덕사에서 인쇄했다. 14시간 동안 완독한 '불멸의 꽃'을 들었다. 금속활자를 만들어 내는 실험 과정, 인쇄, 제본한 방법까지 친절하게 다 설명해 주어서 '직지'라 쓰여진 책 이미지를 찾아보았을 때의 감격은 마치 내가 그 일에 참여한 것 같은 감격이었다. 프롤로그에서 '구텐베르크 성서'보다 78년 앞선다는 것을 알리고 유네스코에 2001년 등재시키는 과정도 알려 준다. 아쉬운 건 세상에 딱 한 권 남아있다는 것.

나는 아직도 멀었다. 내 심장을 열어야 한다니…

"나는 자신의 심장을 열고자 하는 열망에서 태어나지 않은 예술은 믿지 않는다. 모든 미술과 문학, 음악은 심장의 피로 만들어야 한다. 예술은 한 인간의 심혈이다."

- 뭉크(1944년 1월 23일 오늘 세상 떠난 노르웨이 화가 '절규')

북극으로 가려면 노르웨이에서 가야 한다. 가보고 싶은 나라. 그곳에서 뭉크가 살았다.

'피오르드' 지형(빙하가 쌓여 있다가 바다로 밀려 떠내려가면서 생긴 협곡). 국가, '그래, 우린 이 땅을 사랑한다.' 뭉크의 절규에 나오는 하늘 이미지를 찾았다. 최대한 비슷한 색으로 표현해 보았다. 피오르드 협곡을 지나다 뒤를 보았다면 난 절규를 그리지도 못하고 심장이 멎어 버렸을지도 모르겠다는 생각을 했다. 병약한 가족력이 있는 뭉크의 그림이 이 하늘 하나로 이해가 되었다. '절규'와도 비슷한 하늘색이었다. 나는 조금씩 내 심장을 여는 연습을 해 나가야 하나 보다.

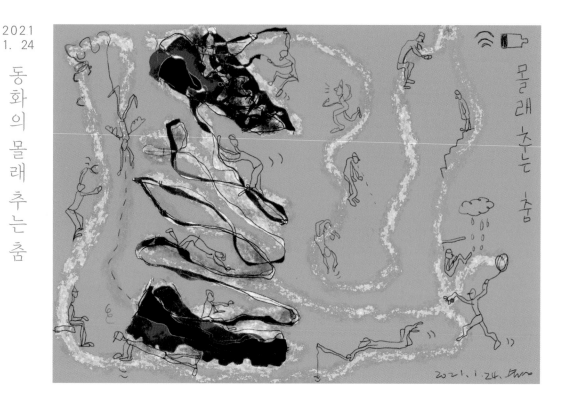

그림을 쉬면 아픈 팔이 낫겠지… 그래서 냉장고 정리를 했고, 100호 화판들을 꺼내다가 그림방(작품 창고?)을 정리했다. 완벽하게 정리되었는데 손목이 아프다. 이건 쉬는 게 아닌데? 그림방 정리를 하다가 동화가 수업 시간에 만든 작품을 보았다. 동화는 공대, 미대 졸업장이 두 개다. 제목이 붙어 있었는데 '몰래 추는 춤'이었다. 공대 4학년을 마치고 친구들은 취업 준비 하는데 미대 수업을 듣고 있었으니 엄청 불안했을 거다. 군대도 4학년 1학기를 마치고 갔다 오고… 뭔가 많이 어긋나 보이는 상태. 예비군 훈련 때 신고 가야 할 군화를 가위로 오려서 판에 붙여 놓았다. QR 코드도 하나 붙여 놓았다. '몰래 추는 춤'은 다음 학기는 졸업작품 준비를 해야 하는데 취업 준비할 시간은 턱없이 부족하고 이러지도 저러지도 못하는 상황에서 붙여진 제목이 아닐까 싶다. 외롭고 불안했을 춤으로 그려 보았다.

"인간은 확고부동한 존재도 완성된 존재도 아니다. 인간은 변화의 과정 중에 있는 존재이며 예감이고 미래이며, 주사위 던지기요, 새로운 형태와 가능성을 향한 자연의 동경이다."

- 헤르만 헤세, '전쟁과 평화'

너에게 우산이 필요한 것 같다…
길에 너무 오래 서 있으면 안 된다 !

대학 1학년 수채화 시간에 수채화를 제일 잘 그리는 친구 뒤에 이젤을 놓고 그 친구가 어떻게 그려 나가는지 보면서 그렸다. 서양화로 들어온 친구들은 수채화를 잘 그렸다. 나는 미술 시간에 해본 것이 전부라서… 그렇게 한 학기가 지나고 난 A+를 받았다. 그 친구와는 전혀 다른 나만의 수채화 색과 느낌으로. 그 친구에게 전화가 왔다. 몇 년 전에 목사님이 되었다. 이틀이나 내 꿈을 꾸었다고 했다. 비가 오는데 내가 길에 서 있었다고 했다. 비를 맞으면 안 될 것 같아 나를 불러서 차에 태웠다고…

나에게 우산이 필요한 것 같다고… 길에 너무 오래 서 있으면 안 된다고 했다. 기도실에서 전화했다면서 전화기를 통해서 나를 위해 기도해 주었다. 예쁘고 세련되고 그림도 잘 그렸던 친구의 기도는 너무나 아름다웠다. 나는 눈물이 핑 돌았다. 몇 년만의 전화였지만 이런 친구가 있어서 참 행복하다.

"아름다운 순간이 왔다가 사라질 때 그 사이에 스며드는 행복한 명상의 마음이여."

- 윌리엄 워즈워드

100호의 화판에는 전지 사이즈 종이 4장을 풀로 이어서 붙여야 한다. 화선지를 붙일 때도 전지 4장이 필요하다. 이음새는 5~6mm 정도로 풀칠해서 붙인다. 잘못 붙이면 종이의 귀퉁이가 울어버린다.(쭈글거리는 모양) 만일 우는 화선지 위에 채색하게 될 장지나 순지 배접지를 붙이면 다시 다 뜯어내고 처음부터 다시 하는 것이 낫다. 그림 그려진 종이는 평생 울고 있을 테니까… 3일에 걸쳐 100호 화판 4개를 붙였다. 두 개는 밑그림, 두 개는 채색그림 그릴 용도로… 사람은 하루에 오만가지 생각을 한다고 하더니 생각하다, 생각하다 나에게까지 갔다. 종이랑 친해져야 했으니 성질이 순해졌을 거다. 기다리는 것, 참는 것… 한국화를 하는 사람들은 대부분 순하다. 이런 재료를 다루다 보면 성질이 불같아질 수가 없다. 준비과정 하나하나가 조심스럽게 다루어야 하고, 기다려야 하는 과정들이 너무 많다.

인디언들은 말을 타고 달리다가 이따금 말에서 내려 자신이 달려온 쪽을 한참 동안 바라보는데… 이것은 행여나 자신의 영혼이 따라오지 못할까 봐 기다려주는 배려이고, 영혼이 곁에 왔다 싶으면 그제서야 다시 달리기 시작했다고 전해져 온다. 내가 하는 채색 작업이 인디언의 말달리는 모습 같기도 하다는 생각을 해보는 밤이다.

"인생은 개인의 노력과 재능이라는 씨줄과, 시대의 흐름과 시대정신 그리고 운이라는 날줄이 합쳐서 직조됩니다. 하지만 많은 사람들이 나의 의지와 노력과 재능이라는 씨줄만 놓고 미래를 기다립니다. 치고 들어오는 날줄의 모양새는 생각도 안 하고 말입니다."

- 박웅현, '여덟 단어'

봄이 오는가 싶더니 오전에는 함박눈이 내렸다. 나는 오늘 인사동, 삼청동, 소격동에서 하루를 보냈다. 집에 올 때 세찬 바람 때문에 버스가 오는 방향을 보지 못하고 바람을 등지고 서 있었다. 버스가 오는 것을 보아야 집으로 갈 수 있는데... 바람이 불어오는 방향을 '날줄'이라 생각해 보았다. 나는 바람을 피하느라 "씨줄만 붙잡고 살아오지 않았을까? 그런데 왜 '여덟 단어'일까? 문장 속에서 손가락을 꼽아가며 여덟 단어를 만들어 보는데 잘되지가 않았다. 버스에서 내려 집에 오는데 비닐로 묶여 있는 120호 장지 5장을 가슴에 안고 걷다보니, 종이 안의 공기층이 따뜻해서 나도 모르게 "아! 얼마나 따뜻한가!" 말하고 보니 '맞다! 그림 그릴 종이가 있으니 이것이 날줄'이지... '인사동 입구에는 붓 모양의 조형물이 있다. 내가 그림을 그려 온 길을 그 붓이 그렸다 생각하며 그려 보았다.

지 금 내 안 에 는 또 하 나 의 그 대 가 …

오늘 내가 무슨 짓을 한 건지… 2년 전에 그린 100호 그림이 마음에 들지 않아 사진도 못 찍고 있었다. 2년 후의 내가 그때의 나를 들여다보며 '넌 이때 왜 이렇게 표현했니?' 혼잣 말로 묻기도 하고, 하루 종일 오늘의 내 마음에 들게 바꾸어 보려고 했다. 결국엔 저녁때 화판에서 그림을 뜯어냈다. 그리고 가위로 잘랐다. 60×73cm, 38×46cm의 화판을 꺼 내어 작은 그림 두 개로 만들어 보려고 한다. 이번에는 내 마음에 들게 완성할 수 있을까?

뜯어낸 그림에게!

그대가 어느 모습 / 어느 이름으로 내 곁을 스쳐 지나갔어도 / 그대의 여운은 아직도 내 가슴에 / 여울이 되어 어지럽다… / 잡기로 하면 붙잡지 못할 것도 아니었으나… / 그대 향한 마음이 식어서도 아니다… / 지금 내 안에는… / 또 하나의 그대가 / 푸르디 푸르게 새 움을 틔우고 있는데

- 이정하, '겨울 나무'

시를 중간 중간 빼 먹어서 죄송하지만 내 마음만 골라 담았다.

친구와 함께, 45.5×38cm, 장지에 분채, 2021

내
가
할
일

설거지를 하면서 창밖을 보니 아이들이 눈이 아직 녹지 않은 자리에서 눈사람을 만들고 있었다. 얼마 전 빈티지 스키 사진을 보았다. 지금과는 많이 다른 모습이지만 눈이 오면 아이들이나 어른들이나 즐거운 모습이다. 쵸콜릿을 들고 나가서 나누어 주었다. 놀다 보면 뭔가 먹고 싶을 테니까. 아이들이 좋아했다.

커피필터 노트를 받으신 Y 선생님은 '읽는 사람들을 푸근하게 해줄 기억 노트로 쓰시겠다고 하셨고, J 선생님은 꿈에 인사동 카페에서 나와 만나서 커피필터 책에 대해 이야기를 나누었다고 하시고 따뜻한 사람이 되고 싶다고 하셨다. 작고 보잘것없는 것이지만 내 마음이 전해진 것 같아서 행복하다. 남은 두 권과 매일매일 생기는 커피필터는 이렇게 마음을 전하는 용으로 만들어야겠다고 생각했다.

따뜻하니 눈길 보내는 일 / 보드라니 손길 건네는 일 / 따스하니 미소 주는 일 / 널 위한 내 할 일... / 가만히 네 고민에 승선하고 / 그렇게 어깨 맞대고 걷다가 / 숨겨온 노란 감귤 하나 / 네 주머니 손에 슬쩍 쥐어 주는 일...

- 신종승, '내가 할 일'

"2월 2일 오늘은 '아홉차리' 입춘이나 대보름 전날, 각자 맡은 일을 아홉 번씩 되풀이하는 날. 글방에 다니는 아이는 천자문을 아홉 번 읽고, 나무꾼은 나무 아홉 짐을 하며, 노인은 새끼를 아홉 발 꼬고, 나물은 아홉 바구니를 캐고, 빨래는 아홉 가지, 길쌈 (실을 내어 옷감을 짜는 모든 일) 아홉 바디를 삼는다. 부지런히 일하면 잘 살 수 있다는 것" 이제 봄이 왔으니 열심히 살아라! 하는 의미인 것 같다. 그래서 오늘 열심히 살아 보았다. 집안일과 그림 그리기. 지금 밖의 기온은 -4도 새벽엔 -11도가 된다고 하니 입춘인 내일은 춥겠지만 봄을 기다리는 마음은 성급하다.

작년에 남편이 요리학원을 등록하고 하루 만에 그만두었는데 잘못 들어가 요리학교에 다니는 젊은 학생들이 다니는 곳이었다고 했다. 자신은 절대 따라할 수 없는 고수들이 모인… ㅎㅎㅎ

하루 수업료는 비쌌는데 큰 가르침을 받고 왔다. 칼질과 정리 정돈. 요리 중간에도 필요한 재료만 나와 있어야 하는 것. 사실 나는 요즘 거의 밥을 하지 않는다. 한두 달 된 것 같다. 아침에 일어나면 커피와 밥이 준비되어 있다. 남편이 나가야 할 때 빼고는 거의… 오늘 저녁은 시금치나물과 시금치를 넣은 양념무침?(남편의 독창적인 반찬인데 엄청 맛있다.) 갈치구이… 나는 요리 도구, 그릇 모으는 것 좋아하는데 이런 준비성이 요리하는 남편을 즐겁게 해주는 것 같다. 저녁을 준비하는 남편에게 오늘 일기로 써야겠다고 하면서 시금치 시가 있나? 하고 검색을 했는데 정말 재미있는 시를 발견했다.

시가 뭐고 / 논에 들에 / 할 일도 많은데 / 공부 시간이라고 / 일도 놓고 / 헛둥지둥 왔는데 / 시를 쓰라 하네 / 시가 뭐고 / 나는 시금치씨 / 배추씨만 아는데

- 소화자, '칠곡 할매들 시를 쓰다'

나는 다른 여자들은 하나도 안부럽다. 딱 한 사람은 오십 대 중반부터 정말 부러워했다.

영국의 '엘리자베스 여왕'은 1952년 2월 오늘 여왕으로 즉위해서 지금까지도 여왕이니 어느 여자가 엘리자베스 여왕과 비교가 될까?

'여왕의 10가지 특별한 권리'

"1. 여왕의 생일은 공휴일이다. 2. 세금을 내지 않는다. 3. 정보 공개에 대해 거부할 수 있다.(자신과 왕실에 대한) 4. 여권 없이 전 세계를 여행할 수 있다. 5. 영국 교회의 최고 수장이다. 6. 운전 면허증 없어도 차를 몰 수 있다. 7. 법정에 설 필요가 없다. 8. 개인의 시인을 고용할 수 있다.(궁정 시인) 9. 여왕의 구두만 담당 직원이 있다.(여왕의 새 구두를 신기 편하게 만들기 위해서 여왕과 발 사이즈가 같은 직원이 양말을 신고 미리 새 구두를 신는다) 10. 혼자만 쓰는 ATM기기가 있다." - 포스트 네이버 참고

동전의 엘리자베스 여왕 모습과 여왕의 결혼식 드레스로 문양을 만든 찻잔도 있어서 그려보았다.

봄날에 ㅡㅡㅡㅡ

2021년 4월 22일

PART 4

세월아 네월아,
낙천적인 화가 사계를 노래하다

작은 불빛이 되어야겠다

1984년 오늘 MMU(등에 짊어지는 큰 가방처럼 생긴 우주추진장치)첫 사용. 미국 우주비행사 매캔들리스는 우주 왕복선 챌린저호를 떠나 생명 줄도 없이 우주 공간에 떠있는 인간 인공위성이 되었다. 매캔들리스는 제트팩만 메고 90여 분 동안 90m 이상을 유영한 뒤 우주 왕복선으로 무사 귀환했다. 언론 인터뷰에서 "너무 추워 이가 딱딱 마주치고 부르르 떨었지만, 그것은 사소한 것이었다. 정말 편안했다. 개인적인 기쁨과 직업적인 자부심이 뒤섞인 정말 환상적인 느낌이었다."고 말했다고 한다.

이 스케치를 하면서도 많은 생각을 하게 되는데 최초로 우주선 밖을 나가겠다는 마음을 먹은 매캔들리스는 어땠을까? 우주복을 그리면서, MMU를 그리면서,이 모든 장치를 만들어준 사람들을 믿었을 것이며, 눈 앞에 보이는 우주 왕복선을 보며 돌아갈 수 있다고 믿었을 것이다. 77억 명이 살고 있는 지구에서 완벽하게 하나인 '나'를 생각하며 우주에 떠있는 한 사람과 마찬가지 아닐까? 하는 생각이 들었다.

길을 잃어보지 않은 사람은 모르리라 / 터덜거리며 걸어간 길 끝에 / 멀리서 밝혀져 오는 불빛의 따뜻함을 / 막무가내 어둠 속에서 / 누군가 맞잡을 손이 있다는 것이… / 인간에 대한 얼마나 새로운 발견인지 / 산속에서 밤을 맞아본 사람은 알리라… / 먼 곳의 불빛은 / 나그네를 쉬게 하는 것이 아니라 / 계속 걸어갈 수 있게 해준다는 것을

- 나희덕, '산속에서'

작은 불빛이 되어야겠다.

I will always love you
Whitney Houston

202(. 2.11

"그녀는 평범하면서도 동시에 비범했다. 사람들은 그녀의 아름다움을 보면서도 압도당하지 않았다. 오만하지 않았기 때문이다. 사람들은 그녀의 재능을 잘 알면서도 시샘하지 않았다. 친구처럼 느껴졌기 때문이다."

- 알 샤프턴 목사

주변 사람들에게 이런 평을 들었으니 더욱 멋진 사람이다. 2012년 오늘 미국가수 휘트니 휴스턴이 세상을 떠났다고 한다. 나는 음악을 잘 모르지만 휘트니 휴스턴의 노래는 아무나 흉내낼 수 없겠다는 생각을 하곤 했다. 여성 가수로서는 처음 빌보드 차트 1위와, 앨범 7장 영화 사운드트랙 3장이 1억 7000만 장이 팔렸다고 하니 참 대단하다.

"그녀의 사망 소식이 전해졌을 때 모든 게 정지했다. 세상이 잠시 멈춰서서 그 충격을 삭이는 듯했다."

- 클레런스 아반트

휘트니 휴스턴의 전기 영화 'I Wanna Dance with Somebody'가 만들어진다고 하니 그때는 꼭 가서 보고 싶다.

"화가 소니아 들로네는 색들이 하는 이야기를 들려주기 위해 아들 샤를과 작품 속으로 여행을 떠나요. 알록달록한 마법의 차를 타고 파리의 화려한 무도회장을 가고, 시끌벅적한 포르투갈의 시장도 가요. 그리고 암스테르담의 상점 등 유럽 곳곳을 날아다니지요. 샤를은 여행을 통해서 새로운 소리와 풍경, 느낌을 만납니다. 그리고 이 모든 것이 엄마 소니아 들로네의 생활과 작품 속에서 어떻게 담겨 있는지 깨닫습니다."

- 소니아 들로네, '색이 들려주는 이야기'

짧은 그림책을 읽었다. 오래전에 소니아 들로네가 아들 샤를을 위해 만들어준 퀼트 이불을 보았었다. 천 조각들의 조합은 그림 맞았다. 아이들은 엄마 품속에서 엄마의 모든 것들을 느끼며 산다. 엄마뿐이겠는가? 아빠도 그렇다. 그래서 나는 잘 살아내야 한다. 오늘은 음력 '새해 첫날'

100호에서 잘라낸 그림 두 점을 어제 완성했다. 연휴가 시작되는 수요일 밤에 물방울 페페와 칼라데아를 동화집에 가서 가져왔었다. 자기 집에서는 잘 자라지 않아서 죽을까 봐 염려가 된다고… 동화는 우리 집에 갖다 놓으니 안심이 된다고 했다. 아이들에게도 '부모의 집은 언제와도 편안하고 행복하면 좋겠다' 생각했다. 마음껏 자라라고 분갈이도 해주었다. 내일부터는 다시 큰 그림을 시작하려고 준비해 놓았다.

질문: "지금까지 만든 책 중에서 최고의 책을 꼽을 수 있을까요?"

답 : "나의 답은 언제나 '내가 내일 작업할 책'입니다. 과거 프로젝트와 기존에 쌓은 모든 경험이 다음 작업에 그대로 담길 테니까요. 미래를 위해 오늘이나 어제 했던 걸 스스로 반복하지 않습니다."

- GERHARD STEIDL - Publisher

나의 작업도 언제나 내일의 작업이 좋아지길 바란다.

추
사
김
정
희
의
'
모
거
리
,
보
다
도
훨
씬
큰
나
의
작
업
실

집에서 1000걸음쯤 걸어가면 되는 곳에 작업실이 거의 다 지어졌다. 오늘 처음으로 가서 보았는데 생각보다 창이 예쁘고 천장이 높아서 마음에 들었다. 그림만 그리기엔 딱 좋은 크기. 그래서 그림들은 집에 두기로 했다. 2017년 9월 19일 추사 김정희가 기거하던 모거리(별채)를 스케치한 것을 보았다. 스케치북엔 '내 발걸음으로 8걸음이었다.'라고 적어 놓았다.

"집 울타리 밖으로 나갈 수 없는 '위안리치'의 형을 받은 김정희는 이곳에서 학문과 예술을 심화시켰다. 그의 '추사체'는 벼루 열 개를 구멍 내고 붓 천 자루를 닳아 없어지게 했다고 할 정도로 고독한 정진 속에서 완성되었다고 할 수 있다." 스케치할 때 집이 너무 작아서 내가 걸어가 보았었는데, 나의 작업실은 이 집보다 훨씬 크니 감사하고 열심히 그림을 그려야 한다. 남편이 너무 늦게 작업실을 만들어줘서 미안하다고 했는데 나는 그동안 집에 있어야 하는 게 맞았다.

푸치니의 나비부인, '허밍 코러스', 멋지다!

아침에 나비 부인이 생각나서 검색을 해보았다. Puccini의 Madma Butterfly를 생각한 것은 아니었다. 아! 그런데 오페라의 한 장면 색깔이 너무나 환상적이었다. '역시 나는 동양사람 맞구나!' 생각했다. 동양적인 색깔들이 눈에 확 들어왔으니까...

결혼에 모든 것을 건 게이샤의 비극은 실화를 바탕으로 한 소설이고, 연극으로 성공한 것을 푸치니가 오페라로 만들었다. 푸치니는 음악에서 부분적으로 동양의 5음계를 사용했다고 한다. 오늘 나의 관심은 '허밍 코러스'였다. Humming Chorus는 이탈리아어로 '입 다물고 부르는 합창(Coro a bocca chiusa)'이라는데 참 좋았다. 시간 날 때 Youtube로 '나비부인' 오페라를 처음부터 끝까지 보아야겠다고 생각했다.

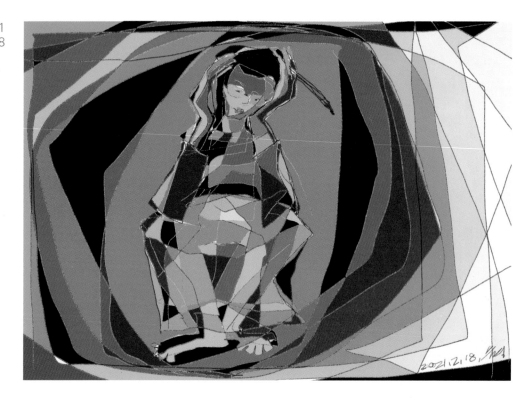

0시가 넘었으니 오늘이라고 해야겠지? 하루 종일 그린 것들을 다 지우고 나서 잠을 자려고 했지만 잠이 오지 않았다. 너무 잘하고 싶은 그런 것은 아니다. 아무리 봐도 내가 생각하던 그림이 억지 같았다. 그래서 지웠다. '그리다가 망친 것 있으면 줘'라고 말하는 사람들이 있다. '그림 그리다 망치는 기분을 사람들은 몰라'하는 생각이 들었다. 오전에 일어나 다시 그렸다. 터널을 빠져나온 기분? 한 고비를 넘겼지만 이런 롤러코스터 같은 일은 수없이 반복될 것 같다. 이런 현상은 건강에는 좋은 것일까? 나쁜 것일까?

"그의 작품은 모두 자신을 모방한 것처럼 보인다. 모방이라는 표현이 적절할지는 모르겠지만 그는 자신의 세계를 변형, 발전시키고 있다. 그래서 그의 작품을 보면 한눈에 오카모토의 작품이라는 것을 알 수 있다. 그의 작품 자체가 '오카모도 다로'라는 얼굴을 하고 있는 것이다."

- 혼자 있는 시간의 힘, '자기 긍정의 힘을 키워라', 89쪽

"기묘하고 조용한 아름다움 '헬렌: 내 영혼의 자화상' 영화관에서 2월 25일 개봉한다는 글을 보았다. 입장권을 주는 이벤트를 하고 있다. (응모기간 2월 18일~2월 25일, 네이버 디자인) 해볼까? 생각만 했다. '꼭 가서 봐야지!' 하고 있었는데 친구에게 전화가 왔다. 23일 저녁, '헬렌' 영화 시사회 초대권을 응모해서 받았다고 같이 보자고 했다. 미술사적인 지식과 여러 가지 이유를 적은 모양이다. 그래서 나는 씨네 큐브(광화문)로 영화 보러 갈 꺼다~

1. "예술가들은 작업할 때 자기 작품을 어떻게 설명할까 고민하지 않아요. 영감이 갑자기 쏟아져 나오거든요."

2. "핀란드의 뭉크" - The Guardian

3. "그녀의 예술은 처음부터 끝까지 갈수록 더 좋아진다." - Time Out

4. "헬렌 쉬르벡의 모든 그림은 그녀의 자화상으로부터 나왔다." - James Lewison(영국 왕립 예술원 전시 디렉터) - 1862년~1946년. 여성에 대한 편견이 많았던 시대를 살다 간 여자 화가의 삶…

2021
2. 22

'로시니'처럼 누워서… 그림을 그려 볼까?

나는 하루 종일 무언가를 하고 있다. 오늘은 로시니(Rossini)가 부럽다. 게을러서 침대에 누워 작곡했고, 악보가 바닥에 떨어지면 그것을 줍기 귀찮아 다시 썼다고 한다. 세비야의 이발사(세빌리아, 세빌랴… 이태리말은 어떻게 발음해야 하는지 모르겠지만…) 1816년 로시니가 24살에 13일 만에 작곡했다고 한다. 거기다가 전 세계에서 가장 인기 있는 희극 오페라라고 하니…

가끔은 이런 천재들이 부럽다. 로시니처럼 누워서 그림을 그려 볼까? ㅎㅎㅎ

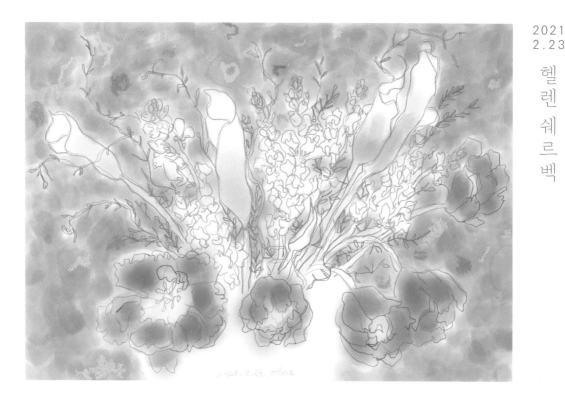

나는 헬렌 쉐르벡을 만나기 위해 꽃다발을 준비했다. 오전에 어제 남편이 받아온 꽃다발을 재활용해서 그려 놓고 저녁에 영화를 보았다. 유화에서도 아교를 쓰는지는 몰랐는데 헬렌이 아교를 사용한 것, 맘에 드는 멋지고 큰 이젤, 린넨으로 만든 것 같은 예쁜 옷들, 헬렌이 그림 그리는 방, 촛불 켜고 펜으로 그림 그리는 모습, 그 시대의 전시장 모습, 전시 때 빛의 양을 천으로 조절하는 장면, 자신의 작품을 대하는 진지함, 일상성이 깨어졌을 때 다시 회복하는 과정(그림), 끝까지 곁에 있어 주는 좋은 친구... 나도 그림을 그리는 여자이기 때문에 더욱 더 공감하는 영화를 보았다. 볼 사람들을 위해서 더 이상은 말하지 않겠다. 힘든 과정을 이겨내면 더욱 단단해진다는 이야기가 나온다.

"내가 가는 길을 그가 아시나니 그가 나를 단련하신 후에는 내가 순금같이 되어 나오리라."

- 욥기 23:10

나는 내 안으로 길을 떠나 보려고 한다

산티아고 순례길을 가보고 싶었다. 800km. 하루에 20~30km를 걷는다면 30~35일이 걸리고, 1시간에 4~5Km를 평균 걸음으로 하루 6~7시간을 걸어야 한다고 알고 있다. 오늘은 내가 '드로잉 일기' 일 년 쓰기 목적지에 도착한 날이다. 시간을 계산해 보지는 않았지만 산티아고 순례길을 완주했다.

나는 아이들이 밖에서 들어왔을 때 "엄마!" 하고 부르면 언제나 집에서 따뜻하게 맞아주는 엄마가 되려고 노력했다. 아이들에게 '공부하라, 열심히 살아라' 말하지 않고 내가 열심히 노력하는 모습을 보여주고 싶었다. 나를 세상에 알리고 싶은 마음도 없었다. 지금도 그렇다.

나의 일 년간의 일기는 사랑하는 남편, 동화, 동주에게 선물로 주고 싶다.

사람들은 자기들이 길을 만든 줄 알지만 / 같은 사람들의 뜻을 좇지는 않는다… / 사람이 만든 길이 / 거꾸로 사람들한테 세상 사는 / 슬기를 가르치는 거라고 말한다. / 길이 사람을 밖으로 불러내어… / 세상 사는 이치를 가르치기 위해서라고 말한다. / 그래서 길의 뜻이 거기 있는 줄로만 알지. / 길이 사람을 안으로 끌고 들어가 / 스스로 깊이 들여다보게 한다는 것을 모른다. / 길이 밖으로가 아니라 안으로 나 있다는 것을 / 아는 사람에게만 길은 고분고분해서 / 꽃으로 제 몸을 수놓아 향기를 더하기도 하고 / 그늘을 드리워 사람들이 땀을 식히게도 한다. / 그것을 알고 나서야 사람들은 비로소 / 자기들이 길을 만들었다고 말하지 않는다.

- 신경림, '길'

나는 내 안으로 길을 떠나 보려고 한다.

내가 과학자가 되었다면 남극기지에서 살아보면 어떨까? 생각해 본 적이 있다. 634일간 남극의 빙벽에 갇히는 극한 상황에서 인듀어런스(Endurance) 호에 탑승한 27명의 모든 대원을 이끌고 무사 귀환한 섀클턴(Ernest Henry Shackleton)이란 사람에 대해 읽었다. 탐험은 목적을 이루지 못했다. 사람들은 이 탐험을 '위대한 실패. 위대한 항해'라고 부르면서 그의 정신을 추모한다고 한다. 섀클턴이 대원을 선발하는 광고는 이랬다. "목숨을 건 탐험에 동참할 사나이 구함. 쥐꼬리만한 수입에 지독한 추위, 완벽한 어둠 속에서 반복되는 위기에 맞서 수개월을 보내야 함. 무사귀환 보장 못함. 보상은 성공 후의 영광과 안정뿐." 이 의견에 동의한 사람들이었기 때문에 성공했다고도 한다.

나의 두 번째 일기 쓰기 목표가 365x2=730일!

634일간의 날짜와 비슷하지만 영하 30도를 오르내리는 추위도 아니고, 한 조각 남은 비스킷을 양보해야 하는 것도 아니고, 펭귄을 잡아먹어야 하는 일도 아닌 일이니 이번엔 남극을 탐험하러 떠난다 생각하기로 했다. 보상은 성공 후의 뿌듯함뿐!

'3월 March는 로마 신화의 군신 Mars의 달이라는 뜻. 봄을 나타내는 spring은 약동한다는 뜻'이라고 하는데 왜 군신(전쟁을 관장하는 신)이라고 했을까? 전투적으로 봄에 일을 하라고? 생각을 하다가 사전을 찾아보았더니 Mars는 로마에서 '농경자(농사짓는 사람)의 신'이란 뜻이 있는 것을 찾았다.

오늘 '방혜자' 할머니 화가를 보았다. 곱게 늙으셨고 아직도 왕성한 활동을 하고 계신가 보다. 마치 봄나물을 땅에서 찾고 계신 것처럼 쪼그리고 앉아 그림을 골라내는 모습이 참 아름다웠다.

3월은 오는구나... / 2월을 이기고 / 추위와 가난한 마음을 이기고 / 넓은 마음이 돌아오는구나 / 돌아와 우리 앞에 / 풀잎과 꽃잎의 비단 방석을 까는구나

- 나태주, '3월'

전철 노약자석은 몇 살부터 앉아야 할까?

여러 가지 일을 보고 집에 돌아오는 전철 안은 사람들로 발 디딜 틈 없이 가득 차 있었다. 마스크도 쓰고 해서 숨이 찼다. 노약자석 자리는 텅 비어 있었는데 아무도 앉지 않았다. '젊은 사람들은 정말 규칙을 잘 지킨다.' 생각하면서도 앉고 싶은 마음도 있었다. 이런 경우에 내가 앉을 나이인가? 아닌가?를 생각하게 된다. 그림은 빈 좌석을 표현하기 위해서 사람들을 조금밖에 그려 넣지 못했지만… 나는 서서 왔다.

친구와 이런저런 이야기를 했다. 우리는 앞으로 어떻게 그림을 그리면서 살아 나가야 하나??^^:: ㅜㅜ!!… 결론은 그냥 그리자.!!!

"만일 그대가 커다란 재능의 소유자라면 부지런함이 그 재능을 키워 주리라. 만일 그대가 뒤지는 재능의 소유자라면 부지런함이 그 결점을 보완해 주리라."

- 조슈아 레이놀즈(영국화가)

189

나
에
게
검
지
손
가
락
의
반
지
는
?
'
대
머
리
의
변
이
다

왼손 드로잉
Left-hand drawing
2021.3.12

나는 오른손 약지에 24K 반지를 끼고 있다. 내가 순금처럼 진실되게 살고 싶어서 끼고 다닌다. 오늘 아침에 남편에게 "그림 그리느라 고생하는 나의 오른손 검지 손가락에 반지를 끼워 줄까 봐." 그랬더니 좋은 생각이라고 했다. 요즘 나는 꽃이 된 여자를 그리고 있는데, 여자의 머리 위에 나비를 그려 주고 있다. 고생한 오른손이 쉬라고 오늘의 드로잉은 왼손으로 그렸다.

"하늘이 생물을 창조한 것을 보면, 날카로운 이빨을 준 자에게는 굳센 뿔을 주지 않았고, 날개를 준 자에게는 네 다리를 주지 않았네. 인간의 경우도 마찬가지여서 세상의 부귀와 장수를 겸한 사람은 많지 않은 법. 한때 잘 살았지만 그것을 끝까지 유지하는 이는 그리 많지 않다네. 그러니 굳이 부귀를 바라 무엇하겠는가?"

- 권근, '대머리의 변'

많은 생각을 하게 하는 시를 쓰고 제목이 '대머리의 변'이라니 힘든 것을 힘들다 하지 않고 돌려 말하는 이것 또한 다른 사람이 부담을 갖지 않게 말하는 기술인 것 같다. 시인에게 물어 보지는 못했지만 나의 해석이다. 나에게 검지 손가락의 반지는 '대머리의 변'이다.

그녀 이야기 – 스스로 꽃이 되었다, 61×50cm, 장지에 분채, 2021

"당신의 상상력을 사용하세요. 세상 또는 침대는 당신의 작업실입니다." - '프리다 칼로' 가 침대 위에 캔버스를 매달아 놓고 누워서 그림 그리고 있는 사진을 보았었다. 오늘 다른 모습의 사진과 글을 보게 되었다. 침대 옆 테이블엔 읽고 있던 책들이 쌓여 있었다. ' 그 중에 한 권은 일기장(Diary of soul)도 있었을 거야!' 라고 생각했다. 누워서 그린 그림들, 그림 일기장들을 생각하니 나는 너무나 많은 탓을 하고 살았다. 공간이 부족하네! 시간이 없네!...

비둘기는 실수했다. / 실수를 하고 있었다… / 북쪽으로 가는 대신에 남쪽으로 갔다 / 실수했다… / 밀을 물이라고 / 생각했다. / 실수했다… /

- 프리다 칼로, '금이 간 척추와 의족을 나선형 원통처럼 그려 놓은 일기 옆에 쓰인 글'

고통이 느껴진다.

편지 같은 시를 읽었다. 시는 참 어렵다고 생각했었는데 일기를 쓰면서부터 시는 편안한 친구같이 느껴진다. 다시 그림을 시작하면서는 수필 같은 그림을 그리고 싶었다. 그러나 젊었을 때의 나는 마음뿐이지 결과물로는 그려지지가 않았다. 이제 수필 같은 그림이 좀 그려질 만하니까 마음이 변해서 '시' 같은 그림을 그리고 싶어졌다. 또 얼마나 그려야 내 그림이 '시'처럼 될까? 생각했었다. 오늘의 '봄 편지' 시는 나에게 '시 같은 그림' 그리는 것을 쉽게 다가갈 수 있게 다리를 놓아 주는 것 같기도 하다.

안녕하십니까. / 미황사입니다. / 잘 지내시지요?

동백도 많이 피었습니다. / 매화도 피었고요. / 문득 한번 내려 오시지요..."

- 박찬, '봄 편지'

진
정
한
1
등
을
기
다
리
는
마
음

오전에 겨우내 집안에서 자라던 제라늄과 선인장들을 테라스에 내어놓았다. 나는 운동 경기를 보듯이 마당에서 누가 먼저 꽃을 피울지 기다리고 있다. 며칠 전 꽃집에서 얻어 온 수선화는 활짝 피어 있지만 1등이 아니다. 우리 집 경기에서는 반칙이다. 추운 겨울 내내 어둡고 차가운 땅속에서 견뎌 내고 이제서야 잎을 뾰족뾰족 내밀고 있는 이 아이들에게 1등을 줄 테다.

"나는 그런 표정을 생전 처음 보는 것처럼 느꼈다. 여태껏 그렇게 정직하게 고통스러운 얼굴을, 그렇게 정직하게 고독한 얼굴을 본 적이 없다. 가슴이 뭉클해지더니 심하게 두근 거렸다. 그는 이십 등, 삼십 등을 초월해서 위대해 보였다. 지금 모든 환호와 영광은 우승 자에게 있고, 그는 환호 없이 달릴 수 있기에 위대해 보였다."

- 박완서, '꼴찌에게 보내는 갈채'

수필에서와 같이 꼴찌가 '에따 모르겠다' 하고 주저앉아 버릴까 봐 계속 박수를 쳐 주는 마음으로 마당에 나가 매일 아침 응원하고 있다.

어제 동주가 집으로 갔다. 밤에 문자를 보냈는데 드라마 '눈이 부시게' 엔딩 영상을 보내고 나서...

동주: 지하철에서 울었음. / 나: 왜??? 울었음? / 동주: 엄마 생각났음. / 나: 왜? 치매 걸릴까 봐? / 동주: ㄴㄴ. 그냥 엄마나 아빠나 다 아들 딸이었는데. / 나: 늙어서, 어쩔 수 없지 뭐.

어제 동주랑 헤어지면서 각자 매일 걷고, 걸은 걸음 수를 서로 보내기로 약속했다. 나는 동주와 한 약속은 꼭 지켜야 한다. 일기쓰기도 동주에게 제일 먼저 말했었다. 나의 작업실은 지금 거의 다 지어지고 있는 저 빌딩 속 한 칸이다. 나는 작업실 쪽을 돌았다. 동주는 지금 걷고 있다.

"내 삶은 때론 불행했고, 때론 행복 했습니다. 삶이 한낮 꿈에 불과하다지만 그래도 살아서 좋았습니다. 새벽에 쨍한 차가운 공기, 꽃이 피기 전 부는 달콤한 바람, 해질 무렵 우러나오는 노을의 냄새, 어느 한 가지 눈부시지 않은 날이 없었습니다. 지금 삶이 힘든 당신은 이 세상에 태어난 이상 모든 걸 매일 누릴 자격이 있습니다. 후회만 가득한 과거와 불안하기만 한 미래 때문에 지금을 망치지 마세요. 오늘을 살아 가세요. 눈이 부시게 당신은 그럴 자격이 있습니다. 누군가의 엄마였고, 누이였고, 딸이었고, '나'였을 그대들에게 이 말을 꼭 하고 싶어요."

- '눈이 부시게' 엔딩 나레이션 김혜자

"어느 날 새 한 마리가 내 아뜰리에 날아 들어왔다. 그 새는 다시 나가려 했지만 출구를 찾지 못해 어찌할 바를 모르고 유리창과 벽에 이리저리 부딪쳤다. 또 한 마리의 새가 날아 들어 왔다. 이 새는 잠시 받침대 위에서 쉬고는 하늘로 향한 길을 쉽게 찾아내 날아가 버렸다. 예술가의 경우 이 두 가지 상황은 마찬가지로 적용된다."

- 프랑스 조각가, '콘스탄틴 브랑쿠시'

새로운 그림을 시작했는데 집에 있는 화판들이 작지 않으면 크고 해서 45×53cm, 50×60cm, 40×100cm의 화판에 이리저리 밑그림으로 그려보다 40x100cm로 결정했다. 이번에 그려지는 그림은 벽에 이리저리 부딪힌 새일까? 아니면 받침대 위에서 쉬고는 하늘로 날아간 새일까? 완성이 되면 알 수 있겠지?

아무도 예상하지 않았던 선수가 1등을 할 때가 있다. 1등을 예상했던 선수들은 수선화, 튤립, 히아신스였다. 노란 꽃망울을 보이던 선수는 수선화였지만... 오늘 낮에 제주 복수초가 보란 듯이 노란 꽃을 활짝 펴고 있었다. 내가 주최한 경기이지만, 나 혼자 보기엔 너무 아까워 마당의 꽃에는 관심도 없는 집에 온 동화에게 보여 주었다. 꽃집에서 데려온 원종 튤립 옆에서 피어났다.

봄꽃 피는 날 / 난 알았습니다 / 내 마음에도 꽃이 활짝 피어나는 것

봄꽃 피는 날 / 난 알았습니다 / 그대가 나를 보고 / 활짝 웃는 이유를

- 용혜원, '봄꽃 피는 날'

누구든 1등을 할 수 있다!

교훈은 무엇입니까?

당신의 보석이 들려주는 이야기의

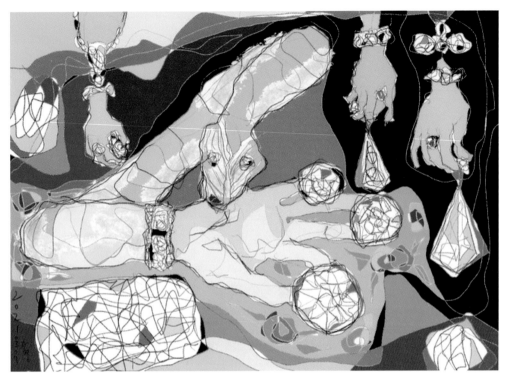

평 붓과 압축 목탄을 사서 집으로 걸어오는 길에서 어떤 남자의 전화하는 소리를 듣게 되었다. "결혼식 부케를 다이아몬드로 만들어 줄께!" 말도 안 되는 소리!

비싸서 살 수는 없겠지만, 내가 뉴욕에 산다면 이 보석 디자이너를 만나보고 싶다. 뱀은 다이아몬드로 장식한 손을 물어버렸다. 여자들에게 보석은 어떤 의미일까???

"화려한 꽃은 향기가 적고 향기로운 꽃은 색이 화려하지 못하다. 이와 마찬가지로 부귀를 사랑하는 자는 인품의 향기가 없고, 인품의 향기를 뿜어내는 자는 쓸쓸한 기색이 역력하다. 그러나 군자는 백 세에 향기를 전할지언정 한 시대의 아름다운 자태로 남기를 원치 않는다."

- 신흠, '숨어사는 선비의 즐거움'

그림을 다시 시작하고 동화와 동주를 함께 앉혀 놓고 물었다. 동화가 초등학교 4학년 때, 동주가 1학년 때.

"엄마가 그림을 계속 그릴까? 아니면 너희들을 위해서 그만둘까? 너희들에게 다른 엄마들만큼 못 해줄지도 몰라. 너희들이 하라는 대로 할게!" 두 아이들은 "엄마가 그림 계속하면 좋겠어!" "그럼 엄마 진짜 한다!" 나는 이렇게 시작했다. 오늘 예술의 전당에서 '로즈 와일리' 전시를 보았다. 21세에 미술대학을 중퇴하고 결혼해서 아이들을 키우다가 45세에 미술공부를 다시 시작, 30년 무명 생활, 76세에 유명해지기 시작해서 지금은 86세의 할머니 화가이다. 전시가 끝나가는 곳에 "나는 나이보다 그림으로 유명해지고 싶습니다." 란 말이 있었다. 항상 손바닥만 한 노트를 가지고 다니며 순간순간 떠오르는 것을 적거나 그렸다는데 드로잉이 6만 장이라고 한다. 6만 장의 노트를 들고 캔버스 앞에 다시 서서 수십 년간 기록해온 수십 장의 기억을 모아서 한 장의 그림을 그렸다고 한다. 쉽게 쉽게 그린 것 같지만 고치고 또 고친 흔적들을 보았다. 드로잉 하다 보면 느낌이 너무 좋은데 한두 군데 마음에 들지 않는다고 다시 그리면 그 느낌을 살릴 수 없는데, 로즈 와일리는 고치고 싶은 부분에 캔버스를 붙여가며 다시 그렸다, 마치 패치워크 하듯이. 종이의 드로잉도 마찬가지였는데 그런 느낌이 참 좋았다. 오늘 나는 손바닥에 물감을 묻혀서 그릴 수는 없었지만 나도 손가락으로 그려보았다. 로즈 와일리가 가난할 때 돈을 모아서 샀다는 검정 드레스 옆에 붉은 드레스를 입은 나를 그렸다. 나의 드로잉이 몇 점인가 생각해 보았는데… 유명해지는 건 운이 좋아서 되는 것이 아니라는 생각을 하게 되었다.

"그림은 대단한 무언가에 관한 것이 아닙니다. 많은 사람이 그것을 이해하지 못하는 것 같아요. 어떤 메시지가 담겨 있다고 생각하지만, 그렇지 않습니다. 그림 자체가 메시지입니다. 그림은 그냥 그림이죠."

- Rose Wylie

버
지
니
아
울
프
의
3
월
1
8
일
일
기

집 앞 카페거리 옷 수선집에서 동화 바지를 찾아오는 길에 본 나무의 가지들은 봄바람 같았다. 집에 들어와 버지니아 울프의 일기장에 3월 18일 일기가 있는지 찾아보았다.

"1928년 3월 18일, 일요일. 책받침을 잃어버렸다. 이 일기책이 빈혈 상태에 이른 것에 대한 좋은 핑계가 생겼다. 사실은 편지들을 쓰는 사이에 어제 시계가 한 시를 칠 때 '올란도'를 마쳤다는 사실을 적어 두기 위해 여기 글을 쓴다. 어쨌든 캔버스는 채워졌다. 인쇄에 넘기기 전에, 반드시 석 달 동안은 면밀하게 검토해야 할 것이다. 왜냐하면 뒤죽박죽으로 물감을 뿌려대느라 캔버스 여기저기에 수도 없이 빈 곳이 생겼기 때문이다. 그러나 비록 잠정적이기는 하지만 '끝'이라고 쓸 때는 고요하면서도 무언가 완성했다는 느낌이 든다."

- 버지니아 울프

나는 사인이나 낙관을 찍고 나서 완성했다는 고요함이 찾아오는데 글 쓰는 사람은 '끝'이라고 쓰나 보다. 버지니아 울프는 바로 뒤 문장에 "우리는 오는 토요일에 떠나는데, 떠나는 날 내 마음은 편할 것이다."라고 썼다. 오늘의 일기 사인을 끝냈다. 마음이 편하다.

행복의 날! 행복하십니까?

eudaimonia
= eu + daimon
(좋은) (영혼)

오늘은 2012년에 UN이 행복 추구는 인류의 근본적인 목표라며 제정한 '행복의 날'이라고 한다. 2020년에 우리나라는 행복 지수 61위, OECD 자살률 1위였다. 사람들은 행복의 기본 조건이 '돈'이라고 생각하는 사람들이 많은데, 가진 것이 보통 이상으로 많아도 돈이 없다고 하는 것을 보면 '돈'은 행복이 아니다.

"고대 그리스에서 풍족하고 행복한 삶을 나타내는 의미로 쓰인 에우다이모니아 (eudaimonia)는 자기에게 주어진 의무를 다했을 때의 상태를 말합니다. eudaimonia는 'eu(좋은)+daimon(영혼)이라는 의미입니다. 당시의 삶은 개인적인 삶이 아니라 공동체적인 삶이었습니다. 소크라테스가 감옥에 갇혔을 때 도망갈 기회가 있었음에도 사약을 마시고 죽었던 것도 공동체에서 따돌림당하는 것은 죽음과 같은 의미였기 때문입니다."

- naver 지식백과

오늘 드로잉은 소크라테스가 독약을 먹고 몸이 서서히 마비되어가는 중에 "크라톤, 우리는 아클레피오스에게 수탉 한 마리를 빚지고 있으니 그 빚을 소홀히 하지 말고 반드시 갚게나." 하고 말하는 장면을 그렸다.

세
계
물
의
날
,
물
의
가
치
를
우
리
에
게
도
알
려
주
세
요

남편에게 말했었다. "혹시 내가 늙어서 목욕하는 것을 잊으면 꼭 말해줘! 냄새나면 안 되잖아!"라고 말한 적이 있다. 코로나 19 이후 손은 꼭 씻으라고 한다. 아프리카 사람들이 이런 대화를 들었다면? 어떤 생각을 할까? 오늘은 세계 '물의 날'이다. 현재 지구 표면에 있는 물의 97.5%가 바닷물, 인간이 쓸 수 있는 물은 2.5%, 쓸 수 있는 물의 68.9%가 빙하와 만년설, 29.9%가 지하수, 0.3%가 담수호와 하천, 0.9%가 흙 속에 포함되어 있다고 한다. 이런 사실을 알고 우리는 물을 아껴 써야 한다. 오늘 블로그에서 일기 써서 모아진 해피빈 19,300원을 '세계 물의 날, 물의 가치를 우리에게도 알려 주세요. - 팀앤팀' 이곳에 기부했다. 내가 기부하고 다시 보니 목표액 990만 원을 다 채웠다. 네이버에서 기부할 곳을 찾아 보았을 때 낯익은 '팀앤팀'은 남편 월급에서 12년 동안 매달 기부하고 있는 곳이었다. 나의 친구 두 명이 이곳과 연관되어 있다. 한 명은 처음에는 아프리카에서 우물을 파주는 일을 하다가 만일 후원을 계속하지 못하게 된다면 이들은 스스로 이 일을 해 나갈 수가 없다면서 아프리카의 대학생들을 교육시키고 훈련시키는 일을 해왔다. 치과의사인 또한 명의 친구는 든든한 후원자이다. 오늘은 맨발로 먹을 물을 길러 가는 사람들을 그렸다.

"물과 위생은 우리가 모두 공감하는 인간이라면 누구나 보장받아야 할 기본 권리입니다."

- 팀앤팀 소식지

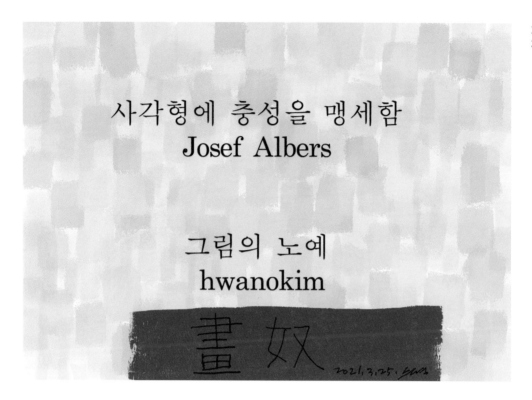

사각형에 충성을 맹세함
Josef Albers

그림의 노예
hwanokim

畫奴

2021.3.25. bam

30년 전 이메일을 처음 만들 때였다. sookkyung@...로 시작하는 이름은 이미 있었다. 순간적으로 생각해 낸 것이 hwanokim이었는데 화노(畫奴) - '그림의 노예'였다. 이름을 잘 붙였어야 하는데 '그림의 신' 이런 것으로... 그랬으면 나는 유명한 사람이 되어 있을까?

사람들이 가끔 묻는다. 왜 hwanokim이냐고... hwanokim 때문에 그림을 다시 시작했을 수도 있었겠다는 생각이 오늘 들었다.

사각형에 충성을 맹세한 사람이 있다. 사각형에 맹세를 하다니... ㅎㅎㅎ

자신이 의도하는 색채실험의 대상으로 사각형을 이용해 색깔이 끊임없이 변하는 색채로 일련의 사각형 도형을 그렸다.

"나는 80종류의 노랑과 40종류의 회색을 사용하고 있다."

- 독일 화가 요제프 알버스

오늘 내가 80종류의 노랑색을 짧은 시간에 찾아내는 것은 불가능했다. 어디부터 어디까지가 노랑일까? 하는 생각도 들었다.

마당에 Digitalis라고 적혀 있는 꽃 이름표를 보았다. 분명히 작년에 심었을 텐데 생각이 나지 않았다. 어떻게 생긴 꽃이었더라? 1990년 5월 15일 크리스티 경매장에서 당시 세계 최고가 8,250만$에 팔린 '가셰 박사의 초상' 그림 속에서 찾아냈다. 가셰 박사가 디기탈리스(digitalis)를 들고 있었다. 디기탈리스는 심장의 통증을 치료하는 강심제의 재료가 되므로 가셰 박사를 상징한다고 한다.

싹이 나오고 꽃이 다시 피면 고흐와 가셰 박사를 떠올릴 것 같다.

"가셰 박사 초상을 우울한 모습으로 보이게 마쳤어. 누가 보면 인상 쓰고 있다고 느껴질 정도야... 슬프지만 점잖고, 아주 명석하고 지적이게. 얼마나 많은 초상화가 이렇게 되어야 했었나... 거기엔 현대의 장점이 있어. 오랫동안 지켜봐 왔던. 아마도 백년 후에도 고대하며 돌아보게 될."

- 고흐가 동생에게 보낸 편지

내가 그린 인물 그림은 100년 후에 어디서 무엇을 하고 있을까?

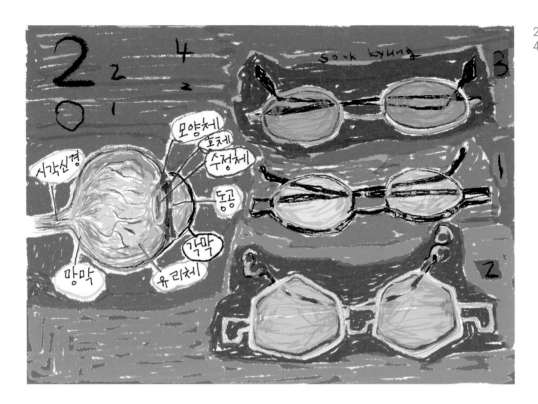

옆집 H는 월요일, 화요일 이틀에 걸쳐 눈에 인공 수정체를 삽입하는 수술을 했다. 그래서 수정체는 도대체 어디에 있는 거야? 하고 찾아보았다. 수술 시간은 한쪽 눈을 하는데 10분 정도 걸리고, 다초점 렌즈로 교체했다고 했다. 요 며칠 그림에 집중이 안 되고, 머리도 아프고 했던 이유는 안경의 도수를 올려야 하는 거였다. 자랑은 아니지만 돋보기 도수 종류가 3개가 되었다. 그 와중에 시공을 초월한 사랑을 경험한 여자는 오늘 끝냈다. 나는 그냥 안경으로 살아볼까 하는데… 모네를 생각하며…

"70세를 맞은 모네에게 시련이 닥쳤다. 오른쪽 눈은 사실상 실명에 가까웠고, 왼쪽 눈으로도 제대로 세상을 바라볼 수 없었다. 오직 눈에 의존해 그림을 그려온 모네는 절망에 빠졌지만, 포기하지 않았다. 꿋꿋이 수련을 그렸다. 그는 인생 후반부 30년을 꼬박 바쳐 250여 점의 수련 연작을 그렸다. 백내장 환자는 유독 붉은 빛을 강렬하게 인식한다. 모네가 말년에 그린 수련은 붉은색으로 가득하다. 피사체의 형체는 알아보기 어려울 정도로 뭉개져 있다. 그림만 놓고 보면 연못과 수련을 그렸다고 추측하기 어려울 정도다. 모네는 자신의 눈이 정상이 아님을 잘 알았다. 그럼에도 고장 난 자신의 눈에 비친 세상을 정직하게 그렸다. 모네의 후기작은 추상주의 화풍에 기여했다."

- '매경 프리미엄 라이프' 조성준 기자

4월 3일 오늘은 4·3 희생자 추념일. 1948년 오늘 제주도에서 남한만의 단독 정부수립에 반대해 일어난 4·3항쟁 시작.

나는 제주 4·3 평화 공원을 가 본 것, 그리고 국립 현대 미술관에서 강요배 선생님의 그림 들을 본 것이 전부이다. 제주 오름에 올라가 보았었다. 비행장이 보였는데 나는 비행기 가 활주로로 운전을 하고 와서 대기하고, 출발 신호를 기다리다가 이륙하는 것을 보았다. 보다 보니 비행기가 어느 시점에서 나올 차례인지를 알게 되었다. 오름은 요새가 맞다.

오늘 책을 보다가 만일 나의 남편이나 동화나 동주가 오름 위에서 항쟁을 하고 있었다면?

나도 무서운 어둠 속으로 물과 먹을 것들을 챙겨갔을 것이란 생각이 들었다.

"저항은 삶을, 생존을 위한 것이 아닌가. 어떠한 이념, 낙관, 슬픔. 비극 이런 것들을 넘어서 '생존 그 자체에 가치를 둬야 하지 않겠느냐, 즉 우리는 삶을 부정하거나 치장해서는 안 된 다'... '식량 나르다'의 여인들은 남편이나 오라버니가 있는 산으로 간장과 소금을 지어 나르 는 모습이다. 싸움에 일조한다는 생각도 있지만, 우선 생존, 먹고 사는 것, 가족의 목숨을 지 키려는 어머니이자 아내로서의 본능 같은 것을 담보하는 존재로서 여성의 모습을 그리려 했다."

- 강요배, '풍경의 깊이'

동주가 Ennio. Morricone의 The Crisis 곡을 듣고 "중간중간 불안정적인 음계를 넣어서 만들어진 곡인데 그런 아프고 불안정적인 부분조차 한 부분이 되어 아름다운 하나의 음악을 탄생시켰다"라고 문자로 보내주었다. 아주 짧은 곡에 인생이 다 들어 있는 것 같다. 동주는 불안정한 것들이 모여 아름다운 모습이 되는 것을 알게 되었다.

"폭풍이 부는 것은 너를 쓰러뜨리기 위해서가 아니라, 사실은 네가 좀 더 강인해지도록 도와주기 위해서란다."

- 조셉 마셜(인디언 라코타 족을 대표하는 미국 작가), '그래도 가라'

말리크 시디베의 사진을 보다가…

2016년 오늘 아프리카인으로는 처음 베네치아 비엔날레 (2008) 황금사자상을 받은 사진 작가 말리크 시디베 세상을 떠났다.

Malick Sidibe(1935~2016)는 학생시절부터 드로잉에 재능을 보였다고 한다. 타임지가 선정한 영향력 있는 사진 100점 중 하나로 뽑힌 시디베의 대표작, 클럽에서 수줍은 미소를 띤 채 춤을 추는 10대 남매 'Nuit de Noel' 작품과 미국 팝스타와 같은 화려한 복장을 입고 연대감을 확인하는 젊은이들 'Les Amis Dans La Meêe Tenue' 작품을 오늘의 드로잉으로 그려보았다.

프랑스에서 독립한 1960~70년대의 말리의 젊은이들 모습을 흑백사진에 담았다고 하는데 재미있다. 내가 알고 있는 아프리카 역시 기아와 질병에 시달리는 사람들 모습이 먼저 떠오른다. 외국 사람들은 나의 작업을 어떤 눈으로 바라볼까? 생각해 본다.

"작가는 승자의 자리에 앉아서는 안 된다. 역사가는 승자의 이야기를 쓰지만 작가는 패자의 이야기를 써야 한다."

- 권터 그라스(독일작가 – 양철북)

"권터 그라스의 역사가 독일의 역사이고 독일의 역사가 그라스의 역사이다."

- 슈피겔

나의 이야기를 쓰거나 그리면 되는가 보다.

제
비
꽃
을
모
르
는
척
지
나
치
지
마
세
요
!

제비꽃을 알아도 봄은 오고 / 제비꽃을 몰라도 봄은 간다 / 제비꽃을 알기 위해 따로 책
을 뒤적여 공부할 필요는 없지... / 그래, 허리를 낮출 줄 아는 사람에게만 / 보이는 거야
자주빛이지 / 자주빛을 톡 한번 건드려봐 / 흔들리지? 그건 관심이 있다는 뜻이야... 봄
은, / 제비꽃을 모르는 사람을 기억하지 않지만... / 제비꽃을 아는 사람 앞으로는 / 그냥
가는 법이 없단다
그 사람 앞에는 / 제비꽃 한 포기를 피워두고 가거든

-안도현, '제비꽃에 대하여'

제비꽃을 그리기 위해서 다른 꽃들을 그릴 때보다도 더 낮은 자세를 취했다. 관심이 없으
면 잡초라 생각할 수도 있고, 앞만 보고 걷는다면 밟아 버릴 수도 있는 아주 작은 꽃이다.
나는 잡초를 뽑을 때면 이런저런 생각을 하게 되는데... 뿌리가 깊지 못해 살짝만 잡아도
쏙~ 빠지는 애들과 진짜 옆에서 비슷한 모양으로 진짜보다 더 왕성하게 자라는 가짜들을
보게 된다. 제비꽃의 입장에서는 억울하기도 할 것 같다. 제비꽃은 작지만 잡초들을 제거
하고 보면 작아도 야무진 잎들과 예쁜 꽃을 보여 준다. 꽃말은 '사랑'이다.

"나는 주부지만 보통의 정의에서 약간 벗어나 있다고 생각한다. 동그란 원을 그리고 그 안에 주부의 정의에 부합하는 정도에 따라 세상의 주부들 가운데부터 채워 넣는다면 나는 아마도 원의 가장자리에 대롱대롱 매달리는 꼴이 될지도 모른다고 생각하지만 애써 원의 중심으로 다가가기보다는 내 방식대로 주부의 일을 하고 싶다."

- 라문숙, '전업 주부입니다만 - 지금, 여기에서 내 방식대로 살아가기'

동네 사람들은 내가 그림을 그리는 사람이란 것은 알지만 정확히 무엇을 어떻게 하는지는 모른다. 나의 일기를 읽는 분들이 나를 더 많이 안다. 그들은 내가 일기 쓰는지도 모른다.

미리 약속된 일이라 브런치 카페에 이웃들과 같이 갔다. 어제까지 채식주의자를 끝내기로 계획했지만 집에 있다 보면 나는 산만하다. 겉으로 보면 전업주부. 그림 그리는 시간과의 조율하는 것이 참 어려울 때가 있다. 집에서도 나가서도 합집합이 아니고 교집합인 나를 그렸다.

모
나
리
자
그
림
을
보
기
위
해
?

아
니
면
내
그
림
을
보
기
위
해
?
?

2021
4. 18

"레오나르도 다빈치의 '모나리자' 1974년 4월 17일 일본의 국빈 대우로 30여 명의 무장 경호 속에 장갑차로 박물관까지 옮겨짐. 4천 300만$ 보험에 든 이 그림은 4월 19일부터 공개되었는데 3명이 한 줄로 16초씩 관람" 77x53cm, 나무에 유화, 1503년.

오늘 친구와 앞으로 내 그림을 어디에 보관할 것인지? 운송은 어떻게 할 것인지? 이야기를 했다. 방탄유리? 장갑차? 경호원? 500년 뒤에???

'모나'는 이탈리아어로 결혼한 여자를 높여 부르는 귀부인을 뜻하는 마돈나(Modonna)의 줄임말, '리자'는 피렌체의 돈 많은 상인 프란체스코 조돈나와 결혼한 리자 게라르디니. La Gioconda라고도 불리는 Mona Liza.

리자 부인도, 레오나르도 다빈치도 상상 못 한 일이 지금도 벌어지고 있다.

나는 변화에 잘 적응하는 종? O? X?

100호 그림과 다른 그림들을 가지고 스튜디오에 갔다. 100호를 포장에서 처음 꺼내는 순간 낯설음??? 조명이 어둡기는 했지만... 인사동에서 갤러리 5곳의 전시를 보았다. 내 그림은 제대로 가고 있는 것인지??? 다른 전시들을 보면서 이런저런 생각을 많이 했다.

그림이 커서 혼자 나르기가 힘들어 남편에게 부탁하고 같이 다녔지만 그림 이야기를 할 수 있는 사람은 아니고... 방산 시장에서 테이프를 사고, 광장시장에서 빈대떡과 육회를 먹었는데 나 혼자 막걸리 한 병을 다 마셨다. 이런 적은 처음인데... (막걸리가 시원하기도 했고...) 그냥 뭔가 울퉁불퉁한 바퀴를 억지로 굴리며 가고 있는 것 같아서 그랬다. 그림 그리는 것 참 어렵고 힘들다.

"가장 강한 종도, 가장 지적인 종도 아닌, 변화에 가장 잘 적응하는 종이 살아남는다."

- 찰스 다윈(영국의 생물학자)

 다윈은 50년 넘게 가슴 두근거림, 구토, 나른함, 편두통, 습진, 종기, 오한, 안면 경련, 위에 가스 차는 것, 지독한 불면증 등으로 고생했는데 학문 연구에서 오는 스트레스 때문, 다윗은 훗날 성경 이론을 뒤집고 '돌연변이를 통해 진화할 수 있다'는 이론을 발표하는 것이 마치 살인 행위를 누군가에게 고백하듯이 힘겨웠다고 털어놓음. 나는 변화에 잘 적응하는 종? O? X?

엄마가 바빠서 그릇을 아무거나 꺼냈어!"라고 말하면 아이들은 그 말에 신경도 안 썼다. 나 혼자 미안하고 나 혼자 어색했다. 그림 그리는 친구들은 수평 자가 없어도 눈이 정확하다. 좌우대칭도…

오늘 나는 이해가 안 되는 사람들을 이해시키려고 했다. 그 사람들의 눈에는 안 보이는 것이고, 하나도 거슬리지 않는데… 나만 안 보면 되는 것을… 잠시나마 이해를 시키려고 했던 나를 반성한다.

"카푸어는 인간은 '두 가지 뛰어난 특성'이 있다고 노트에 썼다. '하나는 믿는다는 것이고 또 다른 하나는 관계를 가진다는 사실이다.' (...) 나는 친밀함에 관심을 가진다. 나는 당신을 가까이 끌어들이기를 원한다. 친밀함은 보는 자와 보이는 자(보이는 것)의 거리를 단축시킨다. 이처럼 단축된 거리에서 새로운 내용이 발생한다."

- 애시니 카푸어(인도 출신의 영국작가), '친밀한 공간'

내가 어느 날 특이한 목걸이를 하고 나타나면 '중요하고 행복한 날이구나'라고 생각해 주기를 바란다!

친구에게 그렇게 하기로 약속했다. 얼마 전 시간과 공간을 초월한 사랑을 한 여자를 완성했다. 친구와 메일을 주고받다가 떠오른 생각을 그림으로 그렸고 완성된 작품 사진을 제일 먼저 친구에게 보여 주었다. 친구는 '내 그림을 어떻게 상상하고 있을까?' 생각도 했었다. 그림에 친구와의 이야기가 숨어 있다. 상상에 맡긴다.

꽃 선물을 품에 안고 / 그대를 본 순간 / 떨어뜨리고 말았어요

미안해요 / 다른 것에 마음을 빼앗겨서

 내 눈동자에 핀 그대라는 꽃에

- 남정림, '꽃선물'

그녀 이야기 – 상서로우니, 40×100cm, 장지에 분채, 2021

지
하
철
에
서
핸
드
폰
에
스
케
치
하
는
것
이
재
미
있
었
다

아이패드로 드로잉 일기를 쓰기 전에는 항상 작은 스케치북과 펜을 가방에 넣고 외출했었다. 주로 지하철에서 드로잉을 했는데 어떤 때는 옆 사람이 보는 것이 좀 쑥스럽고, 심지어는 자기도 그려 달라고 하는 사람도 있었다. 오늘은 지하철에서 핸드폰에 손가락으로 스케치를 해 보았는데, 모두 핸드폰을 보고 있으니 내가 스케치하는 것이 눈에 띄는 행동이 아니라서 오히려 편했다. 색칠도 할 수 있었다. 왕복 11장이나 그렸다. 인사동과 삼청동에서 아주 오랫동안 있었는데 여러 선생님들과 밥, 커피, 선물, 재미있는 이야기를 하다가 밤 11시에 집에 들어왔다. 그런데 지하철의 크로키가 있으니 일기를 엄청 빨리 쓸 수 있네??? 좋다!

봄이야 / 만나야지 / 바람이 불어 꽃잎을 달아 주는데 / 너의 가슴에 무슨 꽃 피워줄까? 사랑해야지… / 봄이야 시작해야지 / 담장에선 / 개나리꽃들이 재잘거리는데 / 두터운 외투를 버리고 / 우리들의 이야기를 꽃피워야지

- 용혜원, '봄이야'

"문득 새 옷을 갈아입고 싶은 사월의 오후가 화사하게 가로수 위에서 반짝거리고 있었다... 사월 마지막 날의 바람이 우리를 감싸고 새로 피어난 나뭇잎을 흔들며 지나갔다."

- 한수산, '4월의 끝'

이 시를 읽기 전에 오늘이 4월의 마지막 날인 줄 몰랐다. 일 년의 1/4도 아니고 1/3이 지났다. 5월부터는 철저히 고독해지려고 했는데 내일이라니... 그래서 적어 보았다.

"혼자일 수 없다면 나아갈 수 없다."

평범한 대학원생 '사이토 다카시'를 메이지대 괴짜 교수로 만든 한 마디.

'고독' 1일 차. 집에서 그렸으니 완벽한 고독은 아니겠지만 노력했다. 어제 아폴로선에 홀로 남은 '아담' 이래 가장 고독한 남자, 우주 비행사 마이클 콜린스가 영면했다는 기사를 보았다. 1969년 달 앞에 가서 달을 밟아 보지 못했고, 닐 암스트롱과 버즈 올드린 두 사람이 성조기를 꽂고 닉슨 대통령과 통화를 하는 동안 사령선 안에서 나사와 교신하며 달 궤도를 돌며 두 사람을 보호하는 임무를 맡았다. 그러나 세계적인 스타가 된 두 사람은 달의 앞면만 보았지만 콜린스는 인류 최초로 달의 뒷면을 직접 관측하는 특별한 경험을 했고, 홀로 사령선을 몰고 달 궤도를 비행하며 '콜린스만 빼고 달 위의 두 명과 지구상의 모든 인류가 함께 담겼다'는 기념비적인 사진도 남겼다. '지구에도 달에도 없었던 제 3의 인간'으로 불린 콜린스는 칠흑 같은 어둠 속에서 48분 동안 지구와 교신이 끊어졌을 때 '완벽히 혼자. 이곳을 아는 이는 오직 신과 나뿐'이란 메모를 남겼다.

나의 고독은 고독이라 할 수도 없겠지만 나의 내면의 소리에 귀를 귀울여 보는 계기가 되었으면 좋겠다.

'최후의 만찬'은 한 귀족의 부탁으로 산타 마리아 그라치에 성당 벽에 몇 년에 걸쳐 레오나르도 다빈치가 그린 작품이다. 전해져 오는 이야기 중의 하나는 예수의 제자 12명 중에서 은화 30전으로 예수를 팔아 넘긴 '유다'의 모델을 찾지 못해 고민하는 다빈치에게 벽화를 빨리 완성하지 않는다고 화를 내는 수도원장의 모습으로 완성했는데... 유다 얼굴이 자기를 닮은 것을 안 수도원장은 다시는 그 식당에서 밥을 먹지 않았다는 이야기가 전해진다. (사실은 죄수도 수도사도 아닌 제빵사를 모델로 그렸다고 함)

인물화를 그릴 때 모델은 참 중요하다. 주제를 정하고 모델을 찾기도 하고, 모델을 보다가 주제가 떠오르기도 하니까. 예수님의 모델이 된 사람도, 유다의 모델이 된 사람도 마음의 짐이 있지 않았을까? 생각해 보았다. 착하게 살았는데 유다의 모델이 되었다거나 사실은 못된 사람인데 예수의 모델이 되었다거나 하는...

바람에 날려 떨어지면 / 그 모습마저도 아름다운 꽃잎 / 비가 오면 비에 젖지만 / 그 모습까지도 아름다운 꽃잎 / 햇님이 꽃을 비추면 / 활짝 웃는 그 모습도 아름다운 꽃잎 / 모든 것이 다... / 아름다운 꽃이지!

- 중곡 초등학교 1학년 이시진, '꽃잎'

어린이는 생명나무와 같다고 생각했다. 구스타프 클림트는 무한히 뻗어나가는 나뭇가지와 나뭇잎들에 '생명나무'라 이름 붙였다. 오늘은 어린이 날이다. 나의 9살 친구가 그린 여자들을 클림트의 생명나무와 함께 그려 보았다. 자유로운 선으로 쓱쓱쓱 그려내는 어린 눈에 보이는 세상이 더욱 더 행복해지도록 우리 어른들이 더욱 노력해야겠다. 세상의 모든 어린이들이 행복하게 자라나면 좋겠다.

"내 친구 이시진! 어린이날 축하한다.!"

모란꽃이 시들 때

분홍색 모란꽃이 시들었다. 피었을 때는 꽃의 무게를 이기지 못해 가지가 축축 늘어졌는데... 이제는 시들은 꽃잎들도 축축 늘어져 있다. 오늘 새로운 발견은 꽃잎이 다 떨어지고 꽃술만 남은 모양이 나는 예뻤다. 땅에 떨어진 꽃잎들은 분홍 이불을 깔아 놓은 듯 수북하다. 꽃이 예쁘다고 생각된 날은 활짝 벌어진 첫날이었다.

...그대 떠나간 뒤 바람 잠든 날 / 짓밟히는 흐드러진 꽃잎처럼
내 가슴 이토록 아려 올 줄이야

바람에 나부끼는 아릿아릿 향기가 / 그대 살풋한 체취인 줄 몰랐네

내 사랑 떠나간 모란 꽃밭에서 가슴 저민 그리움에 그만 나는 울었네

- 한휘준, '모란 꽃밭에서'

타로 카드에 나오는 날개가 축 늘어진 새처럼 꽃잎들이 축축 늘어져 있다. 떨어진 잎을 들어 코를 대어 보았는데 아무런 향기가 없었다.

배를 머리에 올리고 산으로 갈 뻔했다

머리 위에 배를 올려놓은 여자가 있다. 하마터면 나는 배를 머리에 올리고 산으로 갈 뻔했다. 어제 작업실 열쇠를 받았는데 오늘 아침까지 너무 큰 공사를 계획하는 남편 때문에 고민했었다. 남편이 잠깐 나간 사이 남편이 쓸모없다고 한 공간에 테이블을 놓고 기다림으로 공사는 하지 않기로 했다. 나의 공간 해석이 마음에 들었다면서... 나는 그냥 소박하게 살기로 했다. 마음이 편하다.

"다른 사람들의 이야기에 만족하지 말라. 다른 사람들이 어떻게 했든 너 자신의 신화를 펼쳐라. 복잡하게 설명하려 하지 말고 누구나. 그 여정을 이해할 수 있도록, 너에게 모든 것이 열려 있으니 걸음을 옮겨라. 두 다리가 지쳐 무거워지면 너의 날개가 자라나 너를 들어 올리는 순간이 올 것이다."

- 잘랄루틴 루미(13세기 페르시아 시인, 이슬람 법학자)

"간단히 일을 완전히 할 수 있는 인내력의 소유자만이 언제나 어려운 일을 쉽게 할 수 있는 익숙함을 지니게 된다."

- 실러(독일의 극작가), '빌헬름 텔'

내가 쓰는 분채물감은 색마다 도자기 접시가 필요하다. 그래서 이사 갈 때 도자기 그릇을 나르듯이 깨지지 않게 날라야 한다. 유리병에 든 물감들, 붓, 펜, 이런저런 도구들을 나 혼자 정리했다. 남편이 이틀, 동화가 오늘 도와준 덕분에 오늘 큰 짐까지 옮길 수 있었다. (큰 짐은 이웃의 도움으로...) 대충 자리가 정해졌다. 도시의 화려한 불빛이 보이는 쪽보다는 산이 보이는 쪽을 선택한 것은 정말 잘한 것 같다. 불을 끄고 나오는데 동화가 사진을 찍었다. 동화는 여러 번 초록이 예쁘다고 했다.

2021
5. 14

작
약
꽃
을

그
려
보
고

싶
다

아침에 마당에 가 보니 작약이 피었다. 나는 겹작약이 너무 예쁘다. 모란꽃들이 져 버렸으니 말인데... 솔직히 말하면 모란보다 예쁘다. 그림으로 그려볼까? 생각했다. 신부 그림은 내일 끝낼 생각이다.

"나는 항상 스튜디오에서 보내는 시간을 우선순위로 두었다,.. 예술가로서 최선의 선택이었지만, 그 원칙 때문에 사람들과 관계 맺기가 어려웠다. 그럼에도 불구하고 지난 25년을 뒤돌아보면 주변에 나의 생각을 존중해주는 사람들이 많았던 것 같다. 친한 친구들과 가족은 내가 스튜디오에서 쪼그리고 앉아 작업하는 것을 이해해 주었다. 좀 야박한 것 같지만, 나는 나의 시간과 에너지를 많이 뺏는 사람들과는 점점 거리를 두었다. 지인들은 몇 달간, 심지어 해가 지나서 만나도 마치 어제 만난 것처럼 편안했다."

- 쥴리 랭섬, '고독과 사교의 시간 사이에서 균형을 찾아라'

나 같은 사람 찾았다.^^

그녀 이야기 – 셀프웨딩룩(self wedding look), 61×50cm, 장지에 분채, 2021

PART 5

푸른 호수 위에서
장미의 노래를 그리다

외
로
운
장
소
에
서
얻
어
지
는
것

아침 일찍 꽃을 피우고 낮에는 꽃잎을 닫아 버린다는 분홍 달개비꽃이 피었다. 낮에는 비가 왔고, 작업실에 있었으니 정말 잎을 닫는지는 보지 못했다. 일기에 작업실 이야기를 쓰다 보니 작업실 사진을 보여드렸는데 멋지다고 해주셔서 감사한 마음이 들었다. 그래서 왠지 분홍 달개비꽃에 달려있는 잎들이 날아갈 듯 자세를 취하고 있는 것처럼 그리고 싶어졌다. '작업실을 갖게 되었는데 그림이 왜 그래?' 소리를 들으면 안 되니 부담도 생겼다. 스스로 외로워지자!

"가장 중요한 것은 자신을 찾는 것이고, 그러기 위해 때때로 고독과 사색이 필요하다. 깨달음은 분주한 문명의 중심에서 오지 않는다. 그것은 외로운 장소에서만 찾아온다."

- 프리드쇼프 난센, 난민 구조활동, 난민을 위한 최초의 여권 '국제 연맹이 발행'을 만들어 1922년 노벨 평화상을 받음.

어제저녁과 오늘 동화와 같이 작업실에 있었다. 동화는 등을 만들고 싶어 한다. 바닥에 털 퍼덕 주저앉아 종이를 자르기도 하고 철사로 형태를 만들어 보기도 하고 있다. 전등을 만들 때 필요한 준비물들도 택배로 주문해서 가져왔다. 테이블 하나 내주었더니 엄청 뿌듯해 하며 꽃도 달아 놓고 사진도 찍었다. 그리고는 저녁에 대학 친구들을 만나러 나갔다. "엄마! 내 등은 비싸 오백만 원을 받을 거야!" 등은 아직 어떤 재료로 만들지 결정을 못 했다고 했다. ㅋㅋ

"모든 것은 우리가 생각하는 것의 결과다. 행복은 자신의 생각 안에서 시작되며, 그 결과도 시작과 동시에 그곳에서 얻어진다."

- 제임스 알렌

시작이 반이라는 속담이 있다. 반은 갔다.

2021
5. 28

화
병
들
의
'
아
카
펠
라
,

전에 꼬마 친구가 화병을 선물로 주었다. 장미꽃을 좋아한다고 해서 장미꽃과 함께 그려 주겠다고 약속했었다. 아침에 자전거에 화병들을 싣고 작업실로 가지고 가서 밑그림을 그렸다. 나의 채색화 그림과 드로잉은 많이 다르다. 드로잉과 나의 그림이 언젠가 만나 딱 중간 지점에 이르면 좋을 것 같다고 생각했다. 시 같은 그림을 그릴 때쯤이면 그렇게 되겠지?

작업실에 들어가서 첫 음악으로 '아 카펠라' 두 곡을 들었다.

Can't Help Falling in Love

VoicePlay A Cappella 와 Stand By Me

The Buzztones

(Ben E King A Cappella Cover)

꽃병 요정, 30×35cm, 장지에 분채, 2021

시
작
곧
끝
이
며,
끝
이
곧
시
작
이
라
는
칼
라
꽃

어제 꽃집 아줌마는 동화를 처음 보았다. 동화가 흑 칼라(Calla)꽃이 멋있다고 하니 노란색 꽃을 그냥 주었다. 동화가 너무 멋있어서 안 되겠다고 집에 오다가 다시 가서 산 흑 칼라 꽃 화분이 작업실에 있다. 나도 이 꽃 색의 신비함에 매료되어 그리고 싶은 여자가 생겼다. 동화도 한 번을 보고도 도저히 안 되겠다는 여자가 생기면 좋겠다. 어제저녁에 친구들이 내년이면 많이 결혼할 거라고 했다. "부러워?" 했더니 그렇다고 했다. 사람들이 우스갯소리로 하는 이야기 중에 남자들만 있는 곳의 '3대'를 자기는 다 갖췄다고... 어디 가서 여자를 만나냐고 했다. 공대, 군대, 회사가 있다고... 동화는 가족이 화목한 집의 여자면 좋겠다고 했다. 요즘 결혼을 늦게 하는 추세라지만 동화 친구들은 참 빨리 결혼하는 것 같다. 칼라꽃이 시들면 펴지면서 잎이 되는 것 같기도 한데... 좀 더 두고 보아야겠다.

칼라(Calla) 꽃말 : 열정, 청정

"부케에 가장 많이 사용하는 꽃이자 조의용 관장식에도 사용하는 꽃이 있다. 바로 칼라다. 인생의 새로운 시작인 결혼식과 인생의 마지막인 장례식에 두루 사용된다니, 우연이라고 하기엔 너무도 기이한 일이 아닐 수 없다. 하지만 새로운 인생의 시작인 결혼식은 홀로 살아가는 삶의 마지막이고, 이승에서의 마지막인 장례식은 다음 세상을 열어주는 시작의 예식이라고 할 수 있다. 시작이 곧 끝이며, 끝은 곧 시작이다. 그렇게 시작과 끝은 결국 하나이므로 서로 공통점을 찾을 수 없을 것 같은 두 곳에 같은 꽃이 사용된다는 것은 어쩌면 당연한 일인지도 모른다."

- 네이버 지식백과

멋진 해석이 마음에 든다.

그녀 이야기 - 시작하는 마음, 61×50cm, 장지에 분채, 2021

오늘은 지하철에서 드로잉을 하겠다고 생각하고 아이패드를 들고 나갔다. 옆 사람이 보는 게 부담스러워서 서서 가면서 왕복 1장씩 그렸다. 내가 그리던 사람이 갑자기 내릴 때도 있고, 내 앞에 사람이 서 있게 되어 그리던 사람이 가려지는 경우도 있다. 스케치북보다는 무거웠지만 재미있었다.

서울의 지하철 '시'는 프랑스 파리 지하철을 벤치마킹했다고 한다. 파리 지하철 공사가 응모자 8000명 중에서 1등으로 뽑은 시를 보았는데 참 좋다.

그 사막에서 그는 / 너무도 외로워 / 때로는 뒷걸음질로 걸었다. / 자기 앞에 찍힌 발자국을 보려고

- 오스팅 블루, '사막'

나는 지하철에서 모든 사람이 자기만의 사막에 있는 듯이 보였다.

핸드폰이라는 광활한 사막!

다른 사람의 책장 구경은 재미있다. 책장의 책들은 그 사람이 무엇에 관심이 있는지 알 수 있다. 내 책들이 4년 만에 거실로 나왔다. 이제는 마음대로 꺼내서 볼 수 있다. 아침부터 온종일 내 책들을 내가 정리하는데도 재미있었다. 내가 모은 내 책들… 책장을 정리하다가 2011년 수첩을 펼쳐 보았다. 맨 앞장에,

"60세 내 생일 내 인생의 오후가 시작된다."

- 앤 린드버그

그 밑에 '늦게 피는 꽃이 화려하다' 이렇게 적어 놓았는데 50세의 나는 꽃을 피우고 싶었나 보다. 70세 때의 나는 60세의 나를 어떻게 보게 될까? 생각했다. 내 인생의 오후가 시작되었다.

체리세이지 나는 행복합니다

베이비세이지, 핫립세이지,

칼라 꽃을 사던 날 남편이 베이비 세이지를 샀었다. 처음엔 빨간색 꽃이 많은 것 같더니 오늘은 흰색 꽃이 많아진 것 같다. 그려 보려고 앉아 자세히 보니 참 예쁘고 귀엽게 생겼다. baby sage는 정열적인 입술처럼 보여서 hot-lips sage라고 부르기도 한다는데... 그림을 그릴 때 꽃이 둘이 짝을 지어 달려 있어서 '둘만 낳아 잘 기르자' 하던 시절도 생각났고, 수없이 많이 달려 있는 베이비들을 보면서 베이비 붐 시대에 태어난 우리 또래를 생각했다.(초등학교 때 나는 생일이 늦어 68번이었다.) 늦봄에 피고 가을에 또 피어난다니 가을을 기다려 보아야겠다. 잎은 문지르면 박하향이 난다고 하는데 내일 아침에 한 번 맡아보아야겠다. 꽃이 완전히 붉은색은 체리 세이지. 체리 세이지에서는 핫립 세이지가 나오지 않지만, 핫립 세이지를 심으면 체리 세이지가 나온다고 하는데 그리고 나서 보니 체리 세이지가 하나 있다.

"나는 행복합니다, 여러분도 행복하세요."

- 요한 바오로 2세 교황의 마지막 말

아침에 사계바람꽃이 목화송이 같다는 남편의 말을 듣고 보니, 꽃잎들은 없어졌지만 씨를 품고 있는 모습이 솜꽃 같이 느껴졌다. 오늘 14회 소설 이중섭을 끝으로 다 들었다. 일제 강점기와 6·25 전쟁이 없었더라면... 사랑하는 부인과 아들들과 같이 살았더라면... 조금만 착하지 않았더라면... 멋진 화가는 오래 살았어야 하는데... 안타깝다. 작가 정신을 배울 수 있었다.

세월은 우리의 연륜을 / 묵혀가고 / 철 따라 잎새마다 / 꿈을 익혔다 뿌리건만 / 오직 너와 나의 / 열매와 더불어 / 종신토록 이렇게 / 마주 서 있노라

- 구상, '세월'

인생의 중요한 고비에서 늘 함께 있었던 구상 시인의 시.

오늘 오후에 내린 비로 어디론가 떠난 사계바람 꽃씨와 이중섭의 편지 속 가족그림을 그려 보았다.

네가 오기로 한 그 자리에 / 내가 미리 가 너를 기다리는 동안 / 다가오는 모든 발자국은 / 내 가슴에 쿵쿵 거린다… / 기다려 본 적이 있는 사람은 안다… 네가 오기로 한 그 자리, 내가 미리 와있는 이곳에서 / 문을 열고 들어오는 모든 사람이 / 너였다가 / 너였다가, 너일 것이었다가 / 다시 문이 닫힌다 / 사랑하는 이여 / 오지 않는 너를 기다리며 / 마침내 나는 너에게 간다 / 아주 먼 데서 나는 너에게 가고 / 아주 오랜 세월을 다하여 너는 지금 오고 있다 / 아주 먼 데서 지금도 천천히 오고 있는 너를 / 기다리는 동안 나도 가고 있다…

- 황지우, '너를 기다리는 동안'

3년을 기다려서 피어난 팝콘수국이 꽃을 피우면 그려 보겠다고 했었다. 꽃망울은 보름 만에 팝콘이 톡톡 터지듯이 피었다. 꽃의 요정이 있다면. 이런 모습으로 나를 맞았을까?

나는 여름에 캘리포니아로 이사를 갔어요. / 나는 마음도 바뀔 것이라 생각해서 이름도 바꿨어요. / 내 문제들이 여기까지 따라올 줄은 몰랐어요… / 지금 길을 잃었습니까? / 우리도 마찬가지입니다. / 그러니까 괜찮아요, 괜찮아, 괜찮아, 괜찮아… / 가끔 길을 잃어도 괜찮습니다.

- 제인 마르크제프스키(30살) 노래, 'It's okay'

너무 예쁘고 멋진 아가씨는 America's got Talent 프로그램에 출연해서 자작곡 '괜찮아' 노래를 마친 뒤 "지금 저의 생존확률은 2%입니다. (폐, 간, 척수암) 2%는 0%가 아닙니다. 저는 사람들이 그것이 얼마나 놀라운지 알았으면 좋겠어요."라고 말했다. 오늘 아침에 본 영상이다. 감동이었다.

나는 오늘 어떤 청년에게 희망을 가지라고 최선을 다해 말해주었다. 부모의 욕심이나 체면은 자식에게 도움이 되지 않는데… '괜찮아!' 하고 힘을 준다면 착한 청년이 얼마나 더 열심히 노력할까? 생각해 보았다.

1985년 오늘 서울 지하철 3호선 개통.

2000년 오늘 게놈 지도(인간의 유전자 정보) 초안 발표.

인간 생로병사의 비밀을 담은 유전자 염기서열 밝혀냄. 인간 31억 개 유전자 가운데 28억 개의 구조와 염색체 내 배열에 관한 정보 담음.

그러니까 내가 대학생 때 인사동에 갈 때는 종로에서 내려서 걸어갔다. 3호선의 안국역은 기억에 없다. 지하철 노선도도 복잡하지만 게놈 지도도 궁금해졌다. 그러면서 보니 동물이 인간보다 더 복잡한 구조로 되어있는 것을 알게 되었다. 어떤 지도든 보는 것은 재미있다.

밝혀내진 못하지만...

"이 연구 결과에 따르면 인간의 유전자 수는 초파리의 두 배에 지나지 않는다는 것으로 밝혀져 고등 동물일수록 유전자 수가 압도적으로 많을 것이라는 오랜 생물학적 믿음이 깨졌다. 또 개인의 DNA 차이는 전체의 2%에 지나지 않으며, 인종의 차이는 유전자적 근거가 없다는 사실도 확인되었다. 치명적인 질병을 유발하는 유전자들이 집중한 염색체들을 발견하였으며, 대부분의 유전자 변이가 남성에서 일어난다는 사실도 밝혀졌다."

- NAVER 지식 iN

Silhouette

실루엣을 보고 누구인지 맞춰 보세요

오늘 아침 남편이 동화와 나에게 짜장밥과 오이무침을 해 주었는데 하나는 짜고 하나는 좀 싱거웠다. 둘을 합해서 먹으면 간이 맞았다. 남편이 요리할 때 간을 보지 않는다고 하지만 입가에 짜장이 묻는 걸 보면 분명히 간을 본 것 맞다. 동화는 어렸을 때 무엇을 먹었는지 알려면 머리를 보면 알았고 (먹던 손을 머리에 문지르는 버릇으로) 동주는 웃옷 티셔츠를 보면 알았다. (왜 옷에다 입을 닦았는 지...) 그래서 이 세사람이 무엇을 먹었는지 아는 법을 그림으로 그렸다. 남편이 아이가 되었나?

프랑스 재무장관 에띠엔 드 실루엣 장관은 벽에 비친 그림자의 윤곽을 따라 그린뒤 이것을 다시 반대되는 색의 종이 위에 오려 붙이는 것이 취미였다. 이런 그림들을 그의 이름을 따서 '실루엣'이라고 부른다.

"마냥 해맑게 꼬물거리던 아이들의 어린 시절, 함께 하는 것 만으로도 즐거웠던 우리의 학찰시절, 넘치는 열정, 꿈많았던 빛나는 시절, 청춘. 지나고 보니 참 잠깐이었다. 마치 찰나와 같았던 그 순간들이 모여 지금의 내가 되었다. 시간이 흘러 기억조차 나지 않는, 가물가물해진 그날들에 나는 왜 그리 울고 웃었을까? 무엇이 나를 그리 흘렸을까. 그저 모든 순간들에 행복하기만 해도 부족한 날들이었다." - '존재만으로 빛나는 책' - '세월이 흘러야 깨닫게 되는 중요한 사실' <교보문고 올해의 문장 선정>

7
월,
열
매
가
빛
을
저
장
하
는
달,
이
표
현
이
멋
지
다
!

7월 July는 'Julius Caesar'가 태어난 달이라는 뜻. 북아메리카 인디언들이 7월을 부르는 이름은 천막 안에 앉아있을 수 없는 달, 산딸기가 익는 달, 열매가 빛을 저장하는 달, 콩을 먹을 수 있는 달, 조금 거두는 달, 연어가 떼지어 강으로 올라오는 달, 나뭇가지가 열매 때문에 부러지는 달이라고 한다. 나는 농사도 모르고 연어 떼도 본 적이 없지만 표현들이 너무나 멋지다. 나에겐 어떤 느낌인지 7월 내내 한 번 지켜보려고 한다. 여러 날 동안 비가 내리는 달을 추가해야겠다. 오늘은 그림을 찾고 머리를 염색했다. 천막 안에 앉아 있을 수 없는 달인데 에어컨 바람이 너무 차가워서 밖으로 나오니 너무나 따뜻했다.

'자연과 함께 하는 삶'

이건 아니잖아?

그림을 좀 더 열심히 그리기 위해서 수영을 갔다. 수영을 하면 등도 안 아프고 어깨도 안 아프다. 지난번 왼팔을 구박했던 것은 아무래도 백신 맞은 팔이어서 그랬던 것 같은 생각이 든다. '왼팔, 미안!' 오늘은 지난번보다 훨씬 자유롭게 잘하고 왔다. 어제 미장원에서 잡지를 보다가 세 사람이 세상 편하게 바다가 보이는 백사장에 앉아있는 모습이 귀여워서 사진을 찍었는데, 오늘 수영장의 나는 피서를 온 것 같은 시원함을 느꼈다. 세 명을 수영장 한가운데 띄워 주었다.

"식상함으로 가득 차서 삶을 짧게 요약해 버리기보다, 매일 새롭게 정성 들여 시간을 색칠해가는 것, 그것이 스스로에게 줄 수 있는 즐거운 선물이 아닐까."

- 김혜령, '이게 행복이 아니면 무엇이지'(21페이지)

낮에 자전거를 타고 장을 봐서 집으로 가는 길에 햇볕이 얼마나 따갑고 더운지, 나는 전기 오븐에 들어간 닭들을 생각했다. 페달을 밟을 때 올라가는 다리는 훅- 하고 닭이 돌아가면서 쏘이는 뜨거운 바람일 것 같은 느낌. 이렇게 왔다 갔다 하면 난 얼마나 까매질까 생각했다. 운동선수들의 복장으로 자연스럽게 햇볕에 그을리면 피부색 옷이 생기는 것을 보았다. 컴퓨터 프로그래머는 햇볕을 못 봐서 전체가 피부색 옷이고… 난 반바지에 반팔 티셔츠를 입고 다니니 예쁘게 햇볕에 타지는 않을 것이다. 오븐구이 통닭을 경험했으니…

"황금 알을 낳는 닭을 가진 한 사나이가 닭의 몸속에 보물이 들어있는 줄 알고, 닭을 죽이고 배를 갈라 보았으나 보통 닭과 조금도 다름이 없었다. 욕심이 많으면 모두 다 얻으려다 송두리째 잃는 법이다."

- 라퐁텐, '우화집'

멋진 선탠(suntan)은 못할 것 같고 모자를 쓰고 다녀야겠다.

마음도 쉬어야 한다는데…

수영장. 주차장 한편에 코로나 임시 선별소가 있다. 평소에는 사람이 없었는데 오늘은 줄을 서서 검사받는 사람들이 많았다. 검사받는 사람들의 표정은 밝지 않았다. 코로나 19 확진자가 1300명으로 갑자기 늘어나면서 거리두기 4단계가 시행된다. 12일부터 백신 접종을 마쳤어도 사적인 모임은 4명까지, 오후 6시 이후에는 2명까지만 모일 수 있고, 학교는 14일부터 다시 원격수업을 하게 된다. 젊고, 건강하다고 예외가 있는 것도 아니고, 나이가 들어서 봐주는 것도 없고, 보이지도 않는 이 녀석은 언제까지 우리들 곁에서 완전히 소멸될지…

"몸을 쉬는 법은 누구나 잘 안다. 그런데 마음 쉴 줄은 모른다. 마음도 쉬어야 한다. 몸은 잠들면 쉬는데, 마음은 어떻게 쉬는가? 마음의 쉼은… 우리 본래 마음으로 돌아가, 이 순간을 보는 것이 마음을 쉬는 것이다."

- 금강 스님, '물 흐르고 꽃은 피네'

어쩔 수 없이 몸이 쉬게 되었다면 이 기회에 마음도 쉬게 해주면 어떨까?

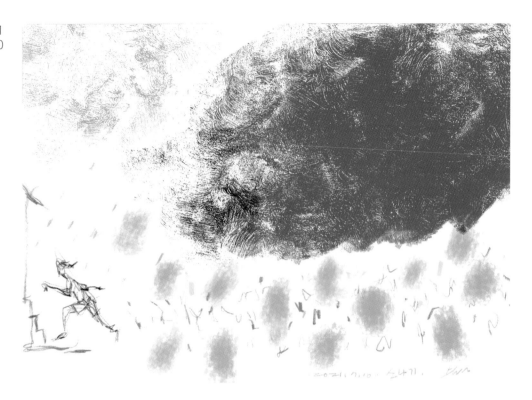

2021
7. 10

여름철 소나기는 이랬다

저 멀리서 올 때는 / 바람에 마른 잎 구르는 소리 같았다.

옆집 마당에 왔을 때는 / 급하게 달리는 수십 마리 / 말발굽 소리 같았다.

우리 집 마당에 닥쳐서는 / 하늘까지 컴컴해지고, / 하늘이 마른 땅에 대고 / 큰 북을 치는 소리가 들렸다.

빨래 걷을 틈도 주지 않고 / 금세 또 옆집으로 옮겨 가더니 / 다시는 돌아오지 않았다.

- 남호섭, '한여름 소나기'

나는 오늘 아침 이 '시'를 경험했다. 마당에서 풀을 뽑고 있다가 후다닥 뛰어 들어오는 동안에 비를 맞았으며 굵은 빗방울이 후두둑 떨어지며 마당을 적시더니 가 버렸다.

2,
두
개,
두
번,
두
가
지

예쁘다고 마당에 심을 수는 없는 꽃이다. 언젠가는 마당을 다 덮을지도 모르기 때문이다. 작업실에 걸어오다가 붉은 토끼풀 몇 송이 꺾어 들고 와서 물병에 꽂았다. 그리다 보니 2mm쯤 되는 거미도 살고 있다. 큰 거미가 살고 있었다면 무서웠을 것이다. 내 작업실은 약 5.5mx8m 정도 되는 공간이다. 천고가 높기는 하지만… 오늘 꺾어와 꽂은 꽃과 거미처럼, 물건들과 사이좋게 살아야만 된다. 7월의 뙤약볕을 왔다갔다 하다 보니 자전거 타는 손이 까맣게 탔다. 어제 그림 두 점을 끝냈고, 다시 두 점의 밑그림을 시작했고, 남편은 오늘 이빨 두 개를 뽑았다. 이유식을 만들 듯이 요리를 했다. 얼굴이 홀쭉해진 것 같은 남편을 보니 마음이 짠! 했다. (가짜 이빨은 다시 생길 테지만…)

7월이 오면

그리 크지 않는 도시의 변두리쯤 / 허름한 완행버스 대합실을 / 찾아가고 싶다… 떠가는 흰 구름을 바라보며 / 행려승의 밀짚모자에 / 살짝 앉아 쉬는 / 밀잠자리… 7월이 오면… 쏟아지는 땡볕 아래 / 서 있고 싶다.

- 손광세, '땡볕'

오늘의 내 생각을 적다 보니 특별한 주제는 없다. 내 일기니까 내 마음^^

범부채꽃이 '톡!' 하고 벌어지는 순간을 보았다

범부채꽃이 벌어지는 순간

2021. 7. 17.

어젯밤에 집에 오면서 보니 범부채꽃들이 나사못처럼 다 꼬여져 있었다. 어제 아침에 꽃이 '톡!' 하고 터지듯이 꽃잎이 벌어지는 것을 보았는데 소리가 나는 것 같았다. '나의 생각이겠지, 상상력!' 오늘 아침에 스케치를 하려고 나갔다. 남편도 같이 나갔는데 우리 둘다 '톡!' 하고 벌어지는 순간을 보았다. 남편이 집에 들어오더니 "톡! 소리를 들은 것 같아!" 했다. 진짜 소리가 난 것일까? 밤에는 어떻게 서서히 꽃잎을 꼬는지 보지 못했다. 몇 시쯤에 나가 보아야 할까?

"이 세상에서 정말 가치 있는 것을 얻게 해주고, 사람의 상상력으로는 더 보태거나 더 낫게 할 수 없는 세 가지 습관이 있다. 그것은 일하는 습관, 건강을 관리하는 습관, 공부하는 습관이다. 당신이 만약 남자이고 이러한 습관을 가진 데다 같은 습관을 가진 여자의 사랑을 가지고 있다면, 당신은 지금 여기에도 천국에 있는 것이며, 여자 쪽에서도 마찬가지이다."

- 앨버트 허비드(미국 철학자), '건강과 부'

내가 그리고 싶은 여자의 목록 중에는 '14. 크로셰'라고 적혀 있다. 뜨개질 하는 여자가 자기가 짠 옷을 입고 있어야 하는데, 나는 그런 옷이 없어서 아직도 못 그리고 있다. 물론, 아직도 번호표를 달고 줄 서서 기다리는 내가 그리고 싶은 여자들이 많지만... crochet 는 뜨개질 할 때 쓰는 구부러진 바늘이란 프랑스어인데, 오늘 크로셰 니트 원피스를 입고 크로셰 가죽가방을 어깨에 메고 걸어가는 아름다운 여자 모델 사진을 보았다. 몸과 옷의 색 배합이 더 이상 아름다울 수는 없었다. 나의 크로셰 작품은 언제쯤 그릴 수 있을까? 그리고 싶다.

"아름다움은 보는 사람 눈 안에 있다."

- 제인에어

대나무 열매는 봉황에게 양보해야지

앞마당에는 푸른 대나무를 심은 지 4년이 되었고, 뒷마당에는 오죽을 심은 지 1년이 되었다. 내 평생에 우리 집에서 대나무꽃을 볼 수는 없을 것 같다. 지금까지 내가 산 세월의 두 배는 살아야 볼 수 있다는 것을 오늘 알게 되었다. 대나무에 꽃이 핀 사진을 보았다. 옆에 삐죽삐죽 나온 것이 꽃이 아니고, 실에 매달린 것 같은 노란색이 꽃이다. 대나무 인생에 죽기 전 딱 한 번 꽃을 피우니 그 열매는 봉황에게 양보해야겠다.

끝을 뾰족하게 깍으면 / 날카로운 창이 되고 / 끝을 살짝 구부리면 / 밭을 매는 호미가 되고 / 몸통에 구멍을 뚫으면 / 아름다운 피리가 되고 / 바람 불어 흔들리면 / 안을 비워 더욱 단단해지고 / 그리하여 60년 만에 처음으로 / 단 한 번 꽃을 피운 다음 / 숨을 딱 끊어버리는 / 그런 대나무가 되고 싶다.

- 이산하, '대나무처럼'

벼의 꽃과 닮았다는데 나는 벼의 꽃도 보고 싶다. 날씨가 너무 더워서 가을 느낌으로 그렸다.

작업실 문을 열고 깜짝 놀랐다, 에어컨이 틀어져 있었기 때문에… 내가 에어컨을 안 끄고 집에 갔었나? 나중에 문자를 보고 알았다. "작업실 에어컨 켜고 나왔어, 시원하게 한 주 시작해" 내가 자고 있을 때 남편이 학교에 가다가 들러서 에어컨을 켜주고 간 것이었다.

"고마워!" 집에서 나가기 전에 '우리'란 노래를 들었다.

"…우리는 하나요. 당신과 나도 하나. 우리는 하나가 되어야 하오… 가다 보면 폭풍도 지나고 캄캄한 밤도 지나갈 거요. 높은 산을 오를 때도 있소. 푸른 초원도 지나갈 거요. 서로가 위하고 사랑하면 이 모든 것 이겨 나갈 거요…"

- 윤복희 작사

251

魚眼

2021. 7. 30. 小山

오전에 스튜디오도 갈 겸, 전시도 볼 겸 나갔다. 전시장에서 새로운 사실을 알게 되었는데, 물고기의 눈으로 세상을 보면 다르게 보인다는 것을 나는 생각해 본 적이 없다.

"강산을 열 번도 넘게 가보고 많이 그려봐서 주요 봉우리들의 특징이 눈에 보이는 듯하다. 새로운 구도를 고민하던 중 물고기의 시각으로 보면 둥글게 보인다는 것에서 착안했다. 또 '금강'이라는 단어가 불교철학의 핵심인 것에서 나왔다고 생각했고, 불교를 상징하는 것으로 연꽃이 연상되었다. 그래서 피어오르는 찰나의 연꽃 봉오리 안에 금강산을 넣고 어안으로 본 형상을 상상해서 그린 것이다."

- 소산 박대성

따라서 그려보다 보니 백두산 천지도 물고기가 보았다. 선생님의 선들은 한 획 한 획이 망설임이 없고 자유로왔다. 더 오랜 시간 그림을 그려 선생님 연세만큼 된다면 나도 자유롭고 싶다.

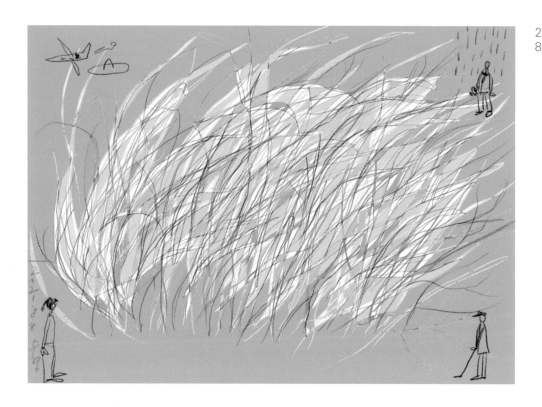

내가 1층 집을 좋아하는 이유는 바람을 느낄 수 있어서 그렇다. 하늘만 보이는 집은 재미가 없었다. 바람이 세게 불고 있는지, 바람이 멈추었는지... 다 느껴져서 좋다. 무지개 사초가 쓰러질 것처럼 바람이 불다가 지금은 자세히 보아야 바람을 느낄 수 있다. 글도 그런 것 같다. 오늘 아침 동주의 글을 보고 하마터면 동주에게 차를 몰고 떠날 뻔했다.

"요즘은 생각도 많아지고 눈물도 많아졌어. 카톡 소리가 들리거나 전화벨 소리가 들릴 때마다 계속 눈물이 나. 자주 만나지 못해서일까? 아니면 미안해서일까? 엄마 아빠 내가 많이 사랑해."

동주 방의 번호 키는 내 생일이다. 번호를 알고 있으니. 집에 없으면 열고 들어가? 생각하다가 참았다.

"이토록 넓은 세상에서, 이토록 많은 사람들 중에 나는 당신을 만났다. 그리고 나는 당신을 사랑하고 당신 또한 나를 사랑한다. 사랑하는... 인연이란 그래서 눈부시게 두렵고 아름다운 기적이다.

- 최인호 '인연'

오늘 우리 가족은 모두 멀리멀리 떨어져 있다. 동주에게 못 갔으니 다시 작업실로 가서 열심히 그림 그릴 것이다.

"사랑한다!"

2021
8. 17

설
악
초
처
럼
하
루
하
루
멋
지
게
변
하
길…

오늘 하얀색 침대 커버를 최대한 하얗게 하려는 노력을 하면서, 빨래가 되는 동안에 하얗게 피어난 설악초를 그리기로 했다. 자세히 보니 꽃은 아주 작고 녹색의 잎이 점점 하얗게 변해가는 것을 발견했다. 하얗게 변한 잎들이 꽃인 줄 알았다. 언젠가는 설악초 화관을 쓴 여자를 그려 보아야겠다고 생각했다. 꽃이 피는 순서를 내 작품의 속도가 따라잡지 못함이 아쉽다. 잊지 않기 위해 일기로 남긴다.

"사람이 나무를 지나갈 때, 그 나무를 사랑한다는 사실에 행복해하지 않고, 어떻게 나무 옆을 지나갈 수 있는지, 나는 이해할 수가 없다… 삶의 걸음마다, 방탕아까지도 경이롭게 느끼는 놀랄 만한 일들이 얼마나 많은가?

- 도스토예프스키

지금 하는 작품은 슬프게도 길을 잃고 우왕좌왕하고 있다. 설악초의 초록잎이 변하여 하얀 꽃잎처럼 변하듯이 지금의 그림이 멋져지면 좋겠다는 생각이 드는 밤이다.

자전거 앞 바구니에 물건이 많이 있으면 균형 잡기가 힘들다. 길은 언제나 반듯하게 펼쳐져 있지 않기 때문이다. 생각이 너무 많거나, 일을 너무 많이 벌려 놓았거나 하는 것과 다르지 않을까? 하는 생각을 했다. 답이 없을 것 같았던 그림을 방금 끝냈다. 어제 아침부터 갑자기 답이 풀렸다. 두 사람을 동시에 끝내겠다던 생각은 틀렸었다. 한 명을 붙잡고 거의 한 달을 끌었다. 오늘 저녁엔 집에 일찍 들어가 영화를 보아야겠다.

"그 누구도 아닌 자기 걸음을 걸어라. 나는 독특하다는 것을 믿어라. 누구나 몰려가는 줄에나 또한 설 필요는 없다. 자신만의 걸음으로 자기 길을 가거라. 바보 같은 사람들이 무어라 비웃든 간에."

- '죽은 시인의 사회'의 대사

균형을 잘 잡고 다니자. 자전거도, 그림도, 사는 것도...

아침에 샬롬 농원 K의 사과를 보고 마당의 사과나무를 그려 주었다, 올해의 사과는 한 개도 열리지 않았다. '나무에 대한 글을 쓰려면 먼저 나무가 되어야 한다'는 말이 생각났다. 한참을 쳐다보고, 그렸지만 짧은 시간에 나무가 되지는 못했다. 바꾸어 말해서 '사람을 그리려면 먼저 그 사람이 되어야 한다!' 나는 그리려는 사람의 마음이 되어 보는 것이라 결론을 지었다. 가을엔 역시 귀뚜라미 소리가 들려야 한다.

나무에 대한 시를 쓰려면 먼저 / 눈을 감고 / 나무가 되어야지 / 너의 전 생애가 나무처럼 흔들려야지… / 내가 외로울 때마다 / 이 세상 어딘가에 / 너의 나무가 서 있다는 걸 잊지 말아야지 / 그리하여 외로움이 너의 그림자만큼 길어질 때 / 해질녘 너의 그림자가 그 나무에 가 닿을 때 / 넌 비로소 나무에 대해 말해야지 / 그러나 언제나 삶에 대해 말해야지 / 그 어떤 것도 말고

- 류시화, '나무의 시'

너무 예쁘지 않아도 괜찮다!

'너무 예쁘지 않아도 괜찮다.'고 말해주고 싶다. 며칠 전부터 그림에 넣으려고 제일 예쁜 꽃을 눈여겨보고 있었다. 아침에 편하게 앉아서 그리려고 꺾어서 꽃병에 꽂았는데... 잠시 후 꽃이 고개를 숙이면서 시들어버렸다. 미안했다. 이기적인 인간! 할 수 없이 두 번째로 예쁜 꽃 간택! 그리다 보니 너무 화려해서 안 어울렸다. 마지막으로 선택한 꽃은 한 번도 그림에 넣을 생각을 안 해본 작고 여린 꽃을 그렸다.

거미는 한 번에 30m 이상의 거미줄을 생산하고, 수일간 휴식을 취한다는 글을 보았다. 그래서 오늘은 마당에서 일을 했다. 나에겐 이 일이 휴식이었다. 남편이 집에 없으니 삽질을 했는데... '삽질' 뭐 별거 아니네!

혼자 아픈 날 늘어가리 / 혼자 중얼대는 날 늘어가리 / 혼자 멍 때리는 날 늘어가리 / 허공에 매달린 거미처럼

- 조재도, '거미'

시가 맘에 든 것뿐. 외롭지 않음.

이런 옷을 입고 나가야 멋쟁이라네!

올해 가을, 겨울엔 담요를 뒤집어쓰고 나가도 유행에 뒤떨어지지 않을 것 같고, 옷장에서 아버지 옷을 꺼내 입고 나가도 오히려 멋쟁이 소리를 들을 것이다. 노랑, 빨강, 초록, 분홍 이런 색들이 유행할 것이라고 한다. 옷을 뒤집어 입고 나가도 상관없다. 바지를 땅에 질질 끌고 다녀도 괜찮다. 나는 작년 여름에 동주가 준 밀리터리 옷을 언젠가는 입고 나가 보아야겠다. 멋있다고 얻어왔는데 한 번도 입고 나간 적은 없다. ㅎㅎ

그러니깐

우리들이 매미채를 들고 / 숲속을 헤매는 사이에도 / 여름은 흘러가고 있었나 보다... / 하늘 저 너머에서 / 하얗게 피어오르는 뭉게구름에 / 깜빡 정신이 팔려있는 사이에도... 쉬지 않고 / 여름은 / 대추랑 도토리, 알밤들을 / 탱글탱글 영글게 하며 / 그렇게 그렇게 / 흘러가고 있었나 보다

- 윤이현, '여름은 강물처럼'

with **IRIS APFEL**
FOR ATELIER SWAROVSKI

MEET IRIS: 6:30 PM - 8:30 P

g of holiday shopping f

100th Birthday.
2021. 8. 30.

2016.11.09. 0:01

어제 토론토 시내에서 사진으로 만났다.
이렇게 멋진 할머니로 늙을 수 있다면 ...
94세가 되어도 멋진 여자로 삶을 충실하게 살아갈수 있다면 ....

100세에도 멋지려면 어떻게 살아야 할까?

2016년에 94세의 아이리스 아펠(Iris Apfel)을 포스터로 처음 보았는데, 94세의 할머니가 저렇게 멋있다니... 생각하고 일기를 남겨 놓았다. 오늘은 100세가 된 아이리스 아펠(패션의 아이콘 & 인테리어 디자이너) 사진을 보고 또 놀랐다.

"100세의 철학가로 통하는 김형석 연세대 철학과 명예교수를 혹시 아세요? 인생에서 제일 살맛나고 좋았다고 느낀 시기가 60에서 75세까지였대요. 나이 60이 되어야 그때부터 진짜 창의적인 생각이 쏟아진다고 하셨어요. 어떻게 생각하세요?"

"그 말은 일리가 있어. 그전까지 치열하게 산 사람들에게는, 젊은 날의 치열한 경험이 되살아나면서 또 다르고 새로운 생각을 생산해 낼 수 있거든. 젊을 때 치열하지 않으면 그 나이에 이른다고 그렇게 되지 않아. 그런 뜻으로 그가 한 말이라고 봐. 나는."

- 박서보 인터뷰 중에서

아이리스 아펠도 치열하게 살았을 것이다.

'멋지다!'

나무가 되는 게 어떨까?

살아 있어 좋구나
오늘도 가슴이 뛴다
가난이야 오랜 벗이요
슬픔이야 한때의 손님이라
푸르른 날엔 푸르게 살고
흐린 날엔 힘껏 산다

- 양광모, '한 번은 시처럼 살아야 한다' 중에서

오늘도 날은 많이 흐렸다. 산에는 나무가 많이 있다. 그러나 새들이 멀리 보이는 산까지 가서 쉬기엔 너무나 멀어 보였다. 어떤 사람은 산이 되고 싶어 한다. 나는 그냥 작은 나무가 되어 새들이 비를 피하고, 작은 그늘 하나 만들 수 있으면 행복할 것 같다는 생각을 했다.

벼가 익어가는 9월!

2021. 9. 2. ⵂ

오늘 이웃 블로그에서 벼가 익어가는 사진을 보았다. 사실 초록색 벼는 처음 보았다. 밥은 매일 했으면서 왜 생각을 안 해 보았을까? 이숙자 선생님의 보리 그림은 너무나 친숙한데... 벼는 누런색만 생각하고 있었다니 나는 얼마나 관념적으로 살았나?

9월은 달빛이 곱다. 가을의 한 가운데. 가을 하늘이 높다. 내리쬐는 햇볕이 맑고 신선하다. 오곡백과가 풍성하다. 이슬이 차갑게 느껴지기 시작한다. 잎이 지는 달. 9월은 예쁜 수식어는 다 갖고 있어서 좋겠다.

달에 도착한 달동무, '나는 너는,

달에 같이 가기로 약속한 친구가 먼저 달에 도착했다. '나는 너는' 그림책이 나왔다. 친구가 책이 나왔다는 소식을 듣자마자 주문했는데 오늘에서야 도착했다. 표지에 '김경신'이라는 이름이 은박으로 찍혀 있는데 얼마나 자랑스러운지... 마치 내 책이 나온 것처럼 기쁘고 자랑스럽다. 딸 윤아를 업고 자전거로 달나라에 도착한 달 친구로 바꾸어 주었다. 멋지다!

"대학과 대학원에서 회화를 전공한 후 미술치료를 공부하며 사람들의 마음에 더 관심을 가지게 되었습니다. 자전거 경주에 참가한 16명의 '나'를 MBTI 유형으로 각각 드러내며, 저마다의 인생 무대에서 주인공이자 조연의 삶을 이어가는 우리들을 투영해 보았습니다. 너와 나로 만나 이어지는 관계 속에서 오해가 아닌 이해로 서로를 바라보길 바라며 만든 첫 그림책입니다"

- 김경신, '나는 너는'

멋진 엄마와 아내로 화가로 살아가는 모습이 자랑스러워요! 축하해요! 내 달 친구!

교사를 하셨던 J선생님께서 아침에 벼꽃 사진을 보내 주셨다. 모든 열매는 꽃이 있어야 하는데 또 벼꽃을 생각 못 했었다. 조그만 쌀알들은 꽃이었던 것을… 벼꽃이 피어 있을 때는 통통한 알이 아니고 납작하기도 하고 쭈글거리는 것처럼 보였다. 아직은 쌀이 아니구나! 꽃이 열매를 맺어 벼가 익어야 쌀이 됨!

"사랑이란 삶을 통하여 서서히 경작되는 농작물입니다. 부모 형제를 선택하여 출생하는 사람이 없듯이 사랑도 그것을 선택할 수는 없습니다. 사랑은 사전(어떤 일을 시작하거나 실행하기 전)에는 존재하지 않으며 사후(일이 끝난 뒤)에 경작되는 것입니다. 그러므로 '당신을 사랑합니다'라는 말은 필요하지 않습니다. 사랑이 경작되기 이전이라면 그것은 사실이 아니며 그 이후라면 새삼스럽게 말할 필요가 없기 때문입니다. 인간의 가장 위대한 능력은 불모의 땅에서도 사랑을 경작한다는 사실입니다."

- 신영복, '사랑 경작'

평생 밥을 해주신 엄마, 밥을 해주다 제주로 간 남편. 밥은 사랑해야만 해줄 수 있는 일이다.

층층꽃을 눈으로 보았을 때는 동그란 모양의 꽃들이 층층이 올라가는구나! 생각했었다. 스케치를 시작하고 세 번째 동그라미 꽃을 그리다가 발견했다. 하나의 원이 아니고 반원들이 모여 하나의 원처럼 보이는 것을... 꽃의 중심에 동그란 모양은 암술이 아니고 줄기로 자라나 또 한 층의 꽃을 피울 준비를 하는 중이고, 맨 아래층의 제일 먼저 핀 꽃은 보라색 작은 알이 터지면서 작은 꽃들이 된다는 사실도 알게 되었다. 마치 내가 본 무지개는 반원이지만 상공에서 바라보면 완전한 원형인 것과 같은 신비함? 오늘은 자연이 주는 신비로운 모습에 감탄을 하였다. 그림은 좀 엉터리로 급하게 그렸지만...

지나간 봄은 아름다웠고
여름은 생각보다 짧았다...
가을은 걸어서 간다 해도
다가오는 겨울은 어떻게 맞으리

- 김광규, '생각보다 짧았던 여름'

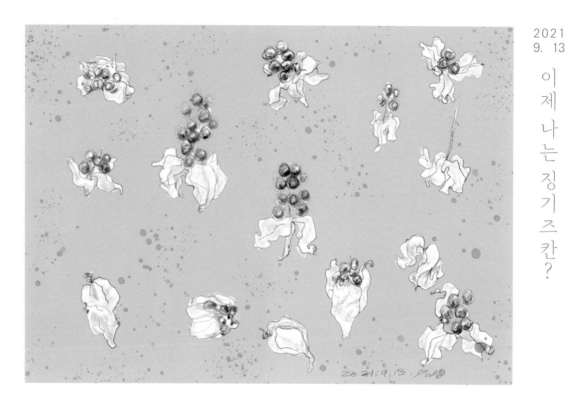

두 달 전 밤이 되면 몸을 배배꼬는 범부채를 그렸었는데, 까만 씨들이 맺혔다. 땅속에 구멍을 뚫고 꽂아 줄 때가 왔다. 징징대기 싫어서 얼굴, 머리 아픈 거 참고 지내다가 도저히 참을 수가 없어서 한의원에 갔다. 예쁜 여자 의학박사 선생님이 백신 맞고 자신이 가장 약한 부분이 여기였었지! 하고 느끼는 사람이 많다고 하셨다. 선생님은 발목이었다고 하셨다. 나는 얼굴과 머리에 침을 40개 꽂았다. 왼쪽 얼굴과 머리가 집중적으로 불편했는데 3차 신경통인 것 같다고 하셨다. 물리치료, 전기 자극, 뜸. 부황, 약물 침, 침 40방. 한의원은 몇십 년 만에 처음으로 갔는데 당분간 매일 가야 하나 보다.

"집안이 나쁘다고 탓하지 말라. 나는 아홉 살 때 아버지를 잃고 마을에서 쫓겨났다. 가난하고 비관하지 말라. 나는 들쥐를 잡아먹으며 연명했고, 며칠을 굶고도 목숨을 건 전쟁에 임했다... 배운 게 없고 힘이 없다고 기죽지 말라. 나는 내 이름도 쓸 줄 몰랐으나 남의 말에 귀 기울이며 현명해지는 법을 배웠다. 나는 목에 칼을 쓰고도 탈출했고, 뺨에 화살을 맞고도 살아났다. 적은 밖에 있지 않고 내 안에 있었다. 내게 거추장스러운 것을 깡그리 내다 버렸다. 그렇게 내 자신을 극복하는 순간 나는 징기즈칸이 되었다."

- 징기즈칸

참지 말고 병원에 갈 것을...! 나는 뺨에 활 대신 침을 맞았다. 이제 나는 징기즈칸?

나를 예술하도록 만들고 있는 것은?

오늘은 살짝 눈을 뜨고 침을 보았다. 궁금해서ㅎㅎ 침 하나가 눈 옆에서 달랑달랑 흔들리고 있었다. 느낌으로는 너무나 작고 짧은 바늘인 줄 알았는데 생각보다 길었다. 간호사가 침을 빼다가 하나를 침대에 떨어뜨리고 가서 기념으로 가져왔다. 오늘 저녁엔 어제저녁보다 얼굴 감각은 좋은 것 같은데 몸살 난 것처럼 아파서 빨리빨리 그리고 집에 가려고 한다. 왼쪽의 색은 오늘 거의 끝낸 그림의 바탕색이고 오른쪽의 검정색 밑바탕의 색은 2012년 일기 드로잉 사진이다. 읽어보니 그때나 지금이나 나는 작업에 임하는 태도는 비슷하게 살고 있는 것을 발견했다.

"예술가는 예술작품을 만드는 사람으로 규정되는 사람입니다. 그러므로 모든 경력을 통틀어 가장 중요한 것이 되어야 합니다. 예술작품을 만드는 것. 여러분은 경력을 쌓을수록 계속해서 목표를 재조정하게 될 것입니다. 정말 흥미로운 일이죠. 예술가로 살아간다는 것은 데미안 허스트(영국미술계를 대표하는 인물)가 되는 꿈을 꾸는 것이 아니라, 여러분이 진정으로 관심 있는 것을 만들어내겠다는 목표를 세우는 것에서부터 시작합니다. 그렇게 마음먹는 것에서부터 시작합니다. 그렇게 마음먹는 것에서부터 보상받을 것입니다."

- 에드워드 윙클맨, '무엇이 여러분을 예술하도록 만들었습니까?'

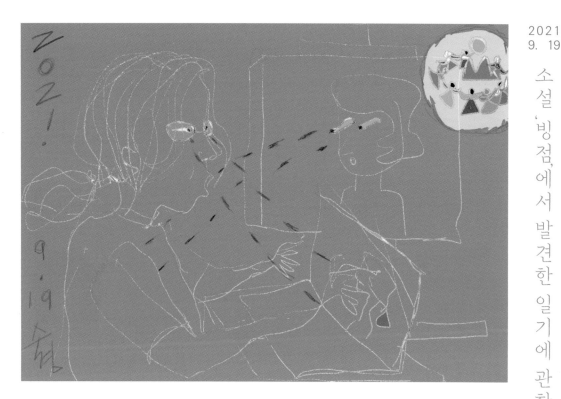

어제부터 오늘까지 미우라 아야코의 '빙점'을 오디오 북으로 다 들었다. 너무나 유명한 책이지만 나이가 들어 다시 읽거나 듣는 이야기들은 언제나 새로운 것을 배우고 깨닫게 된다.

"3년 동안 일기를 계속해 쓴 사람은 장래에 뭔가 이루어 놓을 사람이다. 10년 동안 계속 쓴 사람은 이미 무엇인가를 이루어 놓은 것과 같다."

- 소설 '빙점'의 한 구절

나는 이루어 놓은 것도 없는데 일기라도 3년 꾸준히 써보면 장래에 뭔가 이룰 수 있을까? 일 년 반 남았으니 한 번 해볼까 보다. 오늘은 집에 가다가 보름달을 쳐다보아야지.

심리적인 안정을 주는 치료복

한의원에 가면 옷을 갈아 입어야 하는데 아주 신기한 옷을 준다. 지퍼를 다 내리면 4쪽으로 나누어지는 옷이다. 지퍼는 윗부분을 치료하려면 위에서 내리고, 아랫부분을 치료하려면 밑에서 올리면 된다. 좋은 점은 내 몸을 다 열어젖힌다면 부끄러울 텐데 치료를 안 하는 부분은 닫아주니 심리적으로 편안하다. 등을 치료한다면 내가 엎드린 자세에서 지퍼를 올리거나 내리면 된다. 움직이기가 힘든 어른이 집에 계시다면 이런 옷을 준비하면 좋을 것 같다는 생각을 했다. 바지는 내가 보지 못했지만 바지도 4쪽이겠지? 신기하게도 나는 많이 좋아졌다.

"사랑하고 사랑받는 것은 양쪽에서 태양을 느끼는 것이다."

- David Viscott

인형옷 입히기, 30×35cm, 장지에 분채, 2021

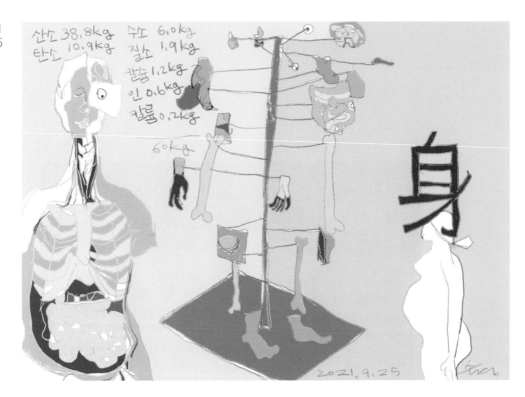

미술관의 조각 사진을 보았다. 내가 크리스마스트리를 그렸을 때 여자의 물건들을 매달은 것보다 조금 더 적극적이고 재미있었다. 한자의 '身(몸 신)'자는 여자의 임신한 형태를 나타내는 상형문자라고 하는데 이런 그림이나 조각들을 보면 나의 생각이나 정신을 생각하기에 앞서 나는 여러 조각들이 잘 조합되어 엄마의 배에서 나온 조형물?

위키 백과에서 "인간의 세포는 100조 개에 달하는 세포로 이루어져 있다고 하며, 60kg 일반인의 기준으로 산소 38.8kg. 탄소 10.9kg, 칼슘 1.2kg, 인 0.6kg, 칼륨 0.2kg의 성분으로 되어 있다"고 하니 이것은 나의 성분과 비슷하다. 그래서 속으로 킥킥대며 그렸다.

오늘은 심장의 '마음' 뇌의 '생각' 같은 것은 어디에 있는지 모르겠다.

식물과도 eye contact, 눈을 맞추어야 대화가 가능하다. 잡초인 줄 알고 뽑으려다 잎이 특이하고 예뻐서 꽃을 기다려 보았는데 국화과의 꽃이었다. 원래는 하늘을 보고 자랐어야 하는데 길이가 길어서 그런지 땅으로 누워서 피고 있다. 그래서 땅에 앉아서 그렸다. 줄기들은 단체로 누워버렸지만 꽃들은 하늘을 보고 싶어 했다. 그래서 하늘을 옆으로 그려 주었다. 그림을 왼쪽으로 90도 돌리면 꽃들이 원하는 자세가 된다. 꽃들이 나의 고마움을 알겠지!

"내가 지나온 모든 길은 곧 당신에게로 가는 길이었다. 내가 거쳐 온 수많은 여행은 당신을 찾기 위한 여행이었다. 내가 길을 잃고 헤맬 때조차도 나는 당신을 향해 걸어가고 있었다. 그리고 마침내 내가 당신을 발견했을 때, 나는 알게 되었다. 당신 역시 나를 향해 걸어오고 있었다는 사실을."

- 잘랄루딘 루미(이슬람 법학자)

오늘은 주말인데 혼자 있다 보니 좀 외로운 생각이 들었다. 식물들을 보고 반려식물이라 하는데 오늘 그 이유를 알았다.

마릴라 아주머니와 퍼프(puff) 소매

1890년대

Lucy Maud Montgomery
1874 — 1942년

2021. 10. 6. 김

다른 아이들이 다 입고 다녔지만 퍼프소매가 달린 옷을 마릴라 아주머니는 천의 낭비라고... 그렇게나 입고 싶어 하던 앤에게 만들어 주지 않았다. 매튜 아저씨가 린드 부인에게 몰래 부탁해서 만들어 달라고 부탁했을 정도니까. 야박하다고 생각한 마릴라 아주머니에 대한 오해가 풀렸다. 소매를 만드는데 들어간 천이면 다른 옷도 두 벌은 더 만들 수 있을 것 같아 보인다. 오늘 1890년대 퍼프소매의 꼬깃꼬깃한 블라우스를 300$에 판다는 것을 보았다. 설명에는 1894-1895년이 가장 큰 소매를 만들었다고 했다. 빨강머리 앤의 저자 몽고메리를 찾아보았다. 1874-1942년을 살았고, 1908년에 이 책을 발표했다. 몽고메리는 어려서 퍼프소매를 입고 싶었을 것이다. 몽고메리가 10대 소녀였을 때 유행하던 옷이었으니까...

"음, 그것도 언젠가 알아볼 일 중에 하나이겠군요. 알아봐야 할 것이 있다는 것은 참으로 멋진 일 아녜요? 정말 재미있는 세상인 거죠. 만일 우리가 세상의 모든 일을 다 안다면 재미가 반도 안 될 거예요. 그렇죠? 그렇다면 상상할 거리가 하나도 없겠어요."

- 빨강 머리 앤

소설가도 화가도 이야기는 자신에게서 나온다는 생각이 들었다.

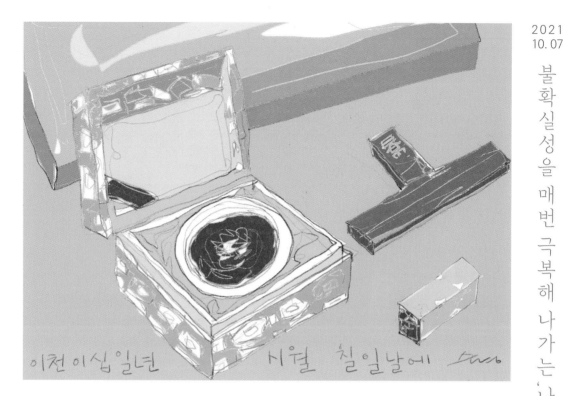

낙관을 찍는 자리는 그림 그릴 때만큼 생각을 많이 하게 된다. 오늘 소품 5점에 낙관을 찍었다. 조심스러웠던 이유는 작은 인물이 들어가기도 했고, 그림이 작다 보니 낙관이 그림을 방해할까 봐서이다. 그런데 옆면에 찍기 싫었고, 사인을 하기가 싫었다. 나는 낙관이 좋다. 그래서 조심조심 찾아서 그림을 완성했다.

"삶이 곧 예술이고, 예술가는 곧 삶입니다. 그리고 예술가란 일상의 예술의 속성을 드러내는 사람입니다. 이들의 유일한 임무라면 세상을 짊어지는 게 아니라 자기 사유를 흔들림 없이 진전시켜나가는 것일 것입니다. 불확실성을 극복하는 확신, 용기라고밖에 할 수 없는 그 확고한 상대가 대체 어디에서 비롯되는 건지 저는 늘 감탄합니다."

- 윤혜정 인터뷰집, '나의 사적인 예술가들' 프롤로그

불확실성을 매번 극복하는 확신과 용기가 나에게도 있는 것 같다.

외국의 어떤 여자 화가가 자신의 그림 앞에서 가면을 쓰고 예쁘게 앉아있는 사진을 보았다. 나는 사진 찍는 일이 너무 어색해서 카메라 앞에 서면 얼어 버린다. 전시를 앞두고 같이 사진 찍자고 하면 어떻게 하지? 안 찍으면 안 될까? 하는 생각을 하고 있다. 선글라스를 쓰고 찍으면 안 될까? 별고민을 다한다고 하겠지만...

오늘 정말 정말 유명한 화가분들 여러분께 전화를 하게 되었는데 느낀 점은 나보다 더 수줍은 목소리로 전화를 받으시는 것이 놀라웠다. '참 겸손하시다' 생각을 하며 나도 그렇게 살아야겠다고 다짐을 했다.

나는 겸손합니다. / 이렇게 내가 겸손하게 될 줄은 꿈에도 몰랐습니다.

좋아하면 좋다고 말하고 / 좋아해 달라고 징징거려 보기도 했고 / 좋아해줄 때까지 자존심 없이 기다려 보기도 했어요.

하지만 이제는 예전의 내 모습이 기억나지 않아요. / 겸손해졌거든요... 겸손한 사람은 포기해야 할 게 많습니다... 그래도 겸손한 마음은 계속 유지해야겠죠? / 마음이 다치는 일이 생기는 건 너무 두려우니까요.

- 문보화, '사랑의 겸손'

두 사람의 옷을 보았다. 오른쪽 사람은 1890년대의 여자. 자전거 바퀴 같은 것을 구두에 달고 달리면서도 드레스를 입고 부채를 들고 어디론가 가고 있다. 왼쪽의 여자는 2021년을 사는 패션모델이다. 1890년대에 저 모습으로 나타났다면 사람들로부터 어떤 소리를 들었을까? 나는 이 두 여자가 모두 신선하게 느껴졌다. 오늘 오후에 작업실에 가서 그림을 그렸다. 그림 그리는 일은 어찌 보면 고독한 수도자 같은 일인데 오히려 숨이 탁 트이면서 평화로움을 느꼈다.

"공부는 망치로 합니다. 갇혀있는 생각의 틀을 깨뜨리는 것입니다."

- 신영복, '망치'

나는 얼마나 망치질을 해야 생각의 틀이 부서질까? 생각하면서 집에 왔다.

2024. 11. 11

PART 6

나다움의 서사,
하루를 그림에 담아내다

아침엔 남편이랑 작업실에 가서 전시할 그림들을 꺼내서 한군데 모아 놓았다. 내가 여름에 스티로폼으로 만들어 놓은 축소된 전시장 모형을 가지고 집으로 왔다. 그림 사이즈도 축소해서 그려서 오려 놓았고 오늘밤엔 이리저리 축소된 그림을 걸어 보려고 한다. 이런다고 DP를 잘해? 그건 모르겠다. ㅎㅎㅎ 시간이 남아 도나보다.

"스마트한 기기보다 스마트한 인간이 먼저고, 또 더 좋다... 스마트한 인간이 진정으로 스마트한 제품들을 만들고 이용해야 한다는 뜻이다. 어마어마하게 쏟아져 나오는 제품들 사이에서 무엇이 중요하고 그렇지 않은지 우리 소비자들이 구분할 수 없는 상태라면 그건 제대로 된 발전이라고 볼 수 없다. 우리는 끊임없이 자신에게 스마트한 질문을 던져야 한다. 예를 들면 대체 왜 매년 새 휴대전화기를 사야 하는가?."

- 볼프강 헤클, '리페러 컬쳐'

오늘 밤 내가 하려고 하는 일은 요즘 시대에 맞지 않은 아날로그적 감성놀이 같다.

오늘 나는 상을 받았다. 동생이 나에게 시상식 날 입으라고 엄청 비싼 옷을 사서 보냈다. 동생은 내가 그 옷을 입었겠다 생각하고 기대하겠지만… 나는 입지 못했다. 내가 주인공으로 보이는 게 어색했다. 그래서 평소처럼 입고 갔다. 화장도 안 했고, 머리도 질끈 묶은 그대로 갔다. 이숙자 선생님께서 상을 주러 오셨는데 빨간 옷을 입고 오셨다. 머리는 은회색 귀여운 머리 스타일. 시상식 때 나는 이숙자 선생님 옆에 서서 나를 축하해 주러 오신 많은 분들을 보았다. 내겐 다 무채색의 옷으로 보였고 선생님만 빛났다. 내가 튀지 않아서 너무나 좋았다. 가슴 따뜻한 말씀들은 내 가슴판에 새겼다. 하마터면 울 뻔했다. 선생님께 상금을 받았는데 집에 와서 보니 두툼한 오만 원짜리 구김없는 신권들. 상금 싼 흰 종이엔 '춘추 미술상 축하합니다.'라고 적어서 주셨다. 나는 이 종이를 잘 보관할 것이고 상금을 헛되이 쓰지 않겠다고 생각했다. 내가 선생님처럼 나이들게 되었을 때 그림 그리는 후배들에게 '잘했다' 칭찬하고 베풀 수 있는 그런 그림의 선배가 되어야겠다고 다짐했다. 그러려면 더 열심히 살아야 한다. 나는 아무것도 해드린 게 없는데 내 그림을 보러 오시고, 축하해 주신 많은 분들께 감사를 드린다. 나는 빚쟁이가 되었다. 살면서 하나하나 갚아 나가야겠다.

"어떻게야 내가 부모님 마음에 들 수 있을지 모르고 사랑하는 마음들을 그냥 말하고 싶지만 어색하기만 하죠. 사랑해요 우리, 고마워요 모두, 지금껏 날 지켜준 사랑."

- 이승환 노래, '가족'

그림 그리는 분들이 가족같이 느껴진다. 진심 어린 도움의 손길, 선뜻 말해주기 힘든 화가로 세상을 헤쳐가는 방법… 모두 다 감사드린다.

미스토리-허스토리
(Mystory-Herstory)

나의 삶과 나의 관심사로 출발하는 그림 속 여자들의 모습은
'나의 이야기'이기도 하고, '그녀의 이야기'이기도 하다.
인류학자 Denzin이 말한 미스토리(Mystory)는
히스토리(History)와 마이 스토리(my story)의 사이에 있다.
나만의 이야기라는 뜻은 아니다.
20세기 후반에 고안된 용어, 허스토리(Herstory)는
여성에 의해 쓰여진 역사로 여성의 관점과 경험을
기록하는 것을 목적으로 했다.
여성 작가들은 동서양을 막론하고 나와 다르지 않은 삶을 살고 있다.
여자로 살아가면서 느끼고 표현해 오던 그림 속의 생각들은
여성학을 배운 적이 없었지만 젠더적 관점이었다는 것을 알게 되었다.
허스토리를 만들자고 했던 패미니스트들도 나와 같지 않았을까?

나다움의 서사

그녀 이야기 – 나는 당신의 해바라기, 46×53.5cm, 장지에 분채, 2021

그리다 만 드로잉처럼 산 일주일

지하철에서 그림을 그리다 보면 내가 그리던 사람이 갑자기 내려버리거나, 마음에 드는 사람을 그리다 내가 내려야 하는 경우가 있다. 나의 일주일은 그리다가 만 드로잉처럼 이렇게 지나간 것 같다. 나를 찾아 주시는 분들께 인사도 제대로 못 하고, 설명도 제대로 못 하고, 다음 분이 오시면 말씀하다가 가셔야 하고... 그래서 죄송했다. 나는 내일 낮 12시에 그림을 떼고 문을 닫는다. 경험 많은 선생님들께 배운 것도 많은 전시였다.

끝이다!

삶의 툇마루에
비낀 햇살 여리고
큰 한잔 둥굴레차
비우는 사이
가을이 다 가네
한 세상이 저무네

- 유종호, '둥굴레 차'

Mary, 23×27cm, 장지에 분채, 2021

어젯밤에는 하루 종일 자겠다고 마음먹고 누웠으나 아침 8시에 일어났다. 오전에는 집에서 일했고, 오후에는 작업실에 가서 일했다. 양쪽 다 정리하지 못했다. 오솔길로 들어가려면 정리를 해야 한다.

"주당 40시간 동안 작업을 하고 싶었기 때문에 작업 일정을 세운다. 처음에는 힘들었지만 작업할 수 있는 시간을 짜내는 데 익숙해졌다. 이번 주에는 8시간을 했다. 작업시간은 좀 늘었지만 진척이 전혀 없다. 나는 아무것도 하지 못해도. 그냥 가만히 앉아있기만 해도 혹은 엉망인 작품들이 나오거나 그런 작품들을 다 부셔버려도(실제로 아무것도 하지 않은 채 내가 만든 작품들을 부수는 의식을 해도) 전혀 상관하지 않고 그 시간만큼은 스튜디오에서 보내겠다고 마음먹었다. 이것이 내 작업 방식이다."

- 릴라 캐천(브루클린 태생의 여자 조각가)

주당 40시간을 고수하려면 하루 몇 시간인가? 계산을 해 보았더니 최소 6-7시간은 매일 작업해야 가능한 일이다.

200년 전의 이야기 '제인 에어' 영화를 보았다. 같은 제목으로 두 편의 영화가 있었는데 오늘 둘 다 보았다. 두 사람의 감독은 96분, 112분짜리 영화를 만들면서 장편 소설의 어떤 내용을 버리고, 어떤 내용을 취했는지 비교해 보고 싶었다. 영화를 보다가 어제 광화문 지하철역에서 계단을 오르다 보았던 벽화에 있던 문구가 생각났다.

"사막이 아름다운 건 어딘가에 샘이 숨어있기 때문이야."

- 앙투안느 드 생텍쥐페리, '어린왕자'

두 영화에서 두 감독이 선택한 친구 헬렌 이야기는 제인 에어에게는 사막에서의 샘 같은 존재로 다가왔기 때문이다. 어제 길에서 넘어진 나를. 걱정해 준 친구들 고맙고 감사하다. 이젠 발목에 힘주고 걸어 다닐 예정이다.

꽃이 피는 이유를
전에는 몰랐다
꽃이 꽃나무 전체가
작게 떠는 것도 몰랐다...
꽃이 지는 이유는
전에는 몰랐다
꽃이 질 적마다 나무 주위에는
잠에서 깨어나는 물 젖은 바람소리

- 마종기, '꽃의 이유'

작년에 심어 놓은 백일홍이 갑자기 우거지 색으로 변했을 때 많이 놀랐다. 올해는 우거지 색을 기다렸다고 해야 하나? 완전 무장을 하고 백일홍을 그리다가 인생을 생각했다면? 꽃으로 피어나 누릴 수 있는 영광을 다 누렸다 자랑할 수도 있고, 꽃으로 태어났는데 얼마 펴 보지도 못하고 얼어버려 억울할 수도 있다. 꽃으로 태어나 보지도 못한 봉우리도 있었다. 그래도 너는 꽃이었잖니? 하고 투덜대는 잎이나 줄기들도 있지 않을까? 사람들의 눈길 한 번 받아보지 못한 뿌리는 또 어쩔 건데?

말
하
지
말
고
…
추
억
이
말
하
게
하
라
!

12시 10분쯤 초등학교 앞에서 본 풍경은 "준혁아~~~" 하고 엄마가 뛰니 아들도 뛰어와 중간 지점에서 껴안고 같이 손잡고 집으로 걸어가는 모습이었다. 3학년은 되어 보이는 준혁이는 기분이 너무 좋아 엇박자로? 두 발 뛰기? 뭐라 해야 하지? 애들이 좋으면 걷는 듯 뛰는 듯하는 걸음을? 분명히 4시간쯤 전에 집에서 헤어졌을 텐데...

오늘 본 사진은 엄마와 똑같은 옷을 입고 평화롭게 잠이든 딸과 입을 맞추듯 걸어가는 엄마의 모습이었다.

...말하지 말고 / 당신이 나서서 말하지 말고 / 추억이 말하게 하라

그리고 또 / 그리고 한 계집애가 있었다고 / 검게 긴 머리카락 / 나부끼는 블라우스

낡은 눈빛에 하늘이 / 파란 하늘이 겹쳐서 고여 / 일렁이고 있었다고

말하지 말고 / 서둘러 서둘러서 말하지 말고 추억이 / 차근차근 말하게 하라.

- 나태주, '추억이 말하게 하라'

동화와 동주는 어떤 추억을 말하게 될까?

집밥이 좋다, 남편 밥이 좋다

오늘은 아침에 미역국, 저녁엔 맛있는 매운탕을 먹었다. 어제부터 제대로 된 밥을 먹고 있다. 남편이 3주간의 출장을 끝내고 집에 왔기 때문인데... 좋다.

아침엔 커피가 나오고, 아침밥도 나오고... 내일은 무슨 밥을 하려나?

국을 끓여야겠다 싶을 때 국을 끓인다
국으로 삶을 조금 적셔 놓아야겠다 싶을 때도
국 속에 첨벙 하고 빠뜨릴 것이 있을 때도

살아야겠을 때 국을 끓인다... 뜨겁지 않은 것을 서늘히 옹호해야겠는 날에
뭐라도 끓여야겠다 싶을 때 물을 받는다
- 이병률, '11월의 마지막에는'

남편은 자기가 만들고 역시 집밥이 좋다고 한다.^^

크립토 펑크(CryptoPunk)가 요즘 핫하다고 하는데 아! 이런 사람들 내 취향인데…

Larva Labs란 회사에서 약 1만 개(6039명의 남성과 3840명의 여성)의 캐릭터를 제작했는데 모두 다른 그림, 숫자 조절로 희귀성을 확보했다나?

크림토 펑크 중에서 9000개는 무료 배포했고… 88개의 좀비, 24개의 유인원, 9개의 외계인이 고가에 팔리고, 크리스티 경매에서 약 9개의 NFT가 1700만 달러(약 190억 원)에 낙찰되었다고 한다. NFT 붐이 일면서 이 단어의 사용량은 1만 1000%가 늘었다고 하는데… 나도 이 단어를 써보았으니까. 뭐!

기술은 이해 못 하면서 오늘 나는 크립토 펑크에 슬쩍 나를 그려 넣는 장난을 해보았다. 맨 아래 왼쪽 '나'.

영국의 대표적 사전, '콜린스' 선정 '올해의 단어'-NFT (Non Fungible Token, 대체 불가능 토큰) 콜린스 사전은 NFT를 "블록체인에 등록된. 고유한 디지털 인증서로, 예술작품이나 수집품 같은 자산의 소유권을 기록하는 데 사용한다"고 정의했다. 올해의 단어 후보에는 가상화폐의 줄임말 크립토(crypto), 3차원의 가상체계를 의미하는 메타버스(metaverse)가 있다.

세상이 얼마나 빠르게 돌아가는지 따라잡기 힘들다.

거제도에 사는 9살 내 친구

9살 내 친구를 찾아 거제도에 갔다. 깜짝 놀라게 해주고 싶었다. 감기에 걸렸으니 집에 있겠지! 다리도 건넜고 해저터널도 지났다. 내 친구는 사진보다 키가 많이 커졌고, 아주 귀엽고 예뻤다. 집 앞에서 만나 꼬옥 껴안아 주었다. 남편은 자기도 친구라면서 안아 주었다. 꽃병요정 그림을 선물로 주고 왔다. "이다음에 커서 나 업어줘야 돼!" 하고 말했다. 친구는 나에게 "꼭! 건강하셔야 돼요." 했다. 아주 짧은 시간이었지만 행복한 시간이었다.

한 아이가 나비를 쫓는다
나비는 잡히지 않고
나비를 쫓는 그 아이의 손이
하늘의 저 투명한 깊이를 헤집고 있다.
아침 햇살이 라일락 꽃잎을
홍건히 적시고 있다.

- 김춘수, '라일락 꽃잎'

향기가 좋은 라일락 꽃잎 같은 내 친구

1. 블라우스 두 개가 붙어 있는 옷을 보았다. 이 옷은 둘이 같이 입어야 하고, 둘의 간격이 일정해야 옷을 제일 잘 표현할 수 있다.

2. 김미경 강사의 글을 읽었다.

"인생은 행복한 일이 반이고, 불행한 일이 반이다. 산다는 건 행복과 불행을 모두 데리고 사는 거다. 행복을 데리고 사는 건 품이 들지 않는다. 그러나 불행을 처리할 땐 반드시 실력이 필요하다. 불행한 일을 잘 다룰 줄 모르면 인생의 절반을 실패하는 것과 마찬가지다. 행복할 때와 불행할 때의 격차를 줄이는 것이 진짜 나를 데리고 사는 실력이다."

내가 살아오면서 느낀 것들을 옷을 통해서, 글을 통해서 멋지게 표현하였구나! 생각했다.

나는 살면서 스스로 부딪히는 문제에 대해 적절하게 거리를 유지하며 살고 있나? 생각해 보았다. 내 생각이 좌로나 우로 치우치지 않고, 나의 감정이 높이 솟거나 깊게 내려가지는 않았나? 등등

오늘은 그림을 잘 싸서 종이 박스에 집어넣는 작업을 했다. 내일 조금 더 해야 하는데 이런 일들이 힘들기도 하지만 또 내가 해야 할 일들이다.

그
림
이
라
고
시
와
다
를
까
！

코로나 때문에 오픈식도 없었고, 물 한 잔 드릴 수 없는 상황이었지만, 전시장에 많은 분들이 찾아와 주셨다. 예쁜 코트를 입고 황창배 선생님의 그림이 인쇄된 가방을 들고 오신 선생님 한 분은 걸어 다닐 때마다 준비된 전시장 세레모니 같았다.

무릇 시란
삶의 본질을
탁 건드린 후에
인간의 영혼을
툭 쳐야 한다
- 이승규, '시의 목적'

그림이라고 시와 다를까!

Seoul Art Guide 11월의 전시리뷰

김숙경 "춘추 미술상 수상 기념으로 열린 전시이다. 여성을 중심으로 한 다양한 단상들을 담백한 색채로 수용해 내었다. 그것은 작가 자신의 이야기이기도 하고 이 시대를 살아가는 '그녀'들의 이야기일 수도 있다. 여성적인 삶에 대한 성찰은 작가 특유의 분방한 해석은 보는 이로 하여금 수많은 영감과 상상을 불러일으킨다. 담백하고 깊이 있는 색채심미는 채색화 본연의 맛과 멋을 확인시켜 준다."

- 김상철 평론가

전시장에 들어섰을 때 치마 입은 예쁜 여자가 움직이지 않고 서 있어서 깜짝 놀랐다. 조각 작품인가? 하고 들여다보았다. 작품 사이를 걸어 다니는 남자, 작품 앞에서 뚫어지게 쳐다보다가 뛰어다니는 여자, 커다란 얼굴을 쓰고 앉아있는 남자… 관람객… 전시는 낯선 풍경이지만 나 역시 퍼포머의 한 사람이라 해도 어색하지 않은 풍경을 경험했다. 3층 전시를 보고 다시 내려왔더니 전시장엔 아무도 없었다. 아무 정보 없이 관람했지만 운 좋게 이 모습을 볼 수 있었다.

"'무대에 관하여'는 홍승혜가 일민미술관 2층에 배양한 무대이자 장소, 기하학적인 추상이다. 픽셀에 근거한 구조물과 장치, 바닥과 벽, 악보(musical score)와 무보(dance score), 가구와 포스터 그리고 원형 무대가 가설된 이곳에서 그는 영상작업과 여러 협업자들의 인형극을 상영한다. 무대 위에 오른 5점의 조각은 그의 제자이자 동료인 4명의 조각가가 빚은 자아 혹은 분신이다. 뒤이어 자신을 '예술가', '성우', '관객', '공주', '연인'으로 정제화한 5인의 퍼포머가 일종의 움직이는 조각이 되어 무대와 객석을 점유한다. 예술이 평범한 일상에 닿을 수 있다는 생각, 그로 인해 우리 모두가 가담하는 공동체의 세계를 조직할 수 있다는 믿음은 종종 사람들의 냉소 어린 시선에 직면한다. 그럼에도 홍승혜에게 무대란 예기치 못한 예술적 사건과 삶의 시간이 뒤엉키는 현재의 장소다. '무대에 관하여'는 이것을 가능하게 만드는 프레임, 공간에 관한 도전적인 실험이다."

- IMA PICKS 2021 전시(이은새, 홍승혜, 윤석남)

태엽을 돌려야 살아나는 여자!

크리스마스라 당번할 사람이 없어서 갤러리에 갔다. 황창배 선생님 그림 앞에 서서 아이패드로 그림을 흉내 내어 보았다. 세로 그림인데 가로 그림으로 그리느라 구도는 달라졌지만…

여자의 가슴에서 튀어나온 8자는 무슨 의미였을까? 생각한 날이 있었다. 오늘 깨달았다.

'태엽' 아침부터 밤까지 바쁘게 움직인 나는 태엽이 풀려 다시 감아주지 않으면 꼼짝도 못하는 몸 상태가 되었었다. 오늘 밤 P선생님 어머니 빈소를 찾아 조문했다.

가볍다 / 너무 가벼워서 / 깃털보다 가벼워서 / 답삭 안아 올렸더니 / 난데없이 눈물 한 방울 투두둑 / 그걸 보신 우리 엄마

"얘야, 에미야, 우지마라 / 그 많던 걱정 근심 다 내려놔서 / 그렇니라"

하신다

아, 어머니

- 윤석남, 한성옥 그림책 '다정해서 다정한 다정씨' 중에서

자식을 사랑하는 힘으로도 더 이상 태엽을 감을 수 없는 어머니! 엄마!

자면서 그리기, 쉼표 뒤에 숨기

오늘의 드로잉은 자면서 그렸다. 이제까지 그림일기를 쓰면서 졸았던 적이 두, 세 번 있는 것 같은데, 오늘은 선하나 그리다 잠이 들고, 색 하나 칠하다 잠들어 몇 번이나 잠이 들었는지, 몇 번이나 다시 깼는지 셀 수가 없다. 쉼표를 그리고 싶었다. 쉼표에 기대어 숨어있는 나를 그렸다. 정신없이 지낸 나를 그렸다. 가장 편한 자세는 그림 그릴 수 없는 자세인가 보다.

바람은 어디서 오는지 / 생각해 본 적이 있나요... / 시간은 어디서 왔다가 / 어디로 흘러가는지 / 도무지 모르겠어요 / 당신은 어떤가요...

- 이적, 윤석철, 쉼표(From '영화 소울')

오늘로 바쁜 일은 끝났다. 나는 최선을 다했다.

내가 살아가는 방식이 답답할 수 있겠다 싶어서 내려놓았다. 뛰고 싶고, 달리고 싶고, 얻고 싶은 것이 정상인데… 같이 걷자고 할 수는 없는 일이라서.

문장 부호에는 우리가 잘 쓰지 않는 것들이 생각보다 많다. 이 세상을 살아가다 보면 말로 설명하기 힘들거나? 이해가 되지 않거나? 하는 이야기를 적어야 할 때 고민하다가 생겨난 부호들인 것 같다. 나는 작은 오솔길을 걷기 위해 준비를 하고 있다. 이틀 밤만 자면 새로운 해를 맞는다.

"우리가 흔히 말하는 내공이 느껴지는 사람들이 있다. 외형과는 관계없이 어딘지 모르게 단단함과 강인함이 느껴지는 사람, 함부로 대할 수 없는 자신만의 아우라가 있는 사람, 내뱉는 말 한 마디 한 마디에 묘한 힘과 깊이가 있는 사람. 이런 사람들에게는 한 가지 공통점이 있다. 복잡할수록 차분해진다는 것, 이들은 상황이 악화되고 혼란스러운 순간에도 본능적으로 평온함을 좇는다. 복잡함에 감정이 쉬이 요동치지 않는다. 그리고 자신의 위치와 입장을 최대한 명확히 인지하고 최선의 선택을 하며, 혼돈을 발판삼아 또다시 나아간다."

- 태희, '마음의 결' 중에서

정글의 나무 같아서 키워보기로 한 이 식물은 내가 세 번째 그리는지, 네 번째 그리는지, 잘 모르겠다. 죽었다고 생각할 때 살아나길 여러 차례 거듭했다. 이번엔 정말 죽은 것 같아서 버려야 하나? '나'라고 생각하기로 한 식물인데... '나'이니까 최선은 다해보자! 했는데 잎이 나오고 있다. 이제는 밖으로 안으로 들고 다니지 말고 실내에서만 키우고... 내일은 영양제를 사다 주어야겠다.

"운문 선사가 얘기했잖아요? 날마다 같은 날, 날마다 좋은 날이 있을 뿐, 새해가 따로 없지. 소원을 빌면 들어 줍디까? 해는 그대로이고, 날마다 같은 날이잖아요. 그럼 어떻게 해야 새해가 될까? 내가 바뀌면 새해가 되죠. 새해는 깨달음 같은 것 아니겠어요?"

- 용담 스님

이 작은 식물은 생명을 선택했고, 나는 버리지 않았다. 한 가닥 희망이란 것이 이런 것이구나!

1951년 1월에 가족을 데리고 서귀포로 피난을 왔다니 오늘 내가 느낀 추위보다도 더 추웠을 것이다. 이중섭 미술관에서 "이건희 컬렉션 이중섭 특별전 '70년 만의 서귀포 귀향'"을 관람했다. '섶섬이 보이는 풍경'은 이중섭이 아이들과 게를 잡고 놀아주던 그 행복한 바닷가 앞에서 보이는 섬이다. 아마도 집 언덕에서도 보였을 것 같다. 지금은 건물들에 가리워 보이지 않지만…

"중섭은 참으로 놀랍게도 그 참혹 속에서 그림을 그려서 남겼다. 판자집 골방에서 시루의 콩나물처럼 끼어 살면서도 그림을 그렸고, 부두에서 짐을 부리다 쉬는 참에도 그렸고, 다방 한구석에 웅크리고 앉아서도 그렸고, 대포집 목로판에서도 그렸다. 캔버스나 스케치북이 없으니 합판이나 맨종이 담배갑 은지에도 그렸고, 물감과 붓이 없으니 연필이나 못으로 그렸다. 잘 곳과 먹을 곳이 없어도 그렸고, 외로워도 슬퍼도 그렸고, 부산, 서귀포, 통영. 진주. 대구, 서울 등을 표랑진전하면서도 그저 그리고 또 그렸다."

- 구상 시인, '이중섭의 창작열에 대하여'

우연하게도. 저녁에 간 식당에서 이중섭 그림에 나오는 작은 게가 접시에 반찬으로 나와서 사진을 찍어와 그렸다. 내가 그린 그림은 미안하게 반찬이다. 그림 재료가 넘쳐나는 세상에 살면서 나는 미안하고 죄송스럽다. 좀 더 열심히 그림을 그려야겠다.

제주 도립미술관에서 '보존과학자 C의 하루' 전시를 보았다. 제주에 사시는 K선생님 부부와 같이 보러 갔다. 그림을 그리는 우리들만 재미있을 것 같았는데, 모두에게 흥미로운 전시였다. 그림의 복원부터, 화면이 하나 둘씩 꺼져간 백남준의 '다다익선' 작품을 어떻게 보존할 것인가에 대한 문제까지...

오후엔 저지리 예술인 마을에 사시는 K선생님 댁에 가서 이야기도 하고 마을을 산책하며 즐거운 시간을 보냈다.

"미술작품은 탄생의 순간부터 환경적, 물리적 영향으로 변화와 손상을 겪는다. 탄생과 소멸이라는 생명체의 일반적인 생애주기 과정은 미술작품에서 또한 동일하다. 하지만 상처를 치유하는 보존과학자의 손길을 거쳐 다시 그 생명을 연장하기도 한다. 보존 복원은 일종의 작품의 생로병생 과정인 것이다."

"보존과학자 C의 하루는 상처받은 작품을 만나는 것으로 시작된다. 여러 가지 보존 도구와 첨단 장비가 놓인 실험실 같은 C의 공간은 과학적이면서도 동시에 상상의 세계가 공존하는 곳이다. C는 보이지 않는 곳에서 예민하고 날카로운 시선으로 작품을 살피고, 손상된 곳을 발견하면서 서둘러 작품을 치료한다. 작품에 담긴 작가의 의도를 그대로 살리면서도, 작품 속에 새로운 시간이 쌓여갈 수 있도록 돕는다. C의 하루는 작품을 향한 끊임없는 질문과 고민으로 완성되고 또다시 시작된다."

- 제주 도립미술관 안내 책자 중에서

작품을 위해 재료를 고르고, 시작하는 단계에서 완성까지는 작가들의 책임이다. 보존까지도 생각하며 작품하기!

엄청 큰 다이아몬드 반지는 영원한 사랑이 될 수 있을까?

오늘 엄청 큰 다이아몬드 반지(재료:파란 유리)를 보았다. 얼른 손을 뻗어 내 손가락에 끼는 포즈를 하고 사진을 찍었는데… 아뿔싸!!! 오른손을 들었네… 이런 반지도 받아 본 사람만이 자연스럽게 왼손을 내밀지… 제주도 여행은 1도 후회가 없는 멋진 여행이었다. 겨울 제주도의 초록 위에 더해진 꽃들, 억새풀, 이끼들은 '제주도 1달 살기' 하면서 매일매일 스케치해보고 싶을 정도로 매력적이었다.

비행기가 날고 있는 동안 오늘의 일기그림을 그렸다. 반지 밖의 색은 잠시 후 도착한다는 방송이 들렸을 때 창밖의 하늘색이고, 활주로에 도착했을 때는 반지 안의 색이었다.

"보석의 왕으로 칭송받는 다이아몬드는 전통적으로 영원한 사랑을 상징하며, 477년 오스트리아의 맥시밀리언 대공이 프랑스 버건디 왕국 공주에게 청혼하는 의미로 선물했는데 이것이 오늘날 다이아몬드 약혼반지의 효시입니다. 또한 여자의 왼손 네 번째 손가락에 끼는 것은 사랑의 정맥이 심장에서 곧바로 연결된다는 고대 이집트인들의 믿음에 근원한다고 합니다. 세상에서 가장 큰 '영원한 약속의 반지'가 있는 이곳에서 다시 한 번 두 분의 깊은 사랑을 되새겨 언약해 보세요."

- Ryusuke Kinosita(일본작가, 색유리, 스테인리스스틸, 캐스팅기법, 2008) 작품 설명

꼭 다이아 반지를 손가락에 끼지 않아도 영원한 사랑은 가능하지 않을까?

조금씩 조금씩 알아가다 보니 친구가 되었다. 당연히 내가 선배니까 먼저 말을 놓았다. 알고 보니 나는 1월에 태어났고, 후배는 5월에 태어났다. 그래서 후배가 이제는 말을 놓았다. 학교 다닐 땐 몰랐다. 어디 숨어 있었니? 국어사전에 '벗을 트다'라는 말이 있다. (사람이) '서로 쓰던 경어를 그만두고 터놓고 사귀기 시작하다.'라고 풀이가 되어 있다. 오늘 친구 작업실에 가게 되었는데 내가 찾던 책들이 있었다. 친구가 빌려줬다. 아! 좋다!

친구의 영향은 마치
안개 속에서 옷이 젖는 것과 같고
자신도 모르게 옷이 젖게 마련

친구는
알게 모르게 영향을 미친다

- 법정 스님, '친구'

친구와 얼마 전 열심히 그림 그리자고 약속했다.

오늘 관 뚜껑을 뚫고 나온 남편 친구의 이야기를 들었다. 죽었다가 살아난 것이 아니고...

끝까지 버티다가 최고의 자리에 올라간?? 어제 일기의 댓글에서 '일가를 이루리' 클럽을 만들자마자 3명이 가입되었는데... 많이 모이면 투탕카멘 관 앞에서 만나 결의를 해야 할까?

관 뚜껑을 뚫고 나와 살아서 보다 더 유명해진 투탕카멘 파라오를 그렸다.

좋다
너와 함께여서
웃는다
내 곁에 있는 너를 보고

- 서윤덕, '친구'

한 번 해보자!!!

그
림
을
짝
사
랑
하
는
나,
나
를
짝
사
랑
하
는
룻

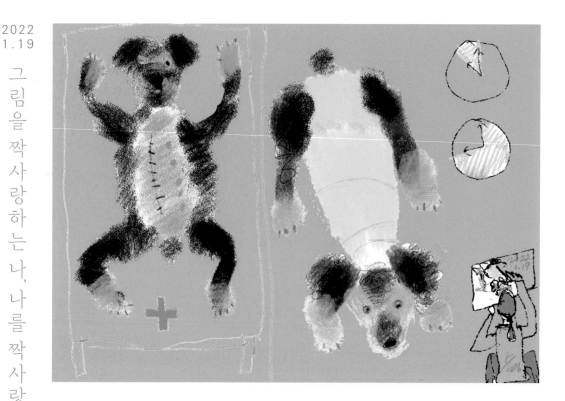

친구와 물감들을 정리할 가구를 똑같이 맞추었는데 물감 정리가 결국은 대청소가 되어 9시간 동안 정리했다. 그림은 아직 다 가져가지 못했는데... 저녁에 문자를 받았다. '룻의 조직검사가 양성으로 나왔습니다. 편하신 시간에 방문해 주세요. 동물병원^^' 룻은 오른 쪽 가슴의 혹을 떼어내고 길게 흉터가 남았다. 아직 실밥을 풀지 않아 붕대 옷을 입고 있는데, 내가 자기를 그리는 것을 올려다보고 있다. 나를 많이 기다렸나 보다.

"우리 삶의 다른 모든 일들처럼 사랑도 연습이 필요합니다. 그리고 짝사랑이야말로 사랑 연습의 으뜸입니다. 학문도 외롭고 고달픈 짝사랑의 길입니다. 안타깝게 두드리고 파 헤쳐도 대답 없는 벽 앞에서 끝없이 좌절하지만, 그래도 포기하지 않고 끝까지 짝사랑하는 자만이 마침내 그 벽을 허물고 좀 더 넓은 세계로 나가는 승리자가 되는 것입니다."

- 장영희, '어떻게 사랑할 것인가'

룻은 나를 짝사랑하고, 나는 그림을 짝사랑하고 있다.

눈을 감고 그려 보았더니…

아트조선스페이스 개관전 시리즈 1. 하인두 하태임 '잊다-잇다-있다' 전시를 보았다.(부녀전) 토포하우스에서 '발견의 시학/구상과 추상사이'(이경순, 조기주 모녀전) 두 전시 모두 딸에겐 너무나 의미 있는 전시로 평생 기억에 남을 것 같다. 이런 경험을 갖는 사람은 몇 %나 될까? 생각해 보았다. 두 전시를 먼저 보고 나의 2023년 11월 29일 개인전 계약서를 쓰고 왔다. 작년에 받은 춘추미술상 상금을 의미 있게 쓰고 싶었다. 2년 남았으니 또 열심히 그려 보자!

새야 너는 좋겠네. 길 없는 길이 많아서, 새 길을 닦거나 포장을 하지 않아도,
가다가 서다가 하지 않아도 되니, 정말 좋겠네.
높이 날아오를 때만 잠시 하늘을 빌렸다가
되돌려주기만 하면 되니까, 정말. 좋겠네.
길 위에서 자주자주 길을 잃고, 길이 있어도
갈 수 없는 길이 너무나 많은 길 위에서
나는… 아이처럼…
멀리 날아오르는 네가 부럽네…
정말 부럽네.

- 이태수, '새에게'

오늘은 눈을 감고 그렸다. 왼손으로 '꽃을 들고 있는 사람'을 그렸고, 오른손으로 '꽃을 들고 있는 사람'을 그렸다. 왼손보다 오른손으로 그린 것이 사람 모양에 가깝다. 결론? 열심히 그리는 수밖에…

방에 그림을 보관하던 긴 앵글을 분해해서 두 개의 앵글로 만들었다. 오늘 조립한 3단의 앵글이 마음에 든다. 이곳에는 종이가 붙은 화판, 나무 화판, 젯소칠이 되어 있는 화판, 은박이 붙어 있는 화판, 캔버스 등을 쌓아 놓았는데 색감이 부드러워 쳐다보고 있으면 마음이 편안해진다.

(일기 그림은 아래, 위층이 가로로 그려졌지만, 빈 공간도 있어서 평화롭다.) 그리지 말고 쌓아만 놓을까? ㅎㅎㅎ

하느님, 추위하며 살게 하소서,
이불이 얇은 자의 시린 마음을
잊지 않게 하시고
돌아갈 수 있는 몇 평의 방을
고마워하게 하소서...

- 마종기, '겨울기도'

작은 작업실이지만 정리가 되어가고 있다. 감사한 마음으로 올 한 해 빈 화판들을 하나 하나 채워나가야겠다.

내가 얼마나 많은 그림 짐을 집에다 놓고 살았는지... 이제는 집을 정리하는데 이사를 온 것 같은 느낌이다. 동주 방을 꾸며 주려다가 동화 방, 거실까지... 온 집안을 건드리게 되었다. 동주의 어릴 적 물건들이 하나둘 보일 때마다 웃음이 나오고, 동화의 공부하며 문제 풀던 수많은 묶음의 종이, 노트들을 보았다. 남편과 하루 종일 추억의 여행 같은 느낌으로...

새해엔 모두들 바꾸어 가진다 / 새 술은 새 부대에 담듯 / 묵은 수첩은 버려야 한다

낡은 수첩을 뒤진다 / 지나간 시간들이 꽃잎처럼 접혀 / 얼룩지고 퇴색했다 / 약속하고 또 지우고 / 많은 암호의 흔적뿐, / 지금은 흔적뿐인 시간... 새해엔 모두들 바꾸어야 한다는 데 / 이 묵은 수첩만은 버릴 수가 없다...

- 박이도, '묵은 수첩을 들고'

오늘 아침의 풍경은 고양이 '탕아'의 집안 탐색전으로 시작되었다. 강아지 '롯'은 고양이가 무서워서 의자 밑에서, 내 뒤에서 조그맣게 짖는다. 나는 하루 종일 옷장 정리를 했는데 탕아가 없어졌다. 찾아다니다 보니 옷장 안에서 자고 있다. 개와 고양이는 서로 다른 공간을 좋아하나 보다. 탕아의 꼬리가 짧고 뭉툭해서 왜 그러냐고 동주에게 물어보았더니 동물병원 의사 선생님이 그러셨는데, 엄마 뱃속에서 영양이 충분하지가 않아서 꼬리가 끝까지 자라지 않았다고 하셨다고 했다. 탕아 엄마가 길거리에서 낳아서 그렇다고. ㅜㅜ;;

"고양이가 드디어 말을 하기 시작했다. 차가웠다. 따뜻하고, 날랬다. 느려 터지고, 상냥했다. 토라지고, 명민했다. 멍청해지고, 달래줬다. 비웃고, 사라졌다. 나타나고, 웃겼다. 울리고, 잠자고 잠자고, 잠자고… 고양이는 도대체 무슨 생각을 하는 걸까? 알 수 없어 사랑스럽고, 알 것 같을 때면 더 사랑스러운 우리 집 고양이가 '시'를 쓴다면?"

- 프란체스코 마르치울리아노, '고양이의 시' 중에서

내가 고양이를 그리게 되다니…

아
지
랑
이
가
피
어
난
다
봄
이
닷
！
！
！

유리창을 닦았다. 입춘이 실감이 안 났었는데 유리 세정제를 뿌리고 헝겊으로 닦는데 아지랑이가 올라간다. 유리창이 햇볕을 다 받아내고 있었구나! 유리를 닦는다는 것은 청소가 거의 끝나간다는 것? 내일까지만 하면 끝이다.

"고온으로 가열된 지면에 닿은 공기는 뜨거워지면서 주위 공기보다 가벼워지고, 부력을 받아 올라간다. 공기의 온도에 따라 빛의 굴절율이 다르기 때문에 지면에서 급격히 대류하는 공기 덩어리 사이를 통과하는 빛은 이리저리 굴절한다."

- 백과사전, 아지랑이(heat shimmer)

오늘 내가 본 아지랑이를 그린 그림과 만났다.

봄이닷!!!

작업실 문을 열면 제일 먼저 산이 보이는데 이제 봄이 오면 이 모습을 볼 수 없을 것 같아 그림으로 남겼다. 오후 6시 산은 어두워져서 검은 산으로 변하였지만, 아직 하늘은 진한 파란색이다. 작업실에서 아직 보지 못한 산의 모습은 봄이 오는 모습이다. 특별할 것도 없는 나의 생활이지만 봄을 맞는 마음은 새해를 맞는 마음과 같다. 이제 나는 작업에 집중할 준비가 되었으니까...

매양 추위 속에 / 해는 가고 오는 거지만

새해는 그런대로 따스하게 맞을 일이다... / 꿈도 좀 가지고 맞을 일이다... / 한 살 나이를 더한 만큼 / 좀 더 착하고 슬기로운 것을 생각하라

아무리 매운 추위 속에 한 해가 가고 또 올지라도

어린 것들 잇몸에 돋아나는 / 고운 이를 보듯

새해는 그렇게 맞을 일이다

- 김종길, '설날 아침에'

집에 가서 동화랑 동주랑 회의를 하기로 했다, 그래서 일찍 일기를 썼다. 아들 둘과 같이 모이긴 쉽지 않으니...

예정대로 오늘 화판에 종이를 붙였다. 두 달 동안 186x110cm 작품을 완성할 수 있을까? 화판이 커지니 생각이 많아졌다. 오늘은 종이를 붙여 놓고 생각만 많았다. 집에 걸어오다가 물가에 앉아서 앞을 뚫어지게 쳐다보고 있는 새를 발견했다. 나의 모습이 오늘 저랬을 것. 같다고 생각했다. 나의 그림이 제자리에 머물고 싶지 않았다. 무엇을? 어떻게?

"그대가 열려 있으면 어떤 것이든 들어온다. 그대는 어떤 특정한 것에만 열려 있을 수는 없다… 마치 문을 열면 바람이 들어오고, 햇빛이 들어오고… 온갖 것들이 들어온다. 그대가 문을 닫으면, 그때는 온갖 것들이 닫힌다. 그대의 가슴은 천천히 열리고 있다. 그것은 정말 아름다운 일이다.!"

- 오쇼 라즈니쉬, The Book, '마음열기(Openness)' 중에서

내 마음이 딱딱해지기 전에…

"기록은 역사다. 할머니의 일기가 국가 기록원에 있는 사람 손들어 보세요! 살펴볼 필요 없이 아무도 없다는 것을 손녀는 안다. 일기도 힘든데 국가 기록원이라니, 그럼 이렇게 묻는다면? 할머니 일기가 56년 치 있는 사람? 그 일기의 요약본의 간추린 목차가 있는 사람? 당연히 없나? 할머니가 투병 중에 그린 달력이 있는 사람? 이것도 너무 지나친가? 그럼 평생 옷을 사지 않고 할머니가 만든 옷만으로 여생을 보낼 수 있는 이모가 있는 사람? 말도 안 되는 슬슬 지겨워지는 질문인가? 그럼 이 정도는 어떤가? 닳은 바닥만 기워 오히려 톡톡해진 덧버선이 신발 상자로 가득 차 있는 사람? 이제 손을 한두 명 드는 것도 같다. 일기와 옷과 그림이 동일인이라면? 서둘러 손을 내리게 되나?… 임영희 여사가 이 엄청나고 대단한 그분이다."

- 보그 코리아

2021년 5월호 지나간 잡지의 한 페이지에서 대단한 할머니의 이야기를 보았다. 30년 동안 정원에서 벗어난 적이 없는, 작은 것들의 화가 모리 카츠 '모리의 정원' 영화를 보가 전에 10년 뒤의 나를 그렸다. 영화를 보니 모리는 할머니가 아니고 할아버지였다. 56년 동안, 30년 동안… 쉽지 않은 일들이다. 난 얼마 전 친구와 앞으로 10년 열심히 그림 그려 보자고 약속했는데… 10년 뒤에 가서 나를 돌아볼 예정이다. 나도 그 때쯤에 할머니가 되어 있겠지?

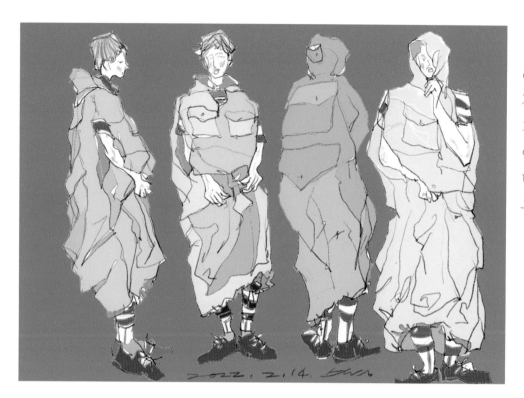

나는 겨울만 되면 담요를 뒤집어쓰고 다니는 것 같은 패딩이 있으면 좋겠다고 동생에게 말했었다. 오늘 침낭이 연상되는 도톰한 후디 다운 케이프 옷을 발견했다. 남자 옷인데 팔은 없고 지퍼를 올리면 팔이 안으로 들어가는 것이 문제이긴 하다. 어디에서 파는 것인지는 모르겠다. 여자 옷은 없을까?? 생각을 해 보았다. 여자 옷이 있다면 나는 꼭 사고 싶다. 캐나다에 사는 동생의 것도... 이 옷도 예쁜데??? 오늘 아침엔 잠시지만 눈발이 날리고 체감온도가 영하 7도였다고 한다. 아침에 치과에 간 남편이 덜덜덜 떨면서 작업실까지 걸어왔다. 봄이 온 줄 알고 너무 얇게 입었다.

"지금까지 사는 동안 나는 그 전에는 불가능했던 많은 것들이 결실을 맺는 것을 보아 왔기에, 또 다른 불가능을 위해 애써보기로 마음먹었다. 직접 보는 것들은 믿을 수가 있다. 내 이야기가 다른 이들에게 어떤 영감을 줄 수 있기를 바란다."

- 벤자민 페렌츠

여성 옷 디자이너분! 이런 여자 옷도 만들어 주세요! Please!

창피하지만 나는 오늘 오랫만에 4B연필을 깎았다. 얼마나 오랫동안 그림을 그리지 않았다는 말인지…

그러나 오늘 나는 드디어 나로 돌아온 것 같아 기분이 좋았다. 닭죽을 끓이기 위해 집에 걸어갈 때까지는… 닭죽은 너무 오래 걸렸지만 맛있게 되었다. 작업실에 다시 오기 위해 아무것도 집으로 가져가지 않아 다시 와야 할 때는 '괜히 두고 왔어!' 했지만 다시 오길 잘 했다는 생각이 든다.

"대부분의 시간을 혼자 지내는 것이 심신에 좋다고 생각한다. 아무리 좋은 사람이라도 같이 있으면 곧 싫증이 나고 주의가 산만해진다. 나는 고독만큼이나 친해지기 쉬운 벗을 아직 찾아내지 못하고 있다. 우리는 방안에 홀로 있을 때보다 밖에 나가 사람들 사이를 돌아다닐 때 대개는 더 고독하다. 사색하는 사람이나 일하는 사람은 그가 어디에 있든지 항상 혼자이다. 고독은 한 사람과 그의 동료들 사이에 가로놓인 거리의 길이로 재어지는 것은 아니다. 하버드 대학의 혼잡한 교실에서도 정말 공부에 몰두해 있는 학생은 사막의 수도승만큼이나 홀로인 것이다."

- 소로, '월든'

오늘 잎이 푸른 풀 세 줄기를 샀는데 15,000원이었다. 시들기 전에 그려야 한다.

나,
학
교
에
다
닐
거
야
!

저녁 시간이 되어 집에 오려니 아쉬웠다. 음악도 좋았고, 그림도 조금 더 하면 생각이 정리될 것 같았는데 가방을 싸고 집에 왔다. 남편에게 "나 학교에 다닐 거야!" 했더니 뒷모습이긴 했지만 놀란 것 같았다. "작업실이 학교라고 생각하고 다니려고..." 그제서야 남편이 "학교는 9시에 가서 6시에 끝난다고 했다. 꾸준히 다니는 게 중요하다나? 밤에 다시 갈까 보다. ㅎㅎ

빨강, 노랑, 파랑이
폭 껴안아
검정이 되었대.

깜깜한
밤
오늘 이 밤엔
무엇, 무엇, 무엇이
꼬옥
껴안고 있을까?

- 정유경, '까만 밤'

영감이 샘솟는 샘물로 가 보고 싶다

페가수스의 탈을 쓰고 내가 타보고 싶은 자전거를 타는 모델을 보았다. 페가수스(Pegasus)는 스스로 샘물을 솟아나게 할 수 있다. 페가수스가 하늘로 날아오를 때 걷어찬 땅이 샘이 되고, 그곳에 뮤즈의 여신들이 모여 노래를 부르거나 춤을 추었는데 그래서 이 샘의 물은 시적 영감을 주는 효력이 있다고 한다. 나에게 필요한 것은 그림에 대한 영감이다. 나에게도 멋진 상상력이 퐁퐁 솟아나면 좋겠다는 바램을 가져 본다.

"때로는 제 자신이 매개체가 되는 것 같아요. 가끔씩 예술가들한테서 발현되는. 무의식이 다른 영혼들, 즉 다른 신들의 매개체라고 생각해요. 그 때문에 우리가 이성적으로 가질 수 없는 것을 가지게 되죠."

- 융토자케 상케(미국의 극작가 겸 시인), '무의식이 주는 선물'

120호보다 큰 사이즈(150x200cm) 2배접, 3배접 종이가 있다고 표구사 아저씨가 종이 파는 곳을 알려 주셨다. 전화로 주문해서 우편으로 받았다. 여러 번의 젯소칠을 해 놓았던 나무 화판에 6장의 화선지를 이어 붙여 팽팽하게 잘 말렸다. 그림 그릴 종이는 아니지만 이 과정에서 종이가 울면 그 위에 그림 그릴 종이를 아무리 잘 붙여도 분명히 울고 있기 때문에 긴장을 하지 않을 수가 없다. 어느 한 곳의 종이가 울면 다 뜯어내고 처음부터 다시 해야 하기 때문에… 오늘 배접된 종이가 아주 잘 붙여졌다. 종이를 잘 붙이기 위해 바닥을 걸레질했다. 정신 집중을 하기 위한 준비과정? 내일은 아교포수를 할 예정이다. 이것도 하루 종일 걸리는 작업이다.

물을 많이 주었더니 / 뿌리가 썩었다 / 해를 많이 주었더니 / 잎들이 탔다 / 기르는 것은 임이고 / 사랑은 임을 기르는 것인데 / 기르는 데 방식이 있어서 / 방식을 배워야 한다. / 사랑의 방식은 / 사랑의 기술 / 사랑의 기술은 / 혁명의 기술 / 복사씨와 살구씨의 기술… / 사랑을 알 때까지 / 자라야 하는 기술…

- 임선기, '예술'

예술하기 참 어렵다.

2022
3. 01

그
림
만
그
리
는
사
람
무
얼
먹
고
사
나
?

"MBTI가 뭔데? 게임이야?" 동주가 해보라고 찾아줬다. 성격유형 검사였는데 나의 결과
는 INTP '논리적인 사색가'라고 나왔다. 사색가형은 전체 인구의 3%를 차지하는 꽤 흔치
않은 성격유형이라고 했다. '평범함을 거부하는… 저녁이 다 되어서야 작업실로 걸어오
다 생각했다. 고민이 많아서 생각을 많이 하다 보니 고뇌하는 사색가가 되었나? 삶이 나
를 그렇게 만들지 않았나? 하는 생각을 하면서 작업실에 와서 목탄으로 밑그림 뒷장을 문
지르고 내가 그릴 종이에 뾰족한 펜으로 베꼈다. 언제나 느끼는 거지만 밑그림 아무리 잘
그려도 베껴낸 것은 그냥 자리 표시?

오늘부터 나는 그림일기 쓰기 3년 차를 시작한다. 1년 뒤의 나는 2년 전의 나와 어떤 점
이 달라져 있을까?

바닷가 사람 / 물고기 잡아 먹고 살고
산골엣 사람 / 감자 구워 먹고 살고
별나라 사람 무얼 먹고 사나

- 윤동주, '무얼 먹고 사나'(1936년 10월)

그림만 그리는 사람, 무얼 먹고 사나?

그래도 난 빌 게이츠, 아인슈타인과 같은 유형이니 힘내 보자!

쑥갓을 씻다가, 며칠 전 안과에서 진료를 기다리며 잡지에서 보았던 침봉에 꽂은 두릅나물 사진이 떠올랐다. 침봉이 있다면 쑥갓을 꽂아 보고 싶다는 생각을 했다. 나무처럼 서 있을 것 같아서… 침봉은 어려서 사용해 보고 잊혀졌던 물건이다.

오늘 돋보기안경 도수를 높였다. 동생은 나이를 먹으니 거울을 보면 엄마 얼굴이 나온다고 카톡으로 알려왔다.

헌팅턴비치에 가면 네가 살던 집이 있을까
네가 돌아와 차고 문을 열던 소리를 들을 수 있을까
네가 운전하며 달리던 가로수 길이 거기 있을까
네가 없어도 바다로 내려가던 하얀 언덕길이 거기 있을까
바람처럼 스쳐간 흑인 소년의 언덕길이 거기 있을까
바람처럼 스쳐간 흑인 소년의 자전거 바큇살이
아침 햇살에 빛나고 있을까
아침마다 작은 갯벌에 오던 바닷새들이 거기 있을까

- 이어령, '헌팅턴비치에 가면 네가 있을까'

바람이 너무나 차가워 얼굴이 따갑게 느껴지던 25년 전쯤의 어느 겨울날, 엄마와 동생과 셋이 걸었던 토론토 그 길이 아직 그대로 있을까?

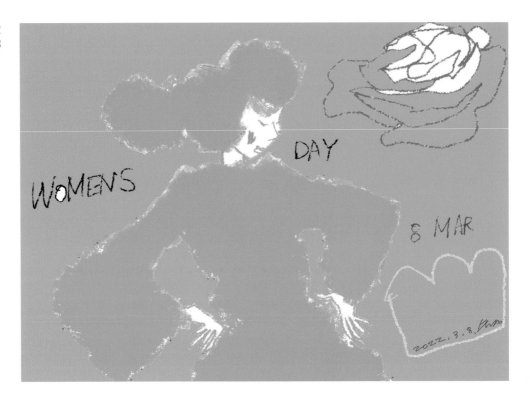

'세계 여성의 날'에는 전 세계적으로 빵과 장미를 나눠주는 행사가 있다고 하는데, 나는 못 받았다. 그래서 그림으로 그렸다. 욕심쟁이 같은 마음이다.

1908년 3월 8일 미국의 1만 5000명의 여성 노동자들이 근로 여건 개선과 참정권 등을 요구하면서 시위를 벌였는데, 빵은 남성과 비교해 저임금에 시달리던 여성들의 생존권을, 장미는 참정권을 뜻하는 것이었다고 한다. 1977년 3월 8일에는 유엔에서, 우리나라는 2018년 공식 지정되었다. 이렇게 되기까지 수많은 여성들의 노력이 눈물겨웠을 것이다. 하지만. 오늘 알게 된 놀라운 사실은 전 세계 빈곤 인구 12억의 70%가 여성과 어린이, 7억의 여성이 적절한 음식과 물을 제공받지 못하는 것으로 추정, 여성 에이즈 감염 속도는 남성보다 빠름. 아이 낳다 숨지는 여성은 1분에 한 명꼴, 전 세계 문맹자 중 여성 비율 67%라고 한다.

나는 장미와 꽃을 못 받았다고, 다른 사람은 받았냐고 물어보면 안 되겠다. 아직도 힘들게 살아가고 있는 여성들이 지구상에 너무 많이 있으니까… 나는 어떤 일로 나누며 살수 있을까?

마른 풀잎 밑둥에서 봄이 올라오고 있다

나의 간사한 몸은 덥다고 옷을 풀어헤치고 걷고 있었다. 양지바른 곳, 마른 풀들 밑둥에서 봄이 올라오고 있는 것을 발견했다. 얼룩 나비 한 마리도 보았다. 너무나 따뜻해서 그 자리에 앉아서 스케치를 할까? 하다가 그냥 작업실로 갔다. 왜 스케치를 안 한 건데? 지금 생각해 보니 아쉽다. 다음엔...

"큰 슬픔을 견디기 위해서 반드시 그만한 크기의 기쁨이 필요한 것은 아닙니다. 때로는 작은 기쁨 하나가 큰 슬픔을 견디게 합니다. 우리는 작은 기쁨에 대하여 인색해서는 안 됩니다. 마찬가지로 큰 슬픔에 절망해서도 안 됩니다. 우리의 일상은 작은 기쁨과 우연한 만남으로 가득 차 있기 때문입니다."

- 신영복, '큰 슬픔 작은 기쁨'

이번 겨울은 유난히 길다고 생각되었는데 오늘 답을 찾은 것 같다.

'식물 스케치'

2022
3. 14

내 그림의 속도쯤이야…

16년 동안 쓴 '레 미제라블'을 생각하면,

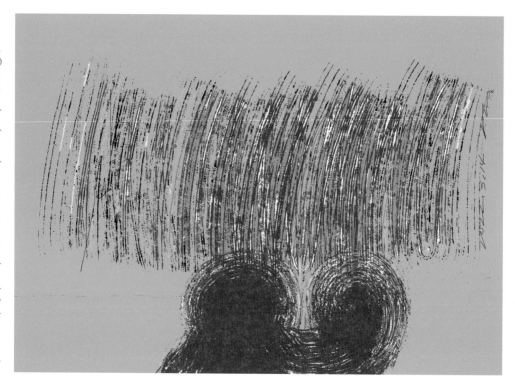

세상에서 가장 짧은 편지는 빅토르 위고가 영국에서 망명 생활 중, 책에 대한 프랑스인들의 반응을 알 수 없어서 출판사에 "?"라고 편지를 보냈고, 출판사는 답장으로 "!" 써서 보낸 것.

'?' "나의 책이 잘 팔리고 있습니까?"

'!' "네, 아주 잘 팔립니다! 평도 좋습니다."

채색을 시작한 지 며칠이 지났는데 이제서야 조금 형태가 나타나고 있다. 나에게 "?"라고 묻는다면 나는 "!" 라고 대답할 것이다.

'?'는 "아직도 드레스를 그리고 있어?" '!'는 "응"

그림을 다 그려 놓으면 어떨지 모르겠지만, 지금은 너무나 느린 속도 때문에 오늘은 불안한 마음이 들기도 했다. 요즘 나는 '레 미제라블'을 오디오북으로 듣고 있다. 16년 동안 쓴 글이라니…

나의 속도에 불안해하지 말고 흔들리지 말자!

"?" "!"

앙리 마티스의 입술 드로잉에 대한 나의 생각

오늘 내 일기 그림의 붉은 선은 앙리 마티스의 인물 드로잉에서 본 입술을 기억해서 그렸다. 얼마나 많은 인물을 그려 보았으면 입술선이 선 하나로 이어지지? 눈도 마찬가지! 오늘은 동주와 SETEC에서 화랑미술제, 예술의 전당 한가람 미술관에서 getty images 사진전 - 세상을 연결하다, 앙리마티스 - Life and Joy, 달리에서 마그리트까지 - 초현실주의 거장들: 로테르담 보이만스 판뵈닝언 박물관 걸작전을 보았다. 하루 종일 걸린 것 같다. 솔직히 입장료가 하나같이 너무 비싸기도 했고, 전시 보는 것에 지쳐서 앙리 마티스는 건너뛸까? 했었다. ㅜㅜ;; 건방지군!

앙리 마티스의 말씀을 볼까?

"나는 항상 내 노력을 숨기려고 노력했고, 사람들이 내가 작품을 위해 얼마나 많은 노력을 기울였는지를 결코 추측하지 못할 정도의 내 작품이 봄날의 가벼운 기쁨을 가지고 있기를 바랬다." 앙리 마티스의 입술을 보고 이 말이 마음에 와닿았다. 저 입술은 그냥 나오는 선이 아니야!

"영감이 오기를 기다리지 말라. 영감은 열중하고 있을 때 찾아온다." 이것도 맞는 말씀. 머릿속으로 백날 상상해도 절대 안 되지.

"예술가는 탐험가다. 그는 자기 발견과 자신의 절차에 관한 관찰로 시작해야 한다. 그 후 그는 어떤 제약도 느끼지 말아야 한다." 이것은 아직도 내게 남은 숙제이고...

"사람은 색에서 마법에서 비롯된 것 같은 에너지를 얻는다." 이 말씀도 충분히 이해됨.

"미래의 삶, 자신들이 타고난 재능을 발전시키는데 생을 바친 이들이 좋아한다면 그것으로 위안이 되고 만족스럽지 않을까?" 나도 자신 있게 이 마음이 들 수 있을 때까지 버텨보자!

큰 가르침을 받고 왔다.

PART 7

그림, 이미 그리움,
마음의 빛을 색채에 담다

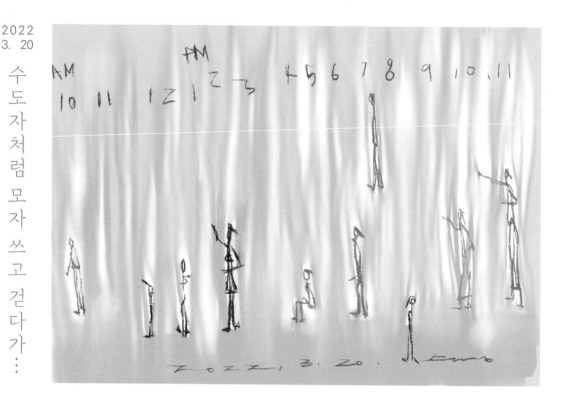

작업실로 걸어 올 때 파카의 모자를 뒤집어쓰고 걸어왔다. 추운 건 아니었는데… 모자 속에서 생각한 것은 수도원의 수도자들이 모자를 쓰는 것은 왜일까? 생각하면서 걸었다. 옆이 안 보였고 뒤를 돌아보지 않는 나를 발견했다. 그런 이유 맞나? ㅎㅎ

수많은 선들을 그으며 그 선 속에 숨은 나는 좀 외롭기도 했고, 지루하기도 했고, 재미있기도 했다. 혼자 다니는 작업실 학교는 수도원과 다를 바가 없다.

무리지어 피어있는 꽃보다…
두 셋이서 피어있는 꽃보다
오직 혼자서 피어있는 꽃이
더 당당하고 아름다울 때 있다

너 혼자 외롭게
꽃으로 있음을 너무
힘들어 하지 말아라

- 나태주, '혼자서'

동의보감과 위방유취에서 신장그림을 보았다. 두 개의 강낭콩 같이 생겼고 서로 마주보고 있다고 하였고, 구름 같이 그려놓은 것도 있고, 몸은 하나인데 머리가 두 개인 동물로 그려져 있기도 했다.

"1969년 오늘 가톨릭 의대 우리나라에서 처음으로 콩팥이식수술 성공, 의사 32명 간호사 8명이 3시간 38분 동안 수술. 30대 아들에게 50대 어머니의 왼쪽 신장 이식"이란 글을 보았다. 이 어머니는 자식을 위해 자신의 모든 것을 주겠다는 각오로 수술대 위에 누웠을 것이다.

사랑의 결정체
보석처럼 빛나는 이름...

- 서윤덕, '엄마'

당신은 유명인인가요?

전 무명인입니다! 당신은 누구신가요?
당신도 무명인인가요?
그럼 우린 같은 처지인가요?
입 다물고 있어요, 사람들이 소문낼지 모르니까...
알다시피
정말 끔찍해요, 유명인이 된다는 건
정말 요란해요, 개구리처럼
긴긴 6월에 존경심 가득한 늪을 향해
개골개골 제 이름 외쳐대니.

- 에밀리 디킨슨, 1775편 중 288번 시

3일 전부터 그리고 싶었던 스케치는 오른쪽의 봉우리들만 모여 있는 수선화였다. 그런데 막상 그 앞에 가면 화려하게 피어있는 다른 꽃들을 그리는 나를 발견했다. 오늘도 역시나 피지 않은 쪽을 그리러 갔다가 노란 꽃이 활짝 핀 수선화를 그리게 되었다. 아직 봉우리들만 있는 수선화들 입장에서는 나에게 서운했을 것 같다. 그래서 오른쪽에 그려 넣어 주었다. 나의 할 일을 했다.

개
와
고
양
이
가
같
이
사
는
집
에
서
…

집에 아무도 없을 때 두 녀석은 무엇을 하고 지낼까? 내가 현관에 들어서면 항상 고양이가 나와서 기다린다. 어찌 보면 고양이가 훨씬 잘 논다. 창밖도 내다보고, 장난감도 잘 가지고 놀고, 애착인형도 있다. 지금 두 녀석들은 모두 내 옆에 앉아 있다. 그래서 집에 아무도 없을 때는 작업실에서 조금 일찍 나오게 된다. 집에 오다가 '집 없는 고양이'가 담에 올라가는 것을 보았다. 나를 보더니 담을 내려와 다른 곳으로 가버렸다.

'너희들은 얼마나 행복한 아이들이냐?'

"고양이는 자신에게서만 즐거움을 찾는 냉소주의자다. 고양이는 자신의 체험으로 만족하는 반면, 개는 남에게서 확실한 반응을 얻고 싶어 한다. 고양이는 주관론자이지만 개는 사교적 세상을 살아가는 객관론자이다. 고양이는 동물답게 신비롭지만 개는 인간처럼 순진무구하다. 고양이는 탐미주의자 기질이 있지만 개는 말하자면 평범한 사람이다."

- 카렐 차페크, '개와 고양이를 키웁니다' 중에서

강아지 '롯'은 나이도 많지만 고양이 '탕아'가 나에게 오면 자리를 양보하는 게 좀 안쓰러울 때가 있다.

꽃샘추위에 흔들리는 화가! 당신은 곧 꽃 필 것입니다

이른 아침이 아니면 마당에서 꽃을 스케치하기가 힘들다. 햇볕이 강해서 스케치하다 말고 눈이 부셔서 집으로 들어와 버렸다. 아침에 스케치할 때의 계획과 밤에 완성할 때는 생각이 180도 달라졌다. 명자나무꽃의 색깔이 바탕색이 되었고, 이글거리던 태양을 그려 넣었고, 아직 피지 않은 밝은 노랑의 명자나무꽃을 하나 칠했다. 마크 로스코(Mark Rothko)가 자신의 그림을 45cm 앞에서 감상해 달라고 했다고 한다.

'이런 부탁을 해도 되는구나!'

내 인물화 그림은 가까이에서 보아야 내 그림을 제대로 볼 수 있다. 45cm라면 내가 팔을 뻗어 그림을 그리는 정도의 거리와 비슷할 것 같다. 언제까지 세필로 인물화를 그리게 될지 모르겠지만 "제 그림을 보러 오시면 가까이에서 감상해 주세요! 부탁드립니다."

꽃샘바람에 흔들린다면 / 너는 꽃이다... 너의 전 생애는
안으로 꽃 피려는 노력 / 바깥으로 꽃 피려는 노력 / 두 가지일 것이니

꽃이 필 때 / 그 꽃을 맨 먼저 보는 이는 / 꽃나무 자신

꽃샘추위에 흔들린다면 / 너는 곧 꽃 필 것이다

- 류시화, '꽃샘바람에 흔들린다면 너는 꽃'

나는 이 시가 그림 그리는 화가의 절절한 마음같이 읽혀졌다.

감정이입도 되고...

2022
4. 19

자기 속을 다 보여주는 산의 모습을 보는 계절!

산이 자기 속을 다 보여주는 계절이 되었다. 이 계절은 너무나 짧아서 조금 있으면 빽빽한 초록 산으로 바뀌어 재미가 없을 예정이다. 오늘 작업실 창문 밖의 산은 이랬다. 가끔 인간관계에서 자신을 다 보여주면 안 된다는 글귀를 보곤 한다. 이럴 때 나는 일기를 쓰는 것이 나를 다 보여주는 것 같아 내가 큰 실수를 하고 있는 것 아닐까? 생각할 때도 있다. 오늘의 산이 나와 같다는 생각을 했다.

"만일 내가 다시 한 번 살 수 있다면 나는 1주일에 한 번은 시를 읽고 음악을 듣는 습관을 가질 것이다."

"가장 강한 종도, 가장 지적인 종도 아닌, 변화에 가장 잘 적응하는 종이 살아남는다."

- 진화론의 선구자, 찰스 다윈

나는 매일 시를 읽고, 매일 음악을 듣고, 아직까지는 그림을 그리며 살아내고 있으니...

나를 너무 보여주는 것이 아닐까? 고민하지 말자. 이 나이에 뭘...

오늘의 기쁜 소식, 5월 2일부터 수영강습이 정상 운영된다고 연락을 받았다. 2020년 2월 수강료가 2022년 5월 수강료가 될 줄이야!

나
의
사
소
한
하
루
는
너
무
나
소
중
한
날
이
다

계속 마음에 걸렸던 화장실 청소를 했다. 남자들의 눈엔 안 보이는 건지... 못 본 척하는 건지 잘 모르겠다. 내 청소의 끝은 청소도구를 벽에 나란히 세워 놓는 것으로 끝난다. 앞으로 일주일 그림을 열심히 그리려면 청소를 해야 한다고 생각했는데 집안을 청소하다 보니 시간이 생각보다 오래 걸렸다. 저녁 식사는 동주와 둘이 해야 해서 작업실 근처에서 만나 회를 먹었다. 동주가 "어차피 엄마가 이렇게 시간을 쓸 거였으면 집에서 먹을 걸..." 했다. 엄마는 밥하느라 시간을 쓰는 것보다 그 시간을 아껴서 너랑 이야기도 하고 좋았다고 했다.

"일상이 우리가 가진 인생의 전부이다."

- 프란츠 카프카

나의 사소한 하루를 소중하게 살고 싶다.

내
가
지
나
간
자
리
의
흔
적
에
남
는
것

"내가 지나간 자리엔 흔적이 남아야 하고, 정리 정돈을 잘해야 하고, 책임감이 있어야 하고, 맡은 일을 시간 내에 마무리하여야 하는 사람이 되어야 한다."

- 이현신, '잃어버린 시간' 책에서

어부 아버지가 주인공인 딸에게 남긴 유언이다. 오전에 소설을 듣다가 '내가 지나간 자리의 흔적'에 대해 생각해 보았다. 남겨진 그림이 흔적일 것이며, 일기가 흔적일 것이고, 사랑을 준 것이 흔적이 아닐까? 맡은 일을 시간 내에 마무리하기 위해, 열심히 그림 그리고 있다. 많이 배우지 못한 어부 아버지의 유언을 커닝(cunning)할까 보다!

내 그림 주제가 무엇이었더라?

허허벌판을 남겨 놓는 일은 참 힘들다. 쉬운 말로 하면 '여백'(그림을 그리고 남은 빈 자리). 비워 놓자니 허전하고 채우자니 복잡한 상황에서 조금 전에 우스꽝스러운 여자를 그려 넣기로 결정했다. 안 어울릴 것 같은 상황에서 이 여자를 선택했으니... 내가 서서히 정신을 잃어가는 것 아닌지 모르겠다.

"질문이 무엇이었더라? 아 그렇지, 어떤 책이 내게 감명을 주고, 인상에 남아 깊이 아로새겨지고, 송두리째 뒤흔들어, '인생을 새로운 방향으로 이끌거나', '지금까지의 생활을 뒤바꾸어 놓았는가' 하는 것이었지"

- 파트리크 쥐스킨트, '문학의 건망증'

고생은 하고 있지만 어디로 가고 있는지 모르겠는 내 그림에서 이 여자를 발견하면 아! 그 여자! 하고 기억해주길...

그녀 이야기 – 하객록, 110×186cm, 장지에 분채, 2022

'미완성'이라고 말하지 못했다

2022.5.3.

어제 아침부터 오늘 낮까지 잠을 자지 않고 그림을 그렸다. 채색이 몇 겹이 올라가야 그 다음에 내 생각을 넣을 수 있는 상태가 되는데 나는 더 이상 하지 못했다. 시간이 모자랐다. 그런데 다 못 그렸다는 말을 하지 못했다.(작가의 자존심?) 사진도 찍지 않고 전시장에 가져갔다. 그림이라는 것이 오늘 그리는 내 마음과 내일 그리는 내 마음이 다르니. 일주일 뒤에 새로운 느낌으로 나에게 다가와 주기를 기다려야겠다. 지금 현재 나의 상태는 그림이 더 이상 보기도 싫은 상태. 지쳐있다. "미완성으로 낼 것 같아" 이 말은 씨가 되었다.

"예술적 소질이 있는 사람이 아니라면 자신과 색채의 관계를 깊이 생각해 본 적은 없을 겁니다. (진짜 그럴까?) 하지만 지금부터라도 다음 질문들에 답해 보기로 하죠. '분홍색과 회색 중 자신을 나타내는 색은 무엇인가요?' '보라색과 갈색 중 더 좋은 냄새가 나는 색은 어느 쪽일까요?' '빨강과 노랑이 싸운다면 어느 쪽이 이길까요?' '파란색과 초록색 중 더 많은 파티 손님을 부르는 색은 무엇일까요?' 색채는 그저 눈에 보이는 빛의 농담이 아닙니다. 무수히 많은 의미와 은유, 분위기와 연결되어 있죠. 색은 우리가 세상을 경험하는 방식과 태도에 영향을 미치며, 요한 볼프강 폰 괴테는 색을 진지하게 탐구한 최초의 학자로 손꼽힙니다."

- 조니 톰슨, '괴테의 색채론' 중에서

DP 도와 드리고 싶었는데 체력이 따라주지 않아 집에 와서 잠이 들어버렸다.

'후소회'엔 언제나 마음의 빛이 있다.

"도원결의, 뜻이 맞는 사람끼리 목적을 위해 행동을 같이 하기로 약속한다." 예중, 예고를 나온 K의 말은 어려서 "너는 작가가 될 거야!'라는 말을 듣던 친구들 중에서 현재 어느 한 명도 작가로 남아있지 않다고 말했다. K는 그런 말을 듣지 않았었는데 지금 작가가 되어 있다고 했다. 거기다가 멋진 작가로 살고 있다. 두 사람 모두 멋진 작가다. 그렇다면 그 힘은 무엇일까? 끝까지 해 보는 것! 우리 셋은 순수회화를 한다. 힘들지만 끝까지 오래 살면서 버티기로 약속했다. 오래 그림 그리기 위해서 운동하고, 매일 작업을 하는 것 그것이 루틴이 되어 있는 세 명이 만나서 전시를 보았고, 도원결의의 시간을 가졌다. 나는 여기서 운동이 부족한데 이제 그림을 그리기 위해서 운동을 열심히 하기로 결심하고 집으로 돌아왔다. 좋았다. 두 친구들을 기다리며 핸드폰에 손가락으로 전시장의 한옥 마당에서 그림을 그렸고, 셋은 전시를 보고 기념사진을 찍었다.

식
물
들
의
기
다
리
는
시
간

초록은 초록에 묻히는 계절이다. 그림은 그림에 묻히나? 세상에 그림 그리는 사람은 너무나 많고, 좋은 그림 그리는 사람도 너무나 많다. 그림 그리고 사는 것도 쉽지 않은데... 열심히 하는 사람의 기를 꺾어서 어디다 쓰나? 좀 더 열심히 그려야겠다.

어제 해질녘에 그렸던 보라색 꼬리풀(왜성 베로니카 블루 카펫)을 아침에 그렸다. 안 보이던 개미들, 아기 벌들, 옆에서 자라는 잔디... 다 보였다. 한 뿌리에서 나온 풀인데도 어느 것은 상했고, 어느 것은 좀 부족하다. 그래도 한 몸이다.

봄의 식물들은 기다리는 게 일이다
자기 순서를
날아가는 새의 힘 뺀 발등
그 작게 뻗은 만세,...
소복이 쌓이는 새봄

- 박연준, '증발 후에 남은 것'

흔들리는 차에 맡긴 드로잉, 강릉 가는 길

강릉 가는 뒷자석에서 드로잉을 했다. 드로잉 선은 아이패드 화면에 펜슬을 대고 흔들리는 차에 맡겼다. 물론 어느 부분에서 시작하고 끝낼 지는 나의 의지가 들어갔지만… 스케치북에 그릴 때도 흔들리는 차에서는 내가 쓰지 않는 의외의 선이 그려져 여행할 때 그려보곤 했었다. 내가 보고 느낀 나무와 산, 하늘과 구름이 주제다. 오일 색연필과 오일 파스텔로 드로잉하고 싶어서 오전에 집에서 120색 오일 파스텔을 주문했다.

"위대한 예술가가 되려면 그 시대를 꿰뚫어 보는 통찰력, 식지 않는 열정만 있으면 된다고 생각해요. 그것만 제대로 유지하고 살면 되요. 지식이 그림을 그리지 않습니다. 지식으로 그리면 그림이 지식에 갇혀 버려요. 자유를 억압하는 규범을 넘어서는 게 창의력이에요. 책도 많이 읽으면 좋지만, 이 세상 모든 게 선생이라고 생각하세요. 진리가 하늘이나 책속에만 있는 게 아니라 주변에 널려 있으니 그걸 볼 줄 아는 사람이 되었으면 좋겠습니다."

- 마크 테토의 아트 스페이스 14탄, 박서보, '비우며 채우는 예술' 인터뷰 중에서

진
실
을
깨
닫
게
하
는
거
짓
말
이
있
다

오일 파스텔이 왔다. 나의 드로잉 선이나 색의 느낌을 잘 표현해 줄 수 있는 재료로 일단 선택해 보았는데... 아직 사용해 보지 못했다. 1949년 파리에서 같이 활동하던 친구 화가 앙리 고에츠는 피카소를 위해 왁스컬러 스틱을 만들어 달라고 요청했다고 한다. 좋은 그림 친구가 옆에 있어서 참 좋았겠다고 생각했다. 자신을 위해서가 아니고 친구를 위해서라니...

"예술은 진실을 깨닫게 하는 거짓말이다."

- 파블로 피카소

나도 거짓말을 실컷 해 보아야겠다. 진실을 깨달을 때까지...

오늘은 테라스에 걸어 놓은 '사피니아'를 그렸다. 이 녀석은 가을까지 끝없이 꽃을 피울 것이다.

"생일 선물로 무엇이 필요하니?" 하고 물었더니 특별히 필요한 것은 없고... 나무가 필요하다고 했다. 나와 남편과 동화랑 양평에 있는 옛날 목공소에 다녀왔다. 내가 도자기 구우러 가다가 나무판을 사 오던 곳이다. 나무 몇 조각을 사는데 할아버지가 정성껏 잘라 주셨다. 동화가 손목에 건초염이 생겨서 손을 못 쓰고 있어서 집에 와서 나무를 사포로 갈아 주었고, 칠도 해 주었다. 오늘 아들 생일에 최선을 다했다. 동화가 취미가 없는 사람들이 의외로 많다면서 그런 사람들은 재미가 없을 것 같다고 했다. 무엇을 만들어 낼지 궁금하다.

"무엇이든 할 수 있다고 생각하는 사람이 해내는 법이다."

- 정주영

휴우! 생일 20분 남았다.

백
지
공
포
증
은
보
편
화
된
공
포
증
이
라
네
…

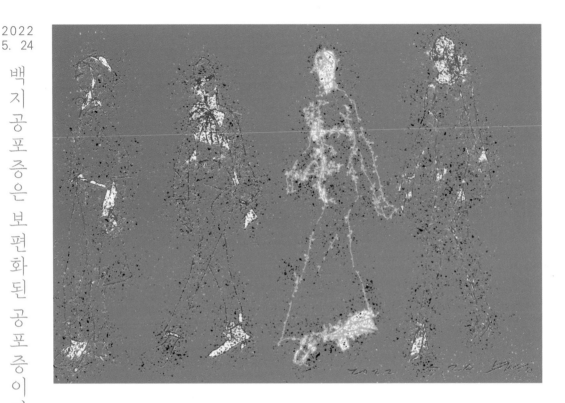

아이패드를 선물 받았을 때 두 달 동안 거의 쳐다만 보았다. 옷을 사도 옷장에 한참 들어가 있다가 눈에 익어야 입는다. 요즘 오일 색연필이 그렇고, 오일 파스텔이 그렇다. 나는 낯을 심하게 가리는 것 같다. 새로운 재료를 쓰기 위해 심호흡을 하고 있는 중이다. 어제는 150색 색연필의 색을 칠하고 색 이름, 번호를 적었다. 오일 파스텔은 오늘 시작하려다 안과에 가서 알러지약과 눈물 처방을 받았고, 머리를 자르고 왔다. 그림 그리기 전에 청소하는 것과 같은 버릇인가? 백지 공포증? 그림을 처음 그리는 것도 아닌데 심호흡이 너무 길잖아? 생각하다가 백지공포증에 대해 찾아보았다.

"백지 공포증은 백지를 눈앞에 나타나면 어떤 글을 써야 하는지 계속 고민하는 것을 뜻한다. 이건 유명 작가에게도 있을 정도로 보편화가 된 공포증이라고 할 수 있다."

- 오픈 사전

일단은 나에 대해 안심이다. 보편화된 공포증이라니까. 휴우 ~~~

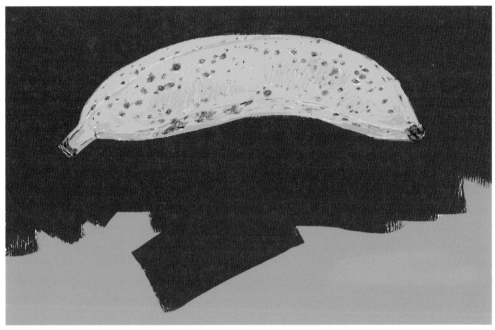

SUGAPOINT

2022 5.30. Km

슈가 포인트처럼 맛있는 사람이 되어야지!!!

5월에 많이 쉬었다. 큰 그림을 그리다 많이 지쳐 있었다. 작업실 이젤에 얼마 전 완성한 그림을 올려놓고 보기만 하고 있는데, 아주 조금만 손대면 될 것 같다. 그래서 오늘은 화판 세 개에 종이를 붙였다, 내일은 6월 1일이니까. (수정, 하루 벌었다. 내일이 5월 31일이라네... 야호!!!) 이런 저런 외부의 모습에 흔들리지 않고 그림 그리는 사람이 되어야겠다. 집에 와서 한 개 남은 바나나를 보니 슈가 포인트가 많이 생겼다. 매끈한 노란 색일 때보다 얼룩점이 생겼을 때 더 맛있어진다. 나도 점점 맛있는 사람이 되어야겠다. 그림도 마찬가지.

오늘 아침에 동주와 행복에 대해 이야기했다. 미래의 행복한 날을 그리며 지금의 행복한 모습을 보지 못하고 달리기만 하는 사람보다는, 작은 행복을 발견하며 행복이 모이고 모여서 나중에 커다란 행복을 맛보게 되는 삶이 더 좋을 것 같지 않냐는... 뭐 그런 말!

그토록 / 높은 곳에서 / 그렇게 / 오래 / 떨어지고 / 추락했으니, 어쩌면 / 나는 / 나는 법을 / 배울 / 충분한 시간을 / 갖게 될지도.

- 베리 파블로바, '날개'

나는 아직도 날개를 푸드덕거리기만 하고 있지만... 그래도 나쁘진 않다.

목이 말랐구나!

아프면 아프다고 보여주는 착한 나무!

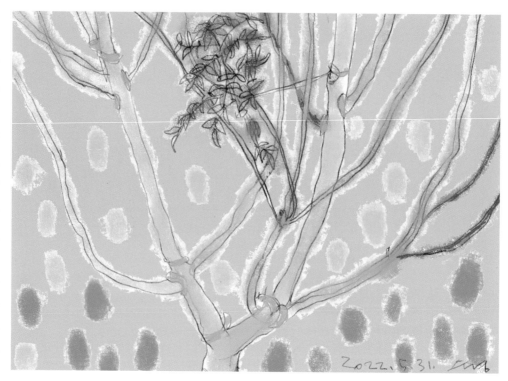

2022. 5. 31.

나무는 뿌리가 깊으니까 심어 놓으면 잘 살겠지! 아니다! 가지가 노란 황금 회화나무를 보고 알게 되었다. 나무는 굵은 가지 먼저 살리고, 제일 가는 가지부터 희생시킨다는 것을… 부엌 창으로 보이는 나무들은 물주기가 불편하다 보니 아주 건조할 때 빼고는 자연에 맡기는 편이었다. 가는 가지가 밤색으로 변하면서 말라가는 것이 발견되어 요즘 매일 물을 주고 있다. 아프면 아프다고 보여주는 노란 나무는 빨리 발견되어 다행이다. 뿌리가 더 깊고 튼튼해질 때까지는 잘 보살펴 주어야겠다.

너 가다가 / 힘들거든 뒤를 보거라 / 조그만 내가 있을 것이다 / 너 가다가 / 다리 아프거든 / 뒤를 보거라 / 더 작아진 내가 있을 것이다 / 너 가다가 눈물 나거든 / 뒤를 보거라 / 조그만 점으로 내가 / 보일 것이다.

- 나태주, '너 가다가'

물주고 나서 그려 주었다.

그녀는 내려놓았다. / 생각하지 않고, 말하지 않고, 그저 내려놓았다. / 그녀는 두려움을 내려놓았다.

판단을 내려놓았다… 그녀는 그냥 내려놓았다. / 자신을 주저하게 하는 기억들을 내려놓았다.

앞으로 나아가는 걸 가로막는 모든 불안을 내려놓았다… / 나무에서 떨어지는 잎사귀처럼 / 그녀는 그저 내려놓았다. / 아무 노력도 없었다. / 아무 몸부림도 없었다. 그것은 좋지도 않았고, 나쁘지도 않았다. / 그것은 그저 그것일 뿐이었고. 단지 그러할 뿐. / 내려놓음의 공간 안에서 그녀는 모든 것을 순리에 맡겼다…

- 새파이어 로즈, '그녀는 내려놓았다'

며칠 동안 식물들을 보면서 '내려놓음'에 대해 자주 생각하게 되었다. '디기탈리스'를 그렸다. 위의 작은 봉우리들은 자기 차례를 기다리고, 종처럼 매달려 피어있는 꽃들은 오늘 충분히 사랑스럽고, 꽃잎이 떨어진 곳에서는 작은 열매를 만들고 있다. 디기탈리스가 시든 꽃들도 주렁주렁 매달고 있다면 밉상이겠지?

나도 순리대로 살아야겠다. 억지로 되는 것은 없다!

2022
6. 05

가뭄단계ㅡ보통가뭄ㅡ심한가뭄ㅡ기우제

강아지 '룻'과 만 보를 걷겠다고 나갔는데 빗방울이 조금씩 떨어지기 시작했다. 오천 보만 걷고 들어왔다.

지난달 전국 강수량이 5.8mm로 5월 관측사상 가장 적었다고 한다. 나는 고작 마당의 나무를 걱정했으나, 농사를 짓는 분들은 애가 탔을 터인데 어떻게 하루하루를 보냈을까 싶다. 강원도 영월 군수는 기우제도 지냈다고 하니... 오늘부터 전국적으로 비가 내리면 산불 걱정은 덜겠지만, 내륙과 서쪽지역의 해갈은 어려울 것이라고 한다.

...인디언들이 기우제를 지내면 반드시 비가 옵니다. / 그 이유는 인디언들은 비가 올 때까지

기우제를 지내기 때문입니다... 땅 위에서 / 삶의 안팎에서 / 나의 기도는 얼마나 짧은가. / 어림도 없다. / 나는 아직 멀었다.

- 이문재, '아직 멀었다' 전문, '지금 여기가 맨앞'

과학자들은 오늘과 내일의 구름에 비가 얼마나 들었는지 알고 있으니, 머지않아 비가 또 내리기를...

나다움의 서사

비가 당신의 근심걱정을 모두 씻어 주기를…

비가 내리고 나니 모든 색이 선명해졌다. 구름은 하얗고, 하늘은 파랗고, 초록은 진해졌다. 지난 주말부터 나는 새로운 루틴을 만들었는데 '내가 외출을 하게 되거나, 집에서 있게 되더라도 최소한 4시간은 작업실을 지키자!' 이렇게 마음먹고 지키다 보니 어제와 오늘 생각보다 알차게 시간을 쓰게 되는 것을 경험하고 있다. 정말 많이 그릴 땐 하루 종일 그리지만… 그것은 당연한 일이고…

날이 밝으면 태양이 당신에게 새로운 힘을 주기를
밤이 되면 달이 당신을 부드럽게 회복시켜 주기를
비가 당신의 근심 걱정을 모두 씻어 주기를
산들바람이 당신 몸에 새로운 활력을 불어넣어 주기를
당신이 이 세상을 사뿐사뿐 걸어갈 수 있기를
당신이 살아 있는 동안 내내 그 아름다움을 깨닫게 되기를

- 인디언의 속삭임 중에서

이
것
을
어
떻
게
그
림
으
로
표
현
하
지
?

아침 식사 준비를 하다가 앞을 보니 고양이가 창밖을 내다보며 무언가에 집중하고 있었고, 내 발 밑에서는 강아지가 나를 쳐다보고 있었다. 나를 관찰하고 있었다. 세상에 살아 움직이는 모든 것들이 모두 자기가 보고 싶은 것들을 동시에 보고 있다는 생각을 했다. 마음이 먼저 보고자 하는 것이 있을 수도 있고, 먼저 보여서 마음을 움직일 수도 있겠지만... 이것을 어떻게 그림으로 표현하지?????

빅토르 위고는 "음악은 생각하는 잡음이다"라고 했다는데... 미술은 어떻게 생각했을까?

그렇다면 오늘의 내 그림은 생각하는 낙서?

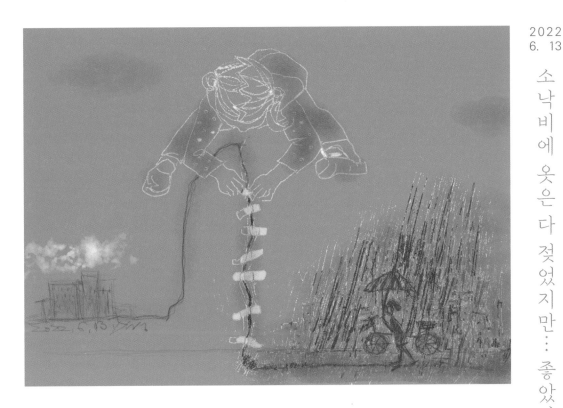

소낙비에 웃은 다 젖었지만… 좋았다!

1. 오늘 본 사진은 작은 아이가 갈라진 바닥을 밴드로 붙여주고 있는 사진이었다.

2. 작업실 가기 전에 페인트 붓을 사려고 다이소에 갔다. 자전거 뒤에 짐을 넣을 수 있는 바구니도 발견해서 사고, 밖으로 나오니 비가 내리기 시작했다. '빨리 달려가자 ! 작업실 까지…'

갑자기 장맛비처럼 쏟아붓는 비가 내렸다. 비닐봉지도 없고, 아이패드가 젖을 것 같아 편의점에 들어가 우산을 샀다. 비는 너무나 시원했고, 우산에 떨어지는 빗소리도 요란했다. 바지가 다 젖었고 발은 물속에 빠졌다. 비를 맞고 달리고 싶었다. 가슴이 뻥 뚫리는 느낌이었다. 나는 뭐가 그리 답답했을까?

3. 작업실까지는 짧은 거리인데 거의 다 와서 비가 멈췄다. 선물 같은 시간!

…당신은 무엇을 담는 사람인가요?

물어오는 풍경 앞에서

나의 규모를 생각한다

- 안희연, '나의 규모'

맑은 바람이 지나갈 여백을 지니고 싶다

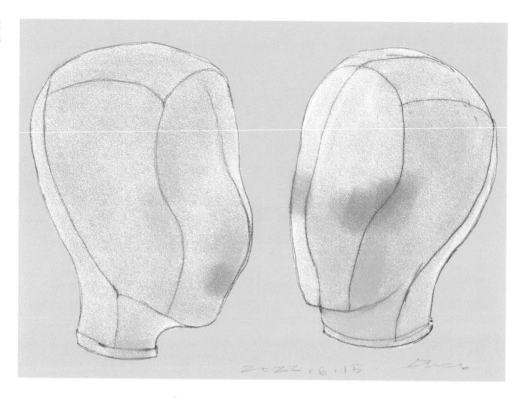

오늘은 밑그림을 장지에 베껴내는 작업을 했다. 밑그림이 복잡하다 보니 시간이 좀 오래 걸렸다. 그래서인지 인간관계의 이런저런 생각이 났다. 누군가에겐 당연하게 느껴지는 이야기의 주제가 어떤 사람에게는 당연하지 않아 당황하게 되는 대화가 있다.

"사람도 마찬가지일 것이라는 생각이 든다. 이것저것 많이 차지하고 있는 사람한테서 느끼기 어려운 그 인간미를, 조촐하고 맑은 가난을 지니고 있는 사람한테서 훈훈하게 느낄 수 있다. 이런 경우의 가난은 주어진 빈 궁이 아니라, 자신의 분수와 그릇에 맞도록 자기 몫의 삶을 이루려는 선택된 청빈일 것이다... 무엇이든지 차지하고 채우려고만 하면 사람은 거칠어지고 무디어진다. 맑은 바람이 지나갈 여백이 없기 때문이다... 의식의 개혁이란 이미 있는 것에 대한 변혁이 아니라, 그 공간과 여백에서 찾아낸 새로운 삶의 양식이다. 의식의 개혁 없이 새로운 삶은 이루어질 수 없다."

- 법정, '스스로 행복하라' 책 중에서

맑은 바람이 지나갈 여백을 지니고 싶다. 자신과 다른 사람을 배려할 줄 아는 대화는 참 중요하다.

케일 잎을 따다가 발견한 것은 벌레 먹은 잎들이었다. 먹을 만큼 자란 잎들은 괜찮았는데... 아직 덜 자랐거나, 새로 나오기 시작하는 잎에 작은 구멍들이 뚫려 있었다. 잎을 뒤집어 보니 5mm 정도의 벌레들이 움직이고 있었다. 벌레 퇴치 목적으로 똑똑 따주고 보니 기둥만 남았다. 몇 마리 안 되는 벌레들을 잡아줄 걸 그랬나? 다음에 나오는 잎들도 벌레가 생기면 어떡하지?

나뭇잎은
벌레 먹어서 예쁘다
귀족의 손처럼 상처 하나 없이 매끈한 것은
어쩐지 베풀 줄 모르는 손 같아서 밉다
떡갈나무 잎에 벌레 구멍이 뚫려서
그 구멍으로 하늘이 보이는 것은 예쁘다...
남을 먹여가며 살았다는 흔적은
별처럼 아름답다

- 이생진, '벌레 먹은 나뭇잎'

벌레 먹은 잎들을 나란히 줄 세워 놓았다가 밥 먹고 그려 주었다. 케일! 기둥만 남겨서 미안!

2022
6. 17

그래서 참 다행이야!

엄마가 내 엄마라서 좋아!

자전거를 타려고 하는데 뒤에서 "엄마~" 하고 부르는 소리가 들렸다. "엄마 수영 가려고... 저녁은?"

동화가 집에 오다가 나를 부르는 소리였다. 작업실에서 하루 종일 나만 생각했었다. 새 그림의 채색을 시작하려다가, 이젤 위에 올려놓고 보기만 하던 큰 그림을 이번 주까지 끝내기로 마음먹었다. 그림 속의 작은 사람들에 빠졌었나 보다.

'맞다! 나, 엄마였었지!' 수영장에 가면서 '아이들이 어려서는 엄마, 엄마, 엄마... 했었지!' 생각했다.

"엄마가 내 엄마라서 좋아. 그래서 참 다행이야!"

- 이보라, '다행이다 엄마가 내 엄마라서' 책 중에서

우리 아이들이 엄마인 나를 이렇게 생각하면 좋겠다.

나는 더 이상 웃자란 나무가 되면 안 됨!!!

"너는 세상 어디에 있느냐? 너에게 주어진 몇몇 해가 지나고 몇몇 날이 지났는데, 그래 너는 네 세상 어디쯤에 와 있느냐?" 하느님이 한 사람 한 사람에게 이렇게 물으신다고...
- 마르틴 부버, '인간의 길'

오늘 아침 어떤 분의 웃자란 나무에 대해 쓴 글을 보았다. 내 작업실에도 한 그루 있다. 나는 그 웃자란 나무가 나 같다는 생각이 들었었다. 나는 내 세상 어느 쯤에 와 있는지 하느님만 아시겠지만... 내게 주어진 세상을 귀하게, 소중하게, 감사하며... 살-아-보-자!

더 이상 웃자라기 없기!!!

2022
6. 22

'점,' & '눈동자,' 달을 눈동자에 담고 왔다

세 사람은 도대체 자리를 몇 번을 옮기면서 이야기를 했나? 작업 이야기는 끝이 없었다. 그래서 집에 늦게 왔다. 일기도 늦었다.

오늘 부르넬스키의 원근법(투시도법), '소실점'에서의 '점' 하나는 무한대를 표현하고, 온 세상은 '점'같이 생긴 나의 눈동자 안으로 들어온다는 것을 알게 되었다.

K선생님 댁 마당에서 이야기할 때 멀리 보이는 달이 내 눈동자 안에 들어왔다. 나는 달까지는 내 눈동자에 담았으나, 우주의 끝까지는 나의 눈동자에 담지 못했다.

쓰러져버린 토마토 줄기는
다시 일어서서 열매를 줄 것이다

어제 세차게 내린 비로 토마토 모종 4개 심은 것이 태풍을 만난 것처럼 다 쓰러져 있었다. 그림으로 그리니 땅 속의 개미집 같다. 오늘 81세 류민자 선생님 개인전에 들렀다. 이번 전시로 인해 새 힘이 생겼다고 하시는 것을 들었다. 멋있었다. 다음 번 개인전을 하시면 가서 꼬옥 안아드리고 싶다. 나도 81세에 개인전을 하게 된다면 오늘의 선생님 모습이 생각날 것 같다.

오늘 땅으로 쓰러져 버린 토마토를 잘 세워 주면 다시 일어서서 방울토마토를 만들겠지?

나도 희망을 가져 본다.

…나는 생활 시인이다 / 시로 밥을 먹는다

배고픈 것도 괜찮아 / 날 위해 쓰는데

좌절감을 맛보고 쓰는 걸 멈추고 / 싶을 때도 있지만

며칠 지나면 / 고뇌보다는 행복한 시를 짓고 싶다…

- 김경림, '흔적'

오늘 70세가 넘으신 J 선생님과 화업 30년을 기념하는 C 선생님의 개인전도 갔었다. 예전의 나는 핑계를 대고 10년 놀았던 것이 아닐까? 모두 멋진 분들이다.

"누가 가져가면 어떻게?" 문자를 받고 웃었다. 내 대답은 "누가 가져가. 당신이 문단속만 잘하면 됨."

어제 남편이 20년 장기근속 표창장과 행운의 열쇠를 받아 왔는데, 내가 벽에다 붙여 주었다. 벽에 나를 상징하는 왕관 쓴 여자 옆에다가... 성실하게 가족을 먹이고 입혔으니 열쇠 하나 붙여 주어도 괜찮을 듯싶다.

"지혜가 부족해서 실패하는 일은 적다. 사람에게 부족한 것은 성실이다. 성실하면 지혜도 생기지만, 성실치 못하면 있는 지혜도 흐려지는 법이다."

- 디즈레일리

남편! 앞으로도 성실할 것!

무
지
개
사
초
밑
에
는
개
미
떼
가
살
고
있
다

화분에서 잘 자라지 못하던 무지개 사초를 작년 가을, 땅에 옮겨 심었었다. 봄부터 싹이 나오기 시작해서 지금은 아주 튼튼하게 잘 자라고 있다. 왜 '무지개 사초'일까? 그리다가 보니 언뜻언뜻 분홍색이 보인다. 자세히 관심을 가지고 보아야 볼 수 있는 분홍색은 참으로 매력적이었다. 그런데 하필이면 이곳에 큰 개미들이 많이 왔다 갔다 분주했다. 내 발을 너무 많이 물어서 발을 털면서 그렸다.

내일부터 일주일을 열심히 살기 위해서 오늘의 나는 대청소를 했고, 남편은 김치를 담갔다. 열무 & 얼갈이김치와 또 하나는 참외 김치인지 뭔지 모르겠는데 김치 같다. (지금 물어 보니 물김치라고 함)

일곱 빛깔의 무지개 속에서 / 귀에 익은 엄마 음성 들려옵니다

잘 참고 기다리면 / 눈물은 사라지고

일곱 빛깔의 기쁨이 떠오른다고 / 엄마가 웃으면서 일러 주시네요

- 이해인 '무지개 속으로'

엄마가 김치 담글 때 학교로 도망갔던 나. 지금은 엄마 대신 남편이…

사초의 분홍색, 붉은 고춧가루 모두 모두 무지개.

나
는
개
와
고
양
이
의
교
육
을
잘
못
시
켰
다

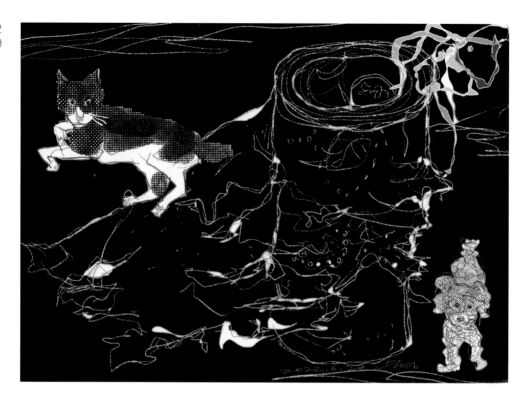

교육을 잘못 시켰나 보다. 아침에 일어나 보니 고양이 '탕아'가 두루마리 휴지를 한가득 찢어 놓았다. 강아지 '롯'이 아무데나 싸 놓은 오줌을 치우다가 (요즘은 고양이 '탕아'도 슬쩍슬쩍 싸 놓는 것을 보았다.) 휴지를 제자리에 놓지 않은 내 책임도 있지만... 아까는 오줌에 미끄러질 뻔하기도 했다.

"유전자에 있어서 인간은 침팬지와 98퍼센트 일치하며, 고양이와는 90퍼센트, 생쥐와는 85퍼센트 일치한다! 이렇게 공통점이 많은데도 인간은 다른 생명체와 다르다고 혹은 그들보다 우월하다고 느낄까. 이에 대해 세계적인 역사가이자 철학자인 유발 하라리에게 의견을 물었다."

- 마카스 샤, '생각을 바꾸는 생각들' 책 중에서

이에 대해 개와 고양이의 교육을 잘못시킨 김숙경에게 물었다면,

"적어도 인간은 대소변을 가리기 시작하면 아무데나 오줌을 싸지 않구요... 밤새 휴지를 장난감처럼 뜯어 놓지 않아요!"라고 화를 내며 대답했을 것이다.

내가 일찍 일어났는 줄 알았다. 하늘이 너무 어두워서... 처마에서 물 떨어지는 소리를 듣고 싶어서 문을 열었다, 공사 용어로 '하자'라고 해야 하나? 처마의 수평이 살짝 맞지 않는 곳에서 빗물의 양을 이기지 못해 뭉쳐서 떨어지고 있었다. 그래도 좋았다. 스케치를 끝낼 무렵 비는 잠시 그쳤다. 작업실은 습기 없이 완벽하게 뽀송뽀송하다.

비 오는 날
빗소리 들어 보아요

그 소리
음악처럼 들린다면

그대의 마음은
비가 와도 맑음입니다

- 강원석, '맑음'

"이 의자 가져가도 될까요?"

어떤 집에서 어린이용 이젤과 의자를 버렸는데, 의자만 자전거에 싣고 작업실로 가져왔다. 어른 의자보다 낮게 앉아서 그려야 할 때가 있는데 내가 앉아도 아주 편하다. 눈, 코, 입 구멍이 뚫린 의자는 내가 그림을 그릴 때 언제나 옆에서 웃어주고 있다. 나는 웃는 여자를 그리고 있는데, 이제부터는 웃는 여자를 자주 그려야겠다고 생각하게 되었다.

요즘 나는 부끄럽지만 일기쓰기를 참 잘했다고 생각하게 되었다.

소설 '파이 이야기'를 쓴 작가 얀 마텔은 '스토리텔링은 우리를 하나로 묶는 접착제'라고 했는데, 시간이 지날수록 돈독해지는 좋은 친구들이 많아졌다는 것! 그래서 자주 웃게 되어, 웃는 여자를 그리게 된 것 아닐까? 하는 생각도 해보았다.

벌레먹은 체리에게 물어보자!

체리 나무에 약 같은 것을 안 뿌리다 보니 겉은 탐스럽지만, 먹으려고 하면 벌레가 먼저 먹었다. 아침에 먹다 말고 버려야 하는 체리를 그리고 있는데, 남편이 "벌레가 먹기 전에 따서 집에서 익혀야지!" 하고 몇 개를 따서 접시에 담아 놓았다. 저녁을 먹고 '정말 벌레가 안 먹었을까?' 궁금해서 먹어 보니 역시나 벌레는 빨랐다. 그래서 또 그렸다. 나는 벌레가 먹다 남은 쪽을 잘 골라 먹어야 한다. 체리 입장에서는 벌레와 내가 다를 게 없을 것 같기도 하다.

검은색으로 빨강과 파랑을 기록할 수 있는가
지금 질문하는 자는 나인가 당신인가
대답은 나의 몫인가 당신의 몫인가

- 유병록, '질문들'

깜찍한 벌레들과, 직박구리새와 나와 남편은 체리에게 어떤 존재일까?

창
밖
색
깔
을
그
리
고
싶
었
던
날

비 내리는 작업실 창밖을 보다가 풍경이라기보다는 색깔을 그리고 싶었다. 집으로 밥을 먹으러 가는데, 비가 '억수'('비'는 '비'이되 물동이로 물을 내리붓듯 세차게 오는 비가 '억수'이다 - 사전에 뭐라고 적혀있나? 찾아봄)같이 내리고 있었다. 와이퍼가 쉴 새 없이 왔다 갔다 해야 앞이 보이는... 그러나 3층 작업실에서는 그 느낌을 못 느끼는...

오늘 갈 곳이 있었는데 가지 못했다. 비가 많이 내리는 것도 있고... 뜨개질 하는 여자는 코바늘 모티브 하나 그리는 것보다 코바늘로 뜨는 게 훨씬 빠르겠다 싶은 그림의 속도 때문에도 그랬다. 그런데 그림은 좀 마음에 들게 그려지고 있다. 이번 주 안에 끝내고 싶다.

너무 허름한 기분일 때 사람들은 무엇을 하는가
미안하다 오후 여섯 시여, 오늘 나는 참석지 못한다.

- 김경미, '불참'

그녀 이야기 – 크로셰 Crochet, 61×50cm, 장지에 분채, 2022

할
머
니
의
뒷
모
습
을
보
다
가
…

오전에 작업실에 가다가 성당에 가시는 할머니의 뒷모습을 보았다. 묵주를 들고 걸어가
셔서 알았다. 깔맞춤 옷을 입으셨다. 꼿꼿이 씩씩하게 걸어가셨다.

순환운동은 선생님이 보시면 60점 정도 되겠지만 나름 열심히 하고 있다. 잘하는 것보다
꾸준히 조금씩 발전하는 것을 목표로 하고 있다. 오늘 집에 오다가 한 생각은 '운동하다
가 죽지는 않겠지!' 힘들었다.

당신의 체온 그대로
내 몸에 약이 되었습니다
그 포근함이 그립습니다

- 서윤덕, '약손'

할머니는 길을 가면서도 묵주를 들고 기도를 하신다. 무엇을 기도하실까 생각했다. 아마
도 자식들, 손자, 손녀들 기도를 하고 계시겠지… 나도 잘 늙어 보자! 건강하게…

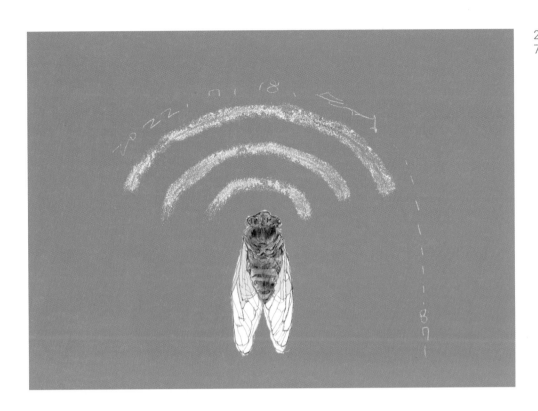

매미소리는 1000일까지만…

고립에서 조금 더 깊은 곳으로 들어가
아침기도가 끝나면 먹을 갈아 그림을 그리고
못다 읽은 책을 읽으면 좋겠네
고요에서 한 계단 낮은 곳으로 내려가
나무들이 바람에 한쪽으로 쏠리지 않는 곳에서
한쪽으로 쏠리지 않는 이들과 어울려 지내면 좋겠네
천천히 걸어갈 수 있으면 좋겠네

- 도종환, '나머지 날'

오늘 871일째 일기를 쓰고 있다. 1000일까지만 일기를 써야겠다고 생각했다.

오늘 그림 하나를 끝냈다.

160×160cm, 160×150cm가 무엇이 다르냐고 하겠지만 우리는 달랐다. 왜냐하면 우리는 그림 그리는 여자들이니까... 이런 이야기를 나누고 그림에 대한 이야기를 나누는 시간이 너무 좋았다. 그래서 오늘의 일기 그림은 집에 오는 버스 안에서 핸드폰으로 그렸다. 우리는 즐거운 마음으로 작업하자고 했다. 그림을 그리다 보니 내가 좋아하면서 그린 그림은 감상자들도 좋아해 주니까...

"사랑으로 일한다는 것은 무엇입니까? 사랑하는 이에게 입힌다는 마음으로, 그대의 가슴 속에서 실을 뽑아 옷을 짜는 것입니다. 사랑하는 이에게 살 집을 마련해 준다는 마음으로, 따뜻한 손길로 집을 짓는 것입니다. 사랑하는 이에게 열매를 먹인다는 마음으로, 정성을 들여 씨를 뿌리고 그 결실을 기쁜 마음으로 거두어들이는 것입니다."

- 칼린 지브란

우리는 160×160cm였을까? 160×150cm였을까? 어떤 비율이 마음에 드시나요?

남편이 작업실에 왔다. 친구가 농사짓는 곳에 가서 고구마 순을 가져 왔다고… "그래 그럼 작업실에서 같이 줄기의 껍질을 벗기자! 나 같으면 귀찮아서 안 가져와!" 하고 말했다. 작업실에서 이런 일은 처음이다. 이것이 끝이 아니었다, 비도 오고 해서 집에 같이 왔는데… 깻잎, 상추, 호박, 가지 양배추, 부추, 파, 옥수수, 호박잎… '언제 다 정리해서 넣으라고?? 나 못해! 내가 계획한 하루가 아니다! 너무나 양이 많은 깻잎 때문에 나는 결국 깻잎 김치를 담궜다. 고추 반으로 잘라 채 썰고, 마늘 편으로 썰고… '요즘 채소 값이 비싼데…' 옥수수를 삶아서 먹었다. 농사를 모르던 친구가 도시 농부가 되어 농사를 점점 잘 짓게 되고, 이런 것들을 나누어 주었다는 것이 신기하기도 하고, 그 노력도 인정해 주고 싶고, 치울 것 생각하니 귀찮기도 한 날이 되었다.

사람은 사랑한 만큼 산다
사람은 그 무언가를 사랑한 부피와 넓이와 깊이만큼 산다
그 만큼이 인생이다

- 박용재, '사람은 사랑한 만큼 산다'

부피와 넓이와 깊이는 사랑한 만큼!

반바지와 반팔로 마당에 나가기엔 모기들이 무섭다.

2022. 07. 24 '오늘의 모기 예보' 모기 발생단계 3단계 주의, 모기 활동지수 65.2 이런 서비스가 있는지 오늘 알았다. 요즘 마당의 꽃을 그리지 못하는 이유가 바로 모기가 겁나서였다.

세 식구 단잠 즐기는 오후 / 뷔페 즐기던 모기 한 마리

천장 모서리에 앉아 / 고민에 빠진다

이 천장을 들어 올릴까? / 저 벽을 밀어낼까?

박수치기 전에 떠나야지

- 남정림, '모기도 꿈을 꾼다'

박수치기 전에 떠난다는 모기는 똑똑한 모기!!

생각보다는 실천이 급했던 그림을 손보고 있다. 이틀 동안 고치고 있는데 내일까지는 해야 할 것 같다. 머릿속에는 큰 그림 두 개를 어떻게 그려야 할지 고민이 생겼다. 지난번처럼 시간에 쫓겨 생각 없이 시작부터 하면 그리면서 더 고생한다. 밑그림이 완성된 12호부터 그리면서 마음의 여유를 가져야겠다.

"배고프다고 닥치는 대로 허겁지겁 먹으면 몸을 버린다. 외롭다고, 혼자 있기 싫다고 아무나 만나고 다니면 정작 만나야 할 사람을 만나지 못한다. 귀한 인연은 두리번거리며 찾아온다. 신발 끈을 몇 번씩 고쳐 매고 천천히."

- 성수선, '나의 일상에 너의 일상을 더해'

큰 그림 두 개의 아이디어가 두리번거리며 나에게 찾아와 주길...

내가 작업실에서 돌아오면 이 녀석들은 내 앞과 내 옆에서 누워 있다. 집에 들어서면 입맛을 다시며 쫓아 다니고, 밥을 주면 그 다음엔 눕는다. 고양이 탕아는 앞발로 나를 툭툭 친다. 놀아달라는 신호? 나도 지쳤다고… 저녁을 먹고 다시 작업실로 가겠다는 각오와는 달리 쉬고 싶어졌다. 가지 말아야 하나?

오늘은 표구하시는 분께 172×162cm 배접지 두 장을 부탁드렸다.

"어떤 사람은 시간을 아껴 쓰고 어떤 사람은 헤프게 쓸 것이다. 어떤 사람은 보고할 수 있도록 쓸 것이며, 어떤 사람은 흔적도 남지 않도록 써버릴 것인데, 이보다 더 수치스러운 일은 없다. 고령자에게 오래 살았음을 말해줄 증거로, 나이 말고는 아무것도 없는 경우도 종종 있다.

- 세네카, '행복론'

나는 행복한가?

카톡 방을 만들었다. "저와 세 분을 초대합니다."라고 썼는데... "저녁 모임에 우리 넷 말고 다른 분을 또 초대하는 것인지?" ㅎㅎㅎ

카톡 방에 '김숙경 님이 *** 님을 초대했습니다.'

카톡 방의 초대 문구를 잘 이해하지 못하신 분은 그림에서 제일 중앙에 파란 옷을 입고 앉아 미소를 짓고 계신 분이다. 나와 남편과 부부였음.

나는 누구와 술을 마시더라도 / 그 사람 마음을 마시고 싶다
그리고 그 사람에게 진실을 따라주고 싶다
안주는 인생의 소금꽃이면 더욱 좋고

- 김종구, '술 마시는 법'

생맥주는 너무 시원했다. '초대' 이해하지 못한 부부가 사주셨다.

카톡 생활은 학력과 무관함!

날아갈 것 같은 기분

맨발로 하루 종일 서 있으면 발바닥이 아프다는 것을 느낀 주말을 보내고 오늘은 작업실에 갔다. 내가 원하는 파랑을 아직 얻지 못했지만 나는 집안일을 할 때와 다르게 몸과 마음이 편하고 좋았다.

"세상이 자기를 행복하게 해 주지 않는다고 불평하는 것이 이기적인 병이다. 이러한 사람은 행복을 소비할 것만 생각하고 행복을 생산할 것을 생각지 않고 있다."

- 버나드 쇼

주말에 열심히 정리와 청소를 해 놓으면 주중이 이렇게 편한데... 날아갈 것 같은 기분~!

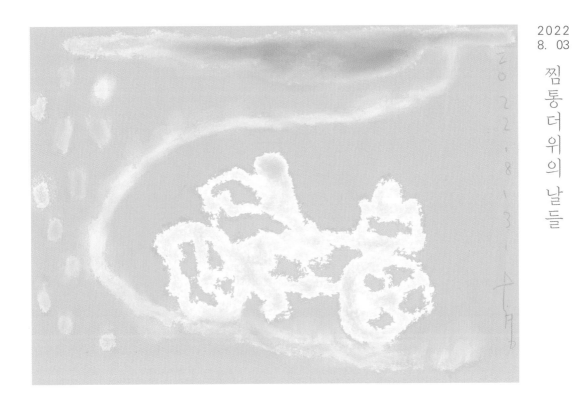

집에서 작업실, 작업실에서 집은 비가 잠시 멈춘 때를 골라 자전거로 빨리 간다. 며칠 동안 내린 비로 저녁때 집에 오는데 찜통 속을 달리는 느낌이었다. 오늘부터 10일간의 일기예보는 오늘 70%, 목 70%, 금 80%, 토 90%, 일 90%, 월 90%, 화 80%, 수 70%, 목 60%, 금 60%.

고온다습, 찜통더위.

비오는 밤 창문을 열어놓고
손 뻗어 빗소리를 만져봅니다...
소리 속으로 들어가 봅니다
기실 빗소리는 땅이 비를 빌려 우는 소리입니다...
비오는 밤 창문을 열어놓고
손 뻗어 땅의 울음을 만져 봅니다

- 이재무, '비울음'

Wedding, 2022, 5:22

PART 8

나를 찾아 떠난 화가 김숙경
사소한 일상에서 그 해답을 찾다

나를 사랑하는 연습, 나를 소중히 여기는 연습

입술이 부르터서 낫기를 기다리다 오늘 더 심해져서 병원에 다녀왔다. 너무 피곤해서 그렇다고… 먹는 약 5일 치와 바르는 연고를 받아왔다. 순환운동은 중간에 그만두었다. 나에겐 벅찬 운동. 아마도 그 때부터 지쳤던 것 같다. 의사 선생님은 쉬라고 하셨는데 수영은 다녀왔다. 내가 받은 약 봉투를 보며 '사랑의 묘약'이라 생각하기로 했다. '나를 사랑하자!'

"많은 곳에서 '나를 사랑하라' 권하곤 합니다. 그리고 사람들은 '그래, 나를 더 사랑하자.' 다짐하곤 합니다. 하지만 그것이 진정 어떤 의미인지 모를 때가 많습니다. 소중히 여기는 연습을 권합니다. 나를 사랑하는 것은 내 기준의 가치를 알고, 그것을 소중히 여기는 것입니다."

- 정영욱, '나를 사랑하는 연습'

1. 150×160cm 나무 화판 두 개가 도착했다. 뒷면이 집의 창문처럼 생겼는데 연극 무대에 세워 놓아도 될 것 같다. 젯소로 나무 화판에 처음 칠한 하얀 붓질의 느낌은 언제나 예쁘다.

2. 수영장에서 다이빙해서 물에 들어가는 동작을 여러 가지 방법으로 배우고 있는데, 물속에서 나온 한 남자는 '배치기'가 어떤 것인지 가슴과 배의 색깔로 보여 주었다. 우리는 킥킥대고 웃었다. 선생님은 많이 하다 보면 자연스럽게 될 거라고 하시지만... ㅎㅎ

3. 머릿속으로 그리던 그림은 실제 크기의 화판을 보면서 가능할까? 하는 생각이 들었다. 그림과 수영의 같은 점을 발견했다. 아무리 머릿속에서 많이 그려도... 아무리 머리로 동작을 연습해 보아도... 실제로 해보지 않고는 아무것도 아니다.

"내 머릿속에 있다고 내 것이 아니야. 세상 밖으로 나와야 내 것이 되지. 어서 시작해봐."

- 박병철, '마음을 채우는 한 그릇'

1. 어제 완성한 파랑 그림 속의 여자는 내가 살고 있는 세상, 그러니까 2022년에 살고 있는 여자의 모습이라고 말할 수 있다. 오늘 스튜디오에서 촬영했다.

2. 김종영 미술관에 가서 나의 스승 황창배 선생님의 전시를 보았다. 선생님의 그림을 대할 때 마다 나에게 많은 것을 가르쳐 주신다. 그림 속 글씨와 전각과 재료와 색과 표현의 자유로움, 거침없음… 그림을 대하지만 선생님을 만난 것 같은 반가움, 친숙함…

3. 가끔 나는 옛날의 왕비가 부럽지 않은 삶을 살고 있다고 생각할 때가 있다. 내가 가고 싶은 곳을 운전하고 갈 때, 비행기를 탈 때, 따뜻하거나 시원한 집에 있을 때, 비데나 정수기를 사용할 때, 핸드폰, 컴퓨터 등등…

오늘 선생님의 글을 보았다.

"따지고 보면. 과거의 모든 사람들도 자신이 현대를 살고 있다고 믿었을 것이다. 우리도 조금만 지나면 과거의 사람이 된다. 그러므로 내가 가지고 있는 여러 감동을 극대화시켜 최선을 다하는 일, 그것이 현대성이라고 생각한다. 현대는 이래야 하고 저래야 한다는 생각을 해 본 일이 없다."

- 황창배

'지금'을 살고 있는 내가 나의 생각들을 그림으로 표현하는 것이 내가 할 수 있는 최선이겠다 생각하고 집으로 왔다.

그녀 이야기 – Royal, 61×50cm, 장지에 분채, 2022

2022
8. 22

연필로 밑그림 그리기 시작했는데 편안한 마음이 들었다

연필을 깎고 밑그림을 그리기 시작했다. 종이 위에 그려지는 연필 선들은 채색할 때의 선과 달리 부드러웠고 마음이 평화로웠다. 마음에 안 들면 언제나 지울 수 있어서 그랬을까? 한국화를 전공해서 그런가? 내 밑그림은 선이다. 깨끗하고 예쁘다. 그런데 넓은 화면을 무엇으로 채워야 하지?

흰 종이를 앞에 두고
좋은 생각이 떠오를 때까지 기다려요
좋은 생각은 구름 사이에서 헤매고 있을까요?
그러다 팔랑팔랑 날아올까요?
살그머니 다가올까요?

- 이보나, 흐미엘레프스카, '생각연필'

며칠 동안 밑그림만 그려야 할 것 같다.

밤과 낮의 풍경은 너무나 달라

느낌이 어떻게 나올지 잘 모르겠는 그녀를 이틀째 그렸다. 내일 하루 더 그리면 그녀의 윤곽이 잡힐 것도 같아 가벼운 마음으로 집으로 오는 길에 하천이 반짝반짝 빛나는 것을 보았다. 낮에는 투명하게 물속의 땅 밑까지 보여 주다가, 해가 저물었을 때 또 다른 신비한 모습을 나에게 보여 주었다. 멀리 보이는 다리로 다니면 도시의 길이지만 나는 일부러 자전거 길로 돌아서 다닌다. 이 자연을 보는 내가 얼마나 행복한지...

새로운 색이 떠돌고 있어 어떤 색은
설명할 수 없을 만큼 많고
뿌리와 잎이 가장 멀어졌을 때, 어제와 내일이 가장 멀어졌을 때

툭
신기해
오늘이 오는 시간

- 안미옥, '밤과 낮'

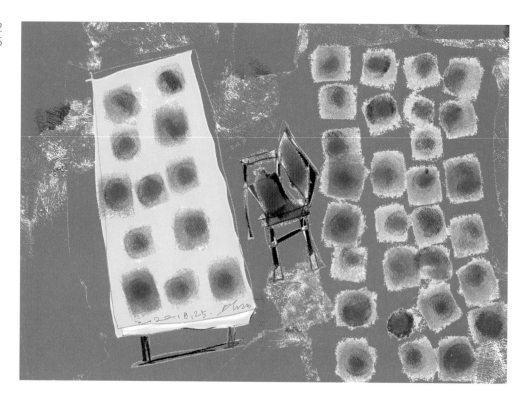

밑그림을 그리기 시작한 지 4일째 그녀를 그리고 있다. ㅜㅜ

1033년 (고려 덕종 2년) 8월 25일 오늘 천리장성을 쌓기 시작했다고 한다.

남편은 이제 전기톱도 다룰 줄 알게 되었고, 내가 사준 연장도 잘 다루게 되었다. 남은 나무로 긴 의자도 만들어 놓고... 그래서 오늘 오후, 그녀가 거의 다 그려질 무렵 도자타일 초벌을 꺼내어 160개를 다 칠했다. 섬세한 그림을 그리다가 넓적붓으로 칠하고 물걸레로 닦아내기도 하고... 나름 스트레스 해소의 방법이었다. 그리다보니 그것도 쉽지는 않았지만... 구워 보아야 알겠지만 괜찮을 것 같다. 테라스 벽면의 한 곳을 장식해 볼 예정이다. 붙이는 것은 남편 숙제. 예술가랑 사는 것도 심심하지는 않을 것 같다. 매번 숙제를 내주니... 처음엔 어려워했다.

"고통은 늘 원인에 대해 묻는다. 반면 쾌락은 제자리에 머물러 뒤도 돌아보려 하지 않는다. 인간은 고통 속에서 점점 더. 섬세해진다."

- 프리드리히 니체

작업실 가는 길, 오늘 본 풍경은 평화로왔다

화판 하나에 화선지 전지 4장으로 5쪽을 만들어 이어 붙였다. 물을 뿌리고. 팽팽해지기를 기다린다. 나보다 나이가 훨씬 더 많은 롯을 데리고 작업실로 걸어갔다. 롯의 혀는 입으로 들어갈 생각이 없어 보였다. 덥고 힘들었나 보다. 걷다가 얕은 물 위를 겅중겅중 걸어가는 백로를 보았고, 물속을 헤엄치는 작은 물고기들을 보았다. 물이 좀 고인 곳에서는 중학생쯤 된 남자아이들이 물속에서 놀고 있었다. 물은 백로의 발이 노란 색인 것까지 보이니 아주 맑은 물이다. 오늘의 풍경은 모두 다 평화로왔다.

매일 다른 기분이 되어 사나보다
매일 다른 노래가 되어 사나보다
구름은 끄덕이며 매일 다른 하늘을 보여주지

- 조온윤, '계절의 산책'

7월 28일에 맡긴 배접지를 못 받았다. 겨우 내일 가서 찾아올 수 있게 되었다. 너무 오래 걸렸다. 나는 화판에 화선지도 다 붙여놓고 기다리고 있는데… 내가 그림 그리기 전에 젯소칠하고, 울지 않게 화선지 붙이고 하는 일을 누군가 해주면 편하겠다고 생각하듯이… 표구사 아저씨도 배접만 하는 일은 재미없겠지 싶다. 그래도… 그래도… 찾으러 가야하는 내가 요즘 죄인처럼 미안해하고 있다. 큰 그림 그리기 참 힘들다.

사랑하는 사람아
얼굴을 내밀어보렴
수면 위로
수면 위로

네가 떠오른다면
나는 가끔 눕고 싶은 등대가 된다

- 박연준, '서랍'

내가 필요한 것을 서랍에서 바로 꺼내어 낼 수 있으면 좋겠다. 종이가 가득 들어있는 서랍, 붓이 가득 들어있는 서랍, 물감이 색색으로 가득한 서랍도 좋겠다.

오늘 배접지를 찾으러 갔다가 그냥 왔다. 한 장은 한 번 더 배접해서 쓰는 게 나을 것 같다고 하시고… 한 장은 안 해 놓으셨다. 한 장인 줄 아셨다고… 다른 일을 다 제끼고 오늘 한 번 더 배접하고 9월 1일까지 해주신다고… ㅠㅠ 어쩌겠는가? 너무 오랫동안 기다렸다고 하고 돌아섰다.

오다가 대학원 동기 L 언니의 강아지를 데려왔다. 며칠 돌보아 주어야 한다. 이름은 '생강' 2kg 아기 강아지. 우리 집 고양이 탕아는 호기심 있게 쳐다보다가 입 맞추고(코를 댄 건가?) 늙은 룻은 쳐다보다가 관심이 없는지 누워서 잔다. 전쟁은 없었고 지금은 각자 자기 자리로 돌아가 조용하고도 평화롭다. 우리집은 동물원이 되었다.

"오늘도 우리는 같은 장소에서 전혀 다른 풍경을 보고 있다. 생각해보면 다른 풍경이기에 멋진 것이다. 사람이 사람을 만났을 때 서로가 지니고 있는 다른 풍경에 끌리는 것이다. 그때까지 혼자서 쌓아올린 풍경에…"

- 에쿠니 가오시, '당신의 주말은 몇 개입니까' 책 중에서

내가 사용하는 밑그림 베끼는 도구

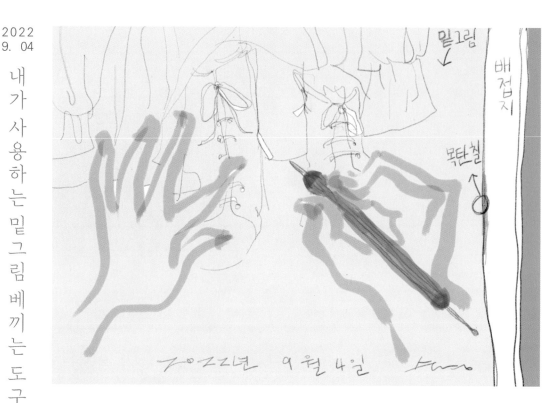

오늘 태풍 11호 '힌남노'가 오고 있다. 반경이 430km라니…

날짜와 요일은 이상하게 나를 지배한다. 예를 들어 1일부터 시작이라든가, 월요일부터 시작해야 한다는 생각이 나를 지배하려고 한다. 집에서 아교물을 만들어 놓고 작업실에 갈까 말까 망설이다가 저녁때 갔다. 밑그림 하나를 잘 붙여 놓은 배접지에 눌러서 베끼는 작업을 했다. 나는 갱지에 밑그림을 연필로 그린 뒤, 그 위에 볼펜 같은 걸로 눌러서 그렸는데… 밑그림의 연필 선이 볼펜 선으로 가려지는 것이 싫기도 했고, 하도(下圖)가 찢어지는 경우가 있어서 싫었다. 2008년에 찾아냈다. 동그란 볼이 달려있는 쇠꼬챙이 같은 것이 어떤 작업을 하는 사람이 쓰는 것인지는 모르겠지만 나는 이 용도로 사용하고 있다. 좀 더 섬세한 곳을 베끼기 위해서 한쪽은 종이가 뚫어지지 않을 정도의 굵기로 만들어 사용하고 있는데… 밑그림 베끼다 말고 이 도구를 일기에 그리고 싶었다. 내일은 더 복잡한 밑그림을 베낄 예정이다. 오늘 베낀 그림은 아교포수를 하면서…

"독창적인 작가란 누구도 모방하지 않는 작가가 아니라 아무도 모방할 수 없는 작가이다."

- 샤토브리앙

해보자!!!

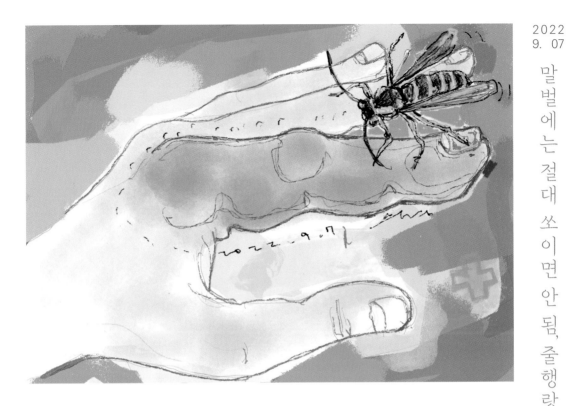

말벌에는 절대 쏘이면 안 됨, 줄행랑이 답

오늘 너무 좋은 시간을 보내고 들어온 이야기를 쓰려고 했지만... 지난 번 말벌에 쏘였던 손가락이 낮부터 간지럽더니 지금은 엄지손가락보다 더 굵게 붓고 가려워서 아무 생각도 나지 않는다. 내일 아침까지 잘 버티다가 병원에 가야겠다. 얼음팩에 찜질을 해보지만 가라앉을 것 같지가 않다. 이제부터 벌을 본다면 나는 줄행랑을 칠 것이다.

보여지는 추한 모습에
밤새도록 울어도
고통도 자라니 꽃 되더라

- 김윤삼, '고통도 자라니 꽃 되더라'

아침에 내 손가락에 꽃이 필까?

누군가가 나를 불렀을 때,
나는 어느 쪽으로 돌아보았지?

49회 춘추회 '빛과 색상 위로 노닐다' 전시 오픈식에 참여하였다. 춘추회를 처음 만들 때는 채색화 하시는 분들이 몇 분 되지 않으셨다고 하셨다. 이유는 채색물감 구하기가 어려웠고, 수입품이니 비싸기도 했다고... 오늘 조금 일찍 가서 회원들의 그림을 하나하나 열심히 보았다. 채색으로 할 수 있는 모든 방법을 볼 수 있었다. 올해 79세가 되신 최송대 선생님께서 상을 받으셨는데 수상소감에서 "하루도 그림을 그리지 않은 날이 없었다."고 하셨다. 나는 이제라도 그렇게 할 수 있을까? 생각해 보았다. 많은 회원들이 저녁을 같이 먹고 차를 마셨다. 인사동의 밤거리를 떼지어 몰려다닌 날.

뒤에서 누가 당신을 부른다면
당신은 어느 쪽으로 돌아보나요

왼쪽인가요
오른쪽인가요

당신이 돌아본 왼쪽은 어느 쪽인가요
당신이 돌아본 오른쪽은 어느 쪽인가요
그 둘 사이는 얼마나 먼가요...

- 고영민, '은행나무 사거리'

오늘이 이런 상황!

에버리딩   이즈   오케이 !

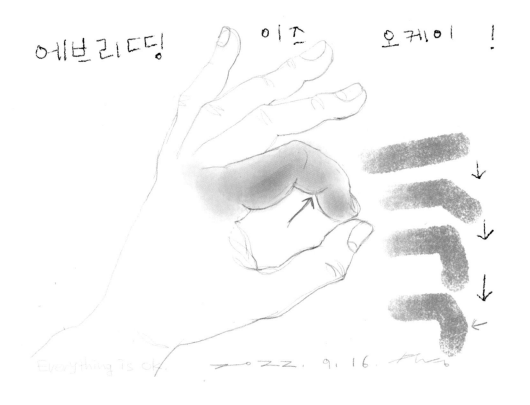

Everything is OK! 손 동 작 조 심 해 야 됨

Everything is OK.   2022. 9. 16. Ara

"터가 좋은가 봐요" 의사 선생님께서 말씀하셨다. 벌들이 와서 집을 짓는다고... ㅎㅎ 마음속으로 새들도 집을 지어요! 하고 답했다. 직각으로도 구부러지지 않던 손가락이 오늘 밤부터 구부러진다. 특히나 빨간 화살표 부분이 이게 얼마 만인지... 아직 붓기가 다 빠지진 않았지만 조금씩 가늘어지고 있다. 너무 기뻐서 Everything is OK! 엄지와 검지 끝을 맞대고 세 손가락 펴는 자세를 그렸는데 어떤 나라에서는 이 동작이 욕을 하는 거라고 하네! 이미 그렸는데... 큰일났다.

"대한민국을 포함한 대부분의 국가들은, 특히 영어권 국가들은 말 그대로 OK라는 긍정의 표시지만, 몇몇 국가에서는 뜻이 전혀 다르거나 심각한 욕이 될 수 있으므로 주의해야 한다. 특히 터키, 그리스, 러시아, 멕시코, 브라질 등에서는 손짓이 fuck you를 뜻하는 욕으로 쓰인다. 항문의 모습을 표현한 손짓이라고 한다."

- NEWSIS 기사 중에서

피검사 결과는 전신반응이 안 나타난다고 하셨다. 손가락이 가늘어질 날만 남았다...

인간이 만들어낸 '가장 창의적'인 것 중의 하나 플라스틱. 재활용을 하기 위해 플라스틱 투명 병을 버릴 때 인쇄된 비닐을 벗겨내고 버리라고 한다. 나는 이것을 떼기 위해서 칼을 찾거나 가위를 찾았었다. 어떤 날은 왜 칼도 안 보이고 가위도 안 보이는지… 그럴 때는 그냥 버리곤 했다. 그러면서 좀 미안해하는 마음? 그런데 얼마 전 쉽게 떼는 눈금 선을 발견했다. '아! 이렇게 쉬운 걸!' 아마도 나의 눈이 원시가 되어 이런 작은 선을 유심히 보지 못했을 것이다. 오늘은 작업실에서 집으로 돌아오자마자 걸레질을 했고, 투명 플라스틱 비닐들을 벗겨냈다. 그리고 깨끗이 씻어서 더욱 투명하게 만들었다. 기분이 좋다!!!

블로그에 그림일기 쓰고 받은 해피빈을 '에코피스 아시아'에 기부했다. 800만 원 모금 예정에 483,500원이 모였다.

"해피빈 기부자 여러분이 후원해 주시는 해피빈 콩은 중국 내몽고 알칼리 분진, 즉 미세먼지 방지에 탁월한 감모초 등 현지 자생식물을 심어 초원을 회복하는 초지 조성 사업을 위해 쓰여집니다. 그리고 내몽고 알칼리 사막화 지역에 심은 희망의 풀씨는 황사와 고농도 미세먼지 발생이 어렵도록 건조한 땅에 뿌리를 내리고 잎과 꽃이 피는 건강한 초원으로 다시 태어나 우리 모두에게 상쾌한 바람과 깨끗한 공기를 돌려줄 것입니다."

- 에코피스 아시아, '고농도 미세먼지 해결에는 국제 협력이 꼭 필요해요'

언젠가 황사 대신 상쾌한 바람이 불어오면, 아~~~ 내가 내몽고에 심은 감모초!!! 하고 떠올릴 예정이다.

너는 올해 어떤 열매를 맺었니?

말벌 사건 이후 마당에 잘 안 나갔다. 매일 아침 눈인사를 하던 식물들에게 소홀했다. 내 손가락은 거의 다 나았다. 아직 2% 부족하긴 하지만… 그러는 사이에 범부채의 꽃은 예쁘게 바짝 말라 버렸고, 검정 씨앗들이 매달려 있다. 범부채가 너는 어떤 열매를 맺었냐? 하고 묻는 것 같았다.

사람들의 일 년 결산은 12월이다. 아직 세 달이 남았다고 해야 하나? 벌써 아홉 달이 지나가고 있다고 해야 하나? 나는 하루하루 내 일을 열심히 살고있는 것 같지만, 어느 것 하나 똑바로 못하는 것 같다는 생각을 했다.

꽃나무는 마음에 들지 않는지 / 올해 또 제가 애써 그린 꽃을 지운다

해마다 그리고 / 지우고 / 또 그리고 / 연습에 연습을 거듭하는 것 / 저 꽃나무처럼

- 김미희, '프로의 자세'

오늘 오전 내내 글 하나를 쓰고 지우고 쓰고 지웠다. 글은 너무 어렵다. 그럼 그림은? 그림도 어렵다. 작업실에선 어떤 색이 어울리나? 고민한 시간이 더 많았던 하루다. 남은 세 달 열심히 살아보자!

남편과 1박 2일 지인의 별장에 초대를 받았지만 나는 가지 않았다. 남편 혼자 대표로 갔다. 이틀이면 너무 길다. 그래서 "저는 불가능합니다. 저 빼고 하세요."라고 답하고는 작업실에서 그림을 그렸다. 그림을 그리는 일은 스스로 밖의 일들을 끊어내야 하는 결정의 연속이다.

크고 환한 별이 뜬다면 내 머리 위의 일은 아닐 것이지만
어떤 기다림 위에 명랑할 것, 지치지 말 것…

- 이근화, '물방울처럼'

가장 아름다운 시절, 160×150cm, 한지에 분채, 방해말, 수정말, 진주분, 펄, 2022.

가을비가 나를 뒤따라 왔다

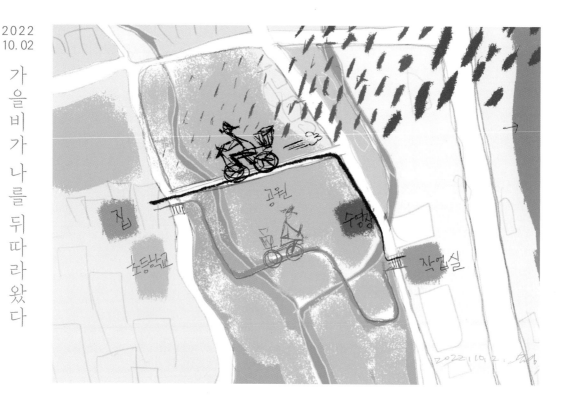

비가 오지 않을 때는 분홍색 코스로 걷거나 자전거를 타고 간다. 낮에는 분홍색 길로 갔는데, 저녁에 집에 올 때는 차가 다니는 도로를 따라 파란 길로 왔다. 비가 멈춘 시간에 나왔다고 생각했지만 비가 내리고 있었다. 이럴 땐 빨리 집으로 가야만 한다. 그래서 최고 속도로 달려 집으로 왔다. 집에 들어온 후 빗소리가 크게 들리는 것을 보니 조금만 늦었으면 노트북과 아이패드가 비에 젖었을지도 모른다. '비가 나를 뒤따라 왔구나!' 생각했다.

한국화 채색은 종이에 푹~ 먹어 들어가는 단계에서는 내가 원하는 발색이 안 된다. (내가 생각하는) 탁한 느낌을 벗어나 선명해지는? 투명해지는? 그런 느낌을 좋아한다. 오늘이 바로 그 느낌이 시작된 날이다. 가을엔 비가 한 번 내릴 때마다 기온이 내려간다. 나뭇잎도, 내 그림도 예쁜 색을 찾아내면 좋겠다.

열심히 살아가는 것인가 / 언제나 마음 한구석에 / 허전한 마음으로 살아왔는데... 온몸을 적실 만큼 / 가을비를 맞으면 / 그 때는 무슨 옷으로 다시 / 갈아입고 내일을 가야 하는가

- 용혜원, '가을비를 맞으며'

오늘 일기 쓰다가 느낀건데... 1km쯤 되는 곳을 왔다 갔다 하면서 나는 참 많은 것을 보고 느끼는구나! 생각했다.

나는 지금 흰색 티셔츠를 삶고 있다. 전에는 흰 빨래가 좀 부담스러웠는데 요즘은 그렇지 않다.

살림 솜씨도 조금씩 느는 것 같다. 오늘은 나의 그림에서 내가 처음부터 계획했던 색은 아니지만 예쁜 파란색을 찾았다. 호분(흰색)의 도움도 컸다.

'하양, 흰눈색, 백색, 흰색'

"이상적인 백색은 시감 반사율 100%이지만 보통은 70~95% 정도로, 먼셀 기호는 N9.5 (반사율 90%의 경우) 가장 밝은 백색은 마그네슘을 연소하여 백색 면 위에 고르게 연착하게 한 면으로서 그 반사율은 97.5%이다. 백색은 어떤 색과 짝을 지어도 조화롭고… 빨강. 노랑. 파랑. 검정 등을 돋보이게 하는 보조색으로 쓰이며…"

- 시식백과

흰색은 어떤 색보다도 화려하지만, 겸손한 색인가 보다. 어떤 색과도 잘 지낼 수 있으니 말이다. 자신을 굳이 내세우지 않으면서도 다른 색을 돋보이게 해주는 아름다운 색!

드로잉을 몇 점 걸려고 스케치북을 보다가 12년 전의 내가 너무 귀여워서 웃었다. 3장 가득 질문을 적어 놓고 답 쓰고... 기억도 안 나던 일이다. 글씨체는 내가 급할 때 쓰는 날아다니는 글씨체로... ㅎ

잡지나 그런 데서 유명한 사람에게 했던 질문이었던 것 같은데... 사람은 안 변한다고 지금도 생각이 같은 것이 많았다. 대답하고 싶지 않은 것은 밑줄 쫙 그어 놓고... ㅎㅎ 그래서 이 질문지를 전시하려고 결정했다. 다시 한번 답하고 또 10년 뒤의 나는 어떻게 변해 있을까? 지켜보기로 했다. 그리고 이 질문지 프린트해서 나누어 주고 싶다. 각자 적어 보는 것 재미있을 것 같아서...

Q: 다시 돌아가고 싶은 나이, 혹은 빨리 닿고 싶은 나이가 있다면 ?
A: 19세, 잘 살아보고 싶어서. 75세, 잘 살았나 확인해 보고 싶어서.
Q: 가장 큰 두려움은 무엇인가?
A: 죽도 밥도 아니게 된 화가.
Q: 사람들이 본인에 대해 가장 크게 오해하는 내용은 무엇이라 생각하나?
A: 집안일을 잘 거라는 오해.
Q: 절대로 거절하지 못하는 유혹은 무엇인가?
A: 식구들이 무엇을 부탁할 때.
Q: 글을 쓴다는 것은 어떤 의미인가?
A: 그림으로 못 다 한 말을 글로? 글로 다 못한 말을 그림으로.

- 김숙경의 답

이래서 그림일기를 쓰게 되었구나!!!

나와 동화와 동주는 오늘 자신의 작품 앞에 섰고, 자신의 작품을 설명해야 했다. 언제나 느끼는 것이지만 작품을 전시장에 내놓았을 때는 자기 색이 있어야 하고, 감상자들과 공감대를 만들어 내야하고, 냉정한 평가를 받게 된다. 둘 다 졸업 후 처음 해보는 전시였지만 잘했다고 칭찬해주고 싶다. 가족끼리 친목도모의 전시처럼 되어도 안 된다고 생각했었다. 그렇게 되지 않아서 다행이다.

직사각형의 넓이는 가로×세로
삼각형의 넓이는 밑변×높이 나누기 2

그렇다면 나의 넓이는 어떻게 구할까?

사람은 세상에서 넓이 구하기가 가장 어려운 도형이야

누구에게도 하지 못한 말을 곱한 다음
너와 마음을 나누면
알 수 있을까?…

- 김준현, '넓이를 구하는 공식'

작품 설명을 하는 아이들이 진지했다. 작품을 통해서 마음과 마음을 나눈다는 것. 말하면서 자신을 알아가는 것 모두가 소중한 시간이었다.

오늘 오후에 내 작품을 차에 실어 놓았고, 동화는 작품이 차에서 흔들리지 않도록 박스를 만들어 정리했다. 동주의 사진은 인화되어 들어있는 통만 잘 챙기면 되는 일이라 간단해 보인다. 내가 삼청동에서 개인전을 할 때 초등학생이던 동주가 인라인스케이트를 타고 집에서부터 혼자 전시장에 온 적이 있었다. 그때만 해도 우리가 같이 삼청동에서 전시를 할 줄은 아무도 몰랐었다. 남편이 전시를 제안했지만, 소외되는 것 같아서 미안하다. 뭔가 해주고 싶어 하는데… 그래서 우리가 기쁜 마음으로 끝까지 잘 마무리해야 한다고 아이들에게 세뇌시키고 있다.

달라는 대로 모두 / 주고픈 마음 / 누군들 없으랴

해봐라 까짓거 / 못할 게 / 뭐 있느냐 / …그래도 / 저래도 강한 척 / 든든한 척 / 아버지로 / 아버지라서

- 이인환, '아버지라서'

전부터 나를 '딸'이라 생각하라고 했으니…
짊어진 무게가 좀 무거울 테지…
언젠간 효도?? 해야지!!

전시장에 온 가장 어린 관람객이다. 점심을 먹고 오는 사이에 관람을 마치고 꽃을 한 송이씩 들고 기다리는데… 너무나 귀여웠다. 어리지만 각자 좋아하는 작품이 있었다. 오늘 작품 설명을 너무나 많이 했다. 설명을 듣는 분들의 모습은 참으로 진지했다. 나의 질문지를 70부 만들었는데 오늘 다 소진되어 마지막엔 부족했다. 내일 더 프린트해서 가져가야겠다.

"어떻게 하면 미술에 대한 안목을 갖출 수 있느냐는 막연한 물음에 내가 대답할 수 있는 묘책은 '인간은 아는 만큼 느낄 뿐이며, 느낀 만큼 보인다'는 것이다."

- 유홍준, '나의 문화유산 답사기'

나는 얼마만큼 느끼고 보고 있는 것일까?

전시가 공식적으로 오늘 저녁에 끝났다. 일주일이란 짧은 것 같지만 길~~~다. 이번 전시는 나보다도 동화와 동주에게 참 좋았던 전시였다. 동화와 동주는 또다시 작품을 할 자신감이 생긴 것 같다. 그러면 되었다.

많이 들어도 좋은 말에 대해 생각한다
들을수록 깊어지는 말에 대해

잘했어, 잘했어, 잘했어…
잘했다는 말이 반복되니 다음에도 잘해야 한다는 부담이 생겼다…
목말랐던 어떤 말을 들으면
마음의 우물이 저절로 깊어진다

- 오은 '많이 들어도 좋은 말'

6일째 그림만 그리고 있다. 왼쪽에서 그리던 그림을 오른쪽으로 옮기고, 새로운 그림을 그리기 시작했다. 이유는 왼쪽에 큰 창이 있기 때문이다. 조금이라도 햇볕의 힘을 느끼려고... 그렇다고 오른쪽으로 옮긴 그림이 완성된 것은 아니다. 온갖 흰색(호분, 수정말, 방해말, 진주분에 반짝이는 것을 섞어 그리고 있다. 생각보다 시간은 오래 걸리고 눈은 피로하다. 처음 생각이었으니 끝낼 때까지 해보려고 한다. 왼쪽으로 옮긴 그림의 제목은 핑크 스튜디오로 정했다. 아직 바탕색은 정하지 못했다.

빈 그릇이 빈 그릇으로만 있으면 빈 그릇이 아니다
채우고 비웠다가 다시 채우고 비워야 빈 그릇이다
빈 그릇이 늘 빈 그릇으로만 있는 것은 겸손도 아름다움도 거룩함도 아니다
빈 그릇이 빈 그릇이 되기 위해서는 먼저 채울 줄 알아야 한다...
채운 것이 없으면 다시 빈 그릇이 될 수 없으므로
늘 빈 그릇으로만 있는 빈 그릇은 빈 그릇이 아니므로
...나는...내가 채워지기를 기다린다

- 정호승, '빈 그릇이 되기 위하여'

그림을 하나 완성하는 것은 빈 그릇이 되는 것이다. 무엇으로 채울지 고민하다 보면 어느새 채워지는 나의 빈 그릇!

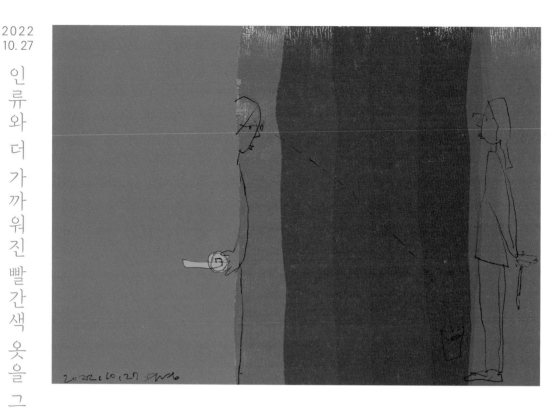

아침에 작업실에 들어섰을 때, 어제 그만 그리고 집에 간 것은 잘했다는 생각이 들었다. 붉은색을 그리다 보면, 밤에 형광등 밑에서 보는 붉은 색은 낮에 자연광에서 보던 색과 많이 다르게 느껴진다. 모든 색이 그렇겠지만, 특히 밤중에 그리는 붉은 색은 내가 느끼는 강도가 다르다. 또 한 가지는 어제의 우중충한 붉은 옷 색은 얼굴색까지 어둡게 보였는데 오늘 좀 더 환한 색을 칠하니 얼굴색도 환해지는 것을 경험했다. 색들도 서로를 돋보이게 해주는 이웃을 만나야 행복해질 수 있다.

"주황색은 자신의 힘을 과시하는 남자와 같다. 노란색 덕분에 인류와 더 가까워진 빨간 색이다."

- 바실리 칸딘스키, '예술에서 정신적인 것에 대하여'에서

인류와 더 가까워진 빨간색 그리기 참 힘들다. 내일도 옷 색깔을 잘 만들어가야 한다.

21일 동안 하루도 빠지지 않고 거의 작업실과 집만 왔다 갔다 했다. 몸은 힘든데 어젯밤에는 잠을 못 잤다. 잠은 너무 자고 싶은데 하루 종일 그리던 그림을 생각하기도 했다. 커피를 너무 많이 마셔서 그런 것 같아서 오늘은 한 잔만 마셨다. 건강하게 오래 그림을 그리고 싶은데... 요즈음 운동량이 너무 부족하다. 시간 조절을 잘 해서 운동을 하러 가야겠다. 할머니가 되어서도 그림을 그리려면...

"기다림은 그런 것이다. 몸은 가만히 있더라도 마음만큼은 미래를 향해 뜀박질 하는 일. 그렇게 희망이라는 재료를 통해 시간의 공백을 하나하나 메워 나가는 과정이 기다림이다. 그리고 때론 그 공백을 채워야만 오는 게 있다. 기다려야 만날 수 있는 것이 있다."

- 이기주, '언어의 온도' 중에서

아
름
다
운
모
습
을
보
았
다

작업실에 가다가 본 아름다운 모습. 언덕의 마른 풀들 사이에 피어있는 노란 꽃을 꺾고 있는 여자를 보았다. 밑에서 어머니는 기다리시고… 얼마 전에도 어머니가 들풀 꽃다발을 두 손에 소중하게 들고 가시는 것을 보았었는데… 오늘도 어머니는 노란 꽃과 붉은 꽃을 소중하게 들고 가신다. 지난번보다는 꽃다발이 풍성하지 않다. 피어있는 들꽃이 잘 안 보인다.

시가 될 첫음절, 첫 단어를
당신에게서 배웠다
…울음을 멈추기 위해 미소 짓는 법을
내 한 손이 다른 손을 맞잡으면
기도가 된다는 것을
…당신은 날개를 준 것만이 아니라
채색된 날개를 주었다
더 아름답게 날 수 있도록…

- 류시화, '어머니'

리듬이 깨졌다. 작업실에 가서 억지로 버티다가 진도가 나가지 않아 집에 와서 감기약을
한 알 먹고 잤다. 감기는 아닌데 자고 싶었다. 한 알 더 먹고 잘 테다. 지쳤다.

잠을 자야
먼 거리도 좁아지는 거다...

- 이생진, '잠을 자야'

405

작업실 창밖의 앞산은 오늘 이랬다. 하늘은 흐렸고, 나무 꼭대기에 달린 노란 잎들은 예쁘기만 했다. 살려고 간 수영 시간은 조금 과장해서 죽을 만큼 힘들었다. 20대일 것 같은 우리 반 선생님은 쉬지 않고 우리를 돌렸다. 그래도 뿌듯! 오리발로 50M 1분 안에 가기. 난 안 되겠지 했는데 된다! 이렇게 나의 가을이 가고 있다.

11월은 모두 다 사라진 것은 아닌 달
빛 고운 사랑의 추억이 남아 있네
그대와 함께 빛났던 순간 지금은 어디에 머물렀을까
어느덧 혼자 있을 준비를 하는
시간은 저만치 우두커니 서있네…
빛고운 사랑의 추억이 나부끼네

- 정희성, '11월은 모두 다 사라진 것은 아닌 달'

아메리카 원주민 아라파호 족은 11월을 '모두 다 사라진 것은 아닌 달'이라 부른다.

오랜만에 본 포대기는 내가 알던

포대기가 아니었다

세월이 참 많이 변했다는 생각이 들었다. 나는 포대기로 아이들을 업고 안고 다녔는데... 지금은 포대기로 강아지를 안고 다닌다. 작업실 가다가 마주친 장면이다. 집에 와서 포대기를 검색해 보았더니 역시나 강아지 용품이 먼저 나온다. 오늘은 그림을 많이 그리지 못했다. 갑자기 손님이 찾아오셔서... 계획이 점점 늦어지고 있다.

어디 쉬운 일인가
나무를, 책상을, 모르는 사람을
안아준다는 것이
물컹하게 가슴과 가슴이 맞닿는 것이
어디 쉬운 일인가...

- 나호열, '안아주'

룻! 미안해! 고마웠어! 안녕!

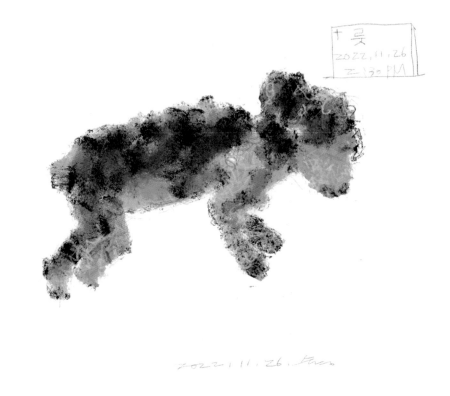

왠일인지 나는 오늘 작업실에 가지 않고 집에 있었다. 청소를 하고 룻의 목욕을 시켜줄 생각이었다. 강아지 룻과 고양이 탕아의 아침밥을 줄 때만 해도 아무렇지 않았다. 방에서 청소기 소리가 시끄러웠을 텐데도 룻은 내 침대 밑에 누워 있었다. "룻!" 하고 불렀는데 쳐다보지 않았다. 혹시나 하고 가슴을 만져 보았는데 숨을 쉬지 않았다. 마지막 똥은 엉덩이에…

혹시나 내가 혼자 잘 때, 내가 집에 들어왔을 때 죽어 있으면? 하는 생각을 하곤 했었다. 집에 오지 못하는 동주가 너무 슬피 울었다. 잠시 후면 시험 출제에 갔던 남편이 집에 오고, 동화는 소식을 듣고 집으로 달려왔다. 추쿤프트 선생님도 오셨다.

이런 거구나

"내가 가장 슬펐을 때가 / 검고 탁하다고 해서 / 밤이 밤이 아닐 것을 바랄 수는 없었다"

-박시하, '밤'

오전 9시 롯의 장례 절차가 시작되었다. 내가 그림을 바닥에 늘어놓아도, 2014년 아주 긴 천에 드로잉할 때도 롯은 밟지 않았다. 무얼 안다고... 비켜 다녔다. 그림을 그리다가 롯을 쳐다보았을 때 마치 엄마의 눈으로 나를 본다는 생각이 들 때가 많이 있었다. 강아지를 무서워하거나 싫어하는 손님이 오시면 나는 의자에 앉혀 놓았는데 가실 때까지 내려오지 않았다. 뛰어내릴 수 있는데... 이렇듯 나는 롯에게 받기만 했다. 병원비가 엄청 많이 든 이웃들을 보며 "롯! 너는 자연사해라!" 하고 말했는데... 그것도 내 부탁을 들어 주었다. 내가 이기적인 사람이라서 슬펐다. 돌아가신 엄마에게도 생각나면 "엄마! 미안해!" 그러는데 이제 롯에게까지 "미안하다" 하고 있다. 모든 절차는 2시간쯤 걸렸다. 고양이 탕아가 아는 것 같다. 다른 때와 다르다.

"살아 있는 것들은 기어이 스스로 아름다운 운명을 완성한다는 것을 알았습니다. 감사합니다. 저도 새들처럼 스스로의 운명을 완성하겠습니다."

- 김훈, 이상문학상 대상, '화장' 수상소감

친구와 꼭 보고 싶었던 '합스부르크 600년, 매혹의 걸작들' 전시를 보기 위해 국립중앙
박물관에 갔다.

브뤼헐 가문과 꽃 정물화 "…17세기 플랑드르에서 독립적인 장르로 발달한 꽃 정물화는
하나의 꽃병에 각기 다른 계절에 피는 꽃을 모아 실제로는 존재할 수 없는 꽃다발을 구성
하는 것이 특징입니다. 꽃병 아래 떨어진 시든 꽃잎과 곤충 등은 시간이 지나면 시드는 생
명의 유한함을 상징합니다." - 설명글

다른 전시실에서 '고려청자' 전시를 보았다. 청자실에서 나올 때 "청자는 고려인의 '파란
꽃'이다" - 고유섭 (1905-1944) 고려청자 - 설명문을 읽었다.

실제로 존재하지 않는 꽃을 두 전시에서 생각해 볼 수 있었다.

박물관에서 하루 종일 스케치 해보고 싶다는 생각이 들었다.

캣타워를 설치했다. 탕아가 처음에는 주변을 빙빙 돌고 올라가지 않았다. 저녁때 유치원 아이 교육시키듯이 한 칸 한 칸 올라가 보게 했다. 새의 깃털과 애착인형을 높이 올려놓고 올라가 보게 했다. 공부가 끝나니, 맨 윗칸에 앉아 나를 보기도 하고, 졸기도 한다. 높은 곳에 올라갈 줄 아는 녀석이었구나!

심심해 / 심심해 / 내가 말했다.

딤딤해 / 딤딤해 / 앵무새가 따라 한다.

딤딤해 / 딤딤해 / 내가 따라한다

심심해 / 심심해 / 앵무새가 말한다.

- 박진형, '심심하지 않아'

이제는 탕아가 심심하지 않을까?

작업실에 가서 제일 먼저 하는 일은 따뜻한 물을 전기 워머에 올려놓는 일이다. 분채물감은 아교물을 섞어 만들어 놓기 때문에 물이 증발하면 굳는 성질을 가지고 있다. 나는 투명한 파이렉스 계량컵을 물통으로 쓰고 있다. 내 그림은 이제 이틀만 그리고 끝내야 한다. 참 신기한 건 약속된 날짜가 되면 완성되어 있다는 것이 신기할 뿐이다.

...물크러진 시간은 잼으로 만들면 된다.
약한 불에서 오래오래 기억을 졸이면 얼마든 달콤해질 수 있다.

- 안희연, '슈톨렌'

Pink Studio, 160×150cm, 한지에 분채, 2022

재
미
있
는

전
시
기
획

^^

7월 22일 3명의 작가가 160x150cm 작품 2점씩 그려서 160x450cm 작품 2점을 만들기로 했다. 화판도 같이 맞추고, 작품이 완성될 때까지는 묻지도 않고, 보여주지도 않기! 과연 세 사람의 작품이 어울릴지??? 색깔은 맞을지??? 모르는 채 진행되었다. 오늘 완성된 작품을 싣고 스튜디오에서 만나 1점씩 작품 촬영을 했고, 1월에 전시할 전시장으로 옮겨 DP를 해보았다. 신기하게도 멋지게 어울렸다. 전시장에서 셋이 하나가 된 작품 2점을 촬영했고, 다시 포장되어 보관 장소로 옮겨졌다. 우리를 초대해 주신 관장님도, 우리들도 작품 앞에서 재미있게 사진을 찍었다. 이 일은 계획에 없었던 일^^

1월 6일에 다른 작품들도 옮겨가서 DP 하기로 했다.

귤이 먹고 싶어요. 말하면 투명한 귤 한 알을 손바닥에 올려두고
손집게로 껍질 벗기는 마임을 합니다
...그런데 틀림없이 내가 혼자서만 골똘하던 어느날
보이지 않는 깨달음으로부터
건네받은 진짜 귤의 유일함
...멋대로 생각해버릴 겁니다.

- 조온윤, '귤'

우리들의 보이지 않던 비밀이 풀린 날. 이런 전시도 재미있네~~~ !

작업실에 가서 물감 접시들을 정리했다. 종이도 붙인 다음 작품에 대한 생각도 정리하고... 장을 봐서 걸어오는 길은 손이 시려워서 집이 멀게만 느껴졌다. 날씨가 꽤 추운 모양이다.

...살아 움직일 때는
고요를 알지 못 한다

...움직이던 것들이 멈추면
방금 전 소란함이
문득 고요해진다.

멀리 걸어온 사람이 소실점이 되어
씨앗처럼 날아갈 때
실리는 바람의 무게처럼

- 권달웅, '고요의 무게'

그림 두 개를 한꺼번에 끝내고 나니 언제 시끌벅적 바빴나 싶게 고요하다.

엎어진 만큼만 이동하는 우리 집 범부채

마당의 꽃들이 죽어서 쓰러지면, 줄기가 엎어진 만큼의 자리까지 이동한다고 어떤 스님이 말씀하시는 영상을 보았었다. 오늘 아침, 범부채가 쓰러져 있는 것을 보았다. 눈이 와서 더 잘 보이는 검정콩 같은 범부채 씨를 보며, 우리 집 범부채는 딱 저만큼 이동하겠구나! 나 역시 딱 내가 한 만큼씩 나아가겠구나! 생각했다.

"사라지는, 살아지는 나는 어떤 느낌을 대면하고 있다. 여기 내 앞에 펼쳐진 삶이 나에게 들려주는 목소리와 육체에 각인되기도 전에 떠나가는 잔상 같은 것, 사라짐으로 살아지는 것. 다시금 최초가 되어 버린 것. 아무도 없음만이 명징하게 남아 있는 것. 그리고 발설함으로써 성질을 완전히 잃은 그것. 모든 순간순간 마주했던, 잠시 내게 삶이었던 것."

- 안리타, '쓸 수 없는 문장들' 책 중에서

겨울엔 생각이 정리되어서 좋다.

10년은 아무것도 아니다, 로 위로받은 날

1월 1일은 누구나 최소한 새로운 계획을 세우고 실천하는 날이다. 나는 실천할 수 있을지는 모르겠지만 매일 작업실에 가서 그림을 그려 보자!로 정했다. 바쁜 날은 단 한 시간이라도…

오늘은 지켰다.

"예술을 이해하거나 직접 창작하는 것도 마찬가지입니다. 그것에는 시간을 잴 수 있는 것은 아무것도 없으며, 10년이라는 세월은 전혀 문제되지 않습니다. 예술가가 된다는 것은 계산을 하지도, 햇수를 세지도 않는다는 뜻입니다. 나무처럼 무성하도록 하십시오. 나무는 억지로 수액을 내지 않으며, 봄의 폭풍우 속에서도 의연하게 서 있습니다. 혹시나 그 폭풍 뒤에 여름이 오지 않으면 어쩌나 하는 불안감을 갖지도 않습니다. 결국 여름은 오게 마련이지만, 근심 걱정 없이 조용하고 침착하게 서 있는, 끈기 있는 사람들에게만 활기로 찾아옵니다."

- 라이너 마리아 릴케, '젊은 시인에게 쓰는 편지. 젊은 시인에게 3' 중에서

10년이라는 말에 위로를 받은 글이다. 나는 딱 10년 멈췄다.

탕아! 아침에 나 좀 깨우지 말기 바람

아침에 일찍 일어나려고 하지만 잘 안 된다. 아침 8시가 넘으면 고양이 탕아가 나를 너무 힘들게 한다. 일어나라고 아주 그냥 난리를 친다. 자다 말고 일어나 먹이를 주고 다시 자려고 하지만 그것을 바라는 것 같지가 않다. 결국은 일어난다. 아예 조금 더 일찍 깨워주면 좋겠다.

늘 고마운
당신인데
바보처럼
짜증내요

- 하상욱, 단편시집 '알람' 중에서

일찍 자고 일찍 일어나야 하는데... 쉽지가 않네...
참! 작년에 그리다 말다 그리다 말다 한 작품 어제 끝냈다!

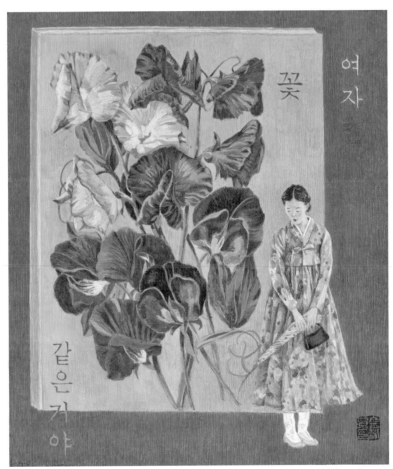

여자는 꽃과 같은 거야!, 35×30cm, 장지에 분채, 2023

오늘 Artist Talk의 질문 중에서 '추후 이어지는 작품세계'에 대해 묻는 질문 때문에 나의 다음 개인전 작품 제목이 정해졌다. 2021년의 전시 제목은 '미스토리- 허스토리(Mystory-Herstory)'였다. 2023년 나의 주제는 Re-Code로 정했다.

6개의 질문에 답을 해야 하는데 1번 질문에서 나는 바보같이 울먹거렸다. 좀 창피했다. 프로 같지 못한 나의 어리버리. 2번 질문부터는 정신 차리고 제대로 답을 해서 다행이었다. 나야말로 또 이런 기회가 온다면 우황청심환을 먹어야 하나? 생각했다.

"Re-code, 세상은 code(암호, 부호)로 구성되어 있습니다. 코드를 풀지 못하면 세상과 소통할 수 없습니다. 소통은 하지만 남이 만든 코드 속에서만 가능합니다. 우리가 배우고 소통하는 내용은 과거의 것만으로는 부족합니다. 내가 만든 코드로 다른 사람과 소통할 수 있다면 내가 세상의 중심이 될 수 있겠죠. 이것을 Re-code라고 합니다. 앞으로 저의 그림은 다른 사람이 만든 코드를 읽고 소통하며, 내가 코드를 만들어 세상과 시간과 공간을 넘나드는 소통을 하고자 합니다."

기억해 놓기 위해 일기장에 적어 놓는다. 내가 어떤 식으로 풀어갈지 나도 궁금하다. 오늘 와주신 모든 분들께 감사드립니다. 꾸벅!

붓 걸어 놓고 좋아하는 나

1. 작업실에 가자마자 어제 받은 내 이름이 새겨진 붓을 가방에서 꺼냈다. 매달린 평붓들 가운데 걸어 놓았다. 뿌듯!

2. 어제 받은 1호 붓으로 그림을 그려보았다. 1호 붓은 인조모로 만들어졌는데 처음에는 사용하던 붓과 느낌이 달랐으나... 집에 올 때 쯤에는 어? 쓸만한데? 하는 생각이 들었다. 동물보호 차원으로 생각하면 내가 쓰던 붓들은 다 동물의 털이었다. 붓의 가격은 점점점 올라가서 가끔씩 또 오르기 전에 한꺼번에 사서 모아 놓는다. (어제 들은 이야기로는 족제비털 1kg에 1억? 추운지방에 사는 족제비라야 된댔음)

3. 내 그림은 세필을 쓰기 때문에 붓이 잘 닳아 없어진다. 그림 하나를 끝내면 내가 붓을 몇 자루를 꺼내 쓴 거지? 하고 생각할 때가 있다.

4. 붓 만드시는 분께 전화해서 붓을 주문해 보았다. 가격이 맞고 붓이 빨리 닳지 않는다면 써볼 만하다는 생각이 들었다.

붓 한 자루,
나와 일생을 같이 하란다.
붓 한 지루야.
우리는 이야기나 써 볼까이나.

- 이광수, '붓 한 자루'

쑥버무리 같은 산을 보았다

'쑥버무리' 단어가 생각나는 산을 보았다. 나무들 위에 녹을 듯 말듯 얹혀있는 모습. 햇볕과 그늘이 만들어내는 멋진 모습. 도로의 눈은 다 녹았지만 산은 그렇지 않았다. 나는 산을 대충 보고 살았거나, 볼 생각을 하지 않았거나, 황사로 잘 보이지 않았거나 했다. 솔직히 쑥버무리 같은 산은 처음 보았다. 그래서 산만 그렸다.

시가 눈에 보이는 것이었으면 좋겠다 싶다가
마음을 고친다
시가 눈에 보이지 않았으면 좋겠다
시가 눈에 보인다면 나는 그것을 바라보는 데 전부를 쓸 것이다

- 정다연, '셰플레라'

오늘은 눈뜨자마자 작업실에 가서 여자의 하얀 블라우스를 그렸다. 시인도 답을 보고 싶은 마음이 있구나! 오늘 산의 모습은 오래가진 않을 것 같았다. 낮에 녹을 수도 있으니까. 잠시 머릿속에 떠올랐다 사라지는 그림에 대한 답처럼...

곤경에 처한 여자, 용은 왜 공주만 잡아갈까? Damsel in distress, 61×50cm,
장지에 분채, 2023

서울역에서 개성까지 기차 타고
소풍 가신 나의 초등학교 선배님^^

오랜만에 추쿤프트 선생님 부부와 남편과 "바닷가에서 사는 사람들은 사먹지 않는다"는 매운탕 집에 갔다. (어제 들은 이야기) 새우튀김의 한이라도 풀듯이 따뜻하고 바삭바삭한 미꾸라지 튀김도 먹었다. 식사 후에는 커피 스미스에 갔다.

나의 국민학교 대 선배님이신 추쿤프트 선생님의 친정어머니께서 1947년 초등학교 때 서울역에서 기차 타고 개성으로 소풍 가셨다는 이야기를 들었다. 6·25전쟁이 일어나기 전이었다. 우리에게는 멀게만 느껴지는 '개성'이 소풍을 갈 수 있을 정도로 가까웠구나! 라며 이야기했다. 정몽주가 피 흘리며 죽어 갔다는 선죽교에 물을 부었더니 붉은색이 선명해졌다고 하셨다는데... 소녀적인 상상력 아니었을까? 귀여운 선배님^^

"기차를 타고 갔다 그날도 라디오를 들었다... 기차를 타고 갔다 버스를 타고 갔다... 버스를 타고 갔다 자전거를 타고 갔다 음악에 실려 갔다 어디로 가니 밤이 내게 물었다 좋은 냄새를 찾아서 신의 요람으로 음악에 실려 갔다 맨발로 뛰어갔다..."

- 강성은, '기차를 타고'

동화에게 반찬을 갖다주고, 약속 시간이 많이 남아 커피숍에 들어갔다. 빨리 도착했다고 알릴 수도 있었지만, 서로가 시간을 아껴서 사는 친구들이라 연락하지 않기로 했다. 커피 좀 줄여보려고 '밤라떼'를 시켰다가 너무 달아서 그냥 그림을 그렸다. 조명 때문에 생긴 두 개의 그림자를 보며 한 시간 남짓 사이에 들었던 나에 대한 평가를 생각했다. 남편은 내가 부츠 신는 것을 보고 젊은 애들처럼 나간다고 했는데, 동화는 나에게 할머니처럼 주섬주섬 많이 가져왔다고 했다.

누구나 알고 아무도 모르는
너무 예민한 거울을 나는 갖고 있어서
나는 나에게서 조금도 달아나지 못했다
머리와 꼬리를 문 뱀처럼
진흙을 빠져나와 다시 진흙으로
뒤따르며 앞장서며

- 배영옥, '그림자와 사귀다' (오정국 시인의 '진흙을 빠져나오는 진흙처럼'을 변형)

나는 젊어 보이고 싶기도 하고, 할머니처럼 이것저것 챙겨주는 사람이고도 싶다.

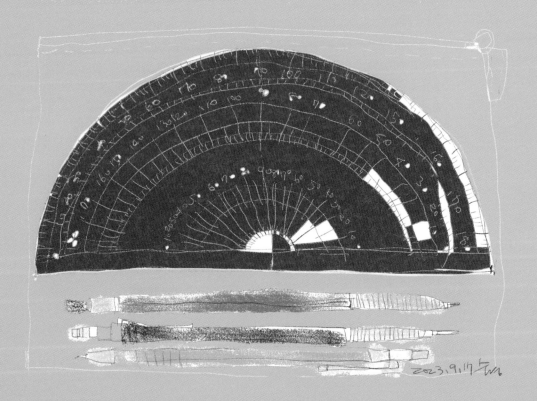

2023.9.17 乞ぬ6

PART 9

그림이 나이고 내가 그림이다
그리고 그것이 자연이고 일상이다

레고는 아이들 장난감만은 아니야 ^^

아침에 본 동영상, 투명한 컵에 1. 큰 돌멩이를 채우고 잔이 꽉 찼느냐고 물었다. 그리고 2. 중간 크기의 돌멩이를 더 붓고 잔이 꽉 찼느냐고 물었다. 또 3. 모래알 같은 것들을 더 부으며 꽉 찼느냐고 물었다. 1은 가족이고, 2는 자기가 하는, 3은 사소한 일들이라고 했다. 가장 중요한 것은 3을 먼저 채우면 1, 2는 채울 수 없다고 했다.

오전에 작업실에 가서 3시간쯤 그림을 그렸다. 주차장 입구에는 층마다 몇 대를 주차할 수 있는지 숫자가 나오는데 오늘은 차들이 없었다. '모두들 가족들과 함께 시간을 보내는구나' 생각했다. 낮에 집으로 와서 밥을 먹고 작업실에 가지 않기로 했다. '가족과 지내야지!'

전시 때 동화가 받았던 레고 선물을 함께 맞추기로 했다. 1, 2, 3의 봉지가 있었는데 동화가 1, 남편이 2, 내가 3을 맡았다. 우리는 '아바타' 레고를 완성했다. 우리는 그 시간 내내 어릴 때 추억을 이야기했다. 나는 레고를 많이 사주었다.

안타깝게도 동주는 오늘 함께하지 못했다. 일을 하고 있다.

거의 내가 그립다면
미래에 그리워할
현재의 나에 주목하라.

- 정선혜, '시간의 마법'

아이패드 펜슬의 촉이 닳아서 손가락으로 그렸다.

2023
1. 26

"눈이 왜 좋냐면… 사라져서" 찡하네!

이번 겨울엔 유난히 눈이 자주 내린다. 오늘도 눈이 내렸다. 작업실 창가에 보이는 산은 매일매일 다른 모습을 보여준다. 색으로 말할 때가 있고, 선으로 말할 때가 있다. 오늘은 한 덩어리가 아니었다고 말을 하고 있다.

"내가 겨울을 사랑하는 이유는 백 가지쯤 되는데, 1번부터 100번까지가 모두 '눈'이다. 눈에 대한 나의 마음이 그렇게 온전하고 순전하다. 눈이 왜 좋냐면 희어서, 깨끗해서, 고요해서, 녹아서, 사라져서,"

- 한정원, '시와 산책'

5층짜리 캣타워를 층층이 올라가면 안전하겠지만, 기분이 좋을 때는 바닥에서 테이블로, 테이블에서 4층으로 곧바로 날아간다. 처음에 테이블에서 4층으로 가려다가 바닥에 꼬꾸라지듯이 떨어졌으나... 지금은 아주 능숙하다. 떨어졌다고 포기했으면 오늘의 멋진 모습 탕아는 없다! 고양이에게서도 배울 점이 많다.

나는 내일 아침부터 일찍 일어나 하루 2번의 6시를 맞겠다고 계획을 세웠다. 오늘부터 자는 시간을 앞당겨야겠다!

그대에게 당도하기엔
아직 멀고 추운 사랑의 온도

이곳은 여전히 바람 불고 말들은 지쳤다
... 사랑의 온도 꽃으로 피어오르는 그곳으로
간다고 전해라

- 리산, '녹색마차'

동주가 어젯밤에 집에 왔다가 오늘 오후에 갔다. "나는 엄마, 아빠 DNA를 안 받았나봐!" 해서 "너는 아빠가 20대에 하던 행동과 똑같아!" 아빠를 닮았다니 좋아하는 것 같았다. 그런데 진짜로 똑같은 행동을 하고 있다. 나는 그 모습을 보고 부모를 닮고 싶어 하는 그 마음이 느껴져서 좋았다.

엄마, 아빠를 싫어하지 않음이 좋아서...

동주가 가는 것을 지켜봐 주고 작업실에 갔을 때, 앞산은 윗부분 조금만 남기로 해가 넘어가고 있었다. 앞산을 그리다 보니 어느새 검은 하늘로 바뀌어 버렸다.

나는 이제 강물을 따라 흐를 줄도 알게 되었다
강물을 따라 흘러가다가
절벽을 휘감아돌 때가
가장 찬란하다는 것도 알게 되었다
해 질 무렵
아버지가 왜 강가에 지게를 내려놓고
종아리를 씻고 돌아와
내 이름을 한 번씩 불러 보셨는지 알게 되었다

- 정호승, '아버지의 나이'

작년 10월 29일에 산 앤틱 책을 세 달이 지난 오늘 찾으러 갔다. 87km나 가야 해서 이제 서야 갔다. 나는 독일 말을 모른다. 그런데 그 책에는 1944년 아빠가 딸에게 보낸 편지가 들어있다. 그래서 샀다. 필기체로 적혀있어서 하나도 모르겠다. 다시 가서 독일사람 유디 트에게 해석해 달라고 해야 하나? 모르면 또 어때? 하는 생각도 했다.

책을 받았고, 내 생일날 남편이 준 돈 가져가서 내 취미 생활하고 왔다. 다 쓰지 않았다. 잘 놔두었다가 다음에 또 갈까 보다.

"1944년 3월 18일(제2차세계대전이었죠), 어떤 아빠가 딸에게 작은 약초 책을 보냈어요."

("...약속했던 책 이제 보내줄게...")

이 글을 보고 샀다. 책은 앙증맞게 예쁘고 약초 그림들 예쁘다. 언젠가는 그림으로 그리 고 싶다. 책 사놓고 오랫동안 오지 않아서 궁금했다고 하셨다. 그림 그리느라 못 갔었다.

세상의 엄마들은 오래 살아야만 해요

나와 같이 대학원에서 공부했고, 나의 고등학교 선배인 언니가 오늘 새벽 하늘나라로 갔다.

아기 낳을 때보다도 더 아프다면서도, 인간의 존엄을 지키고 싶다고 했다. 언니는 여자의 삶에 최선을 다했다. 아프면서 나누었던 많지 않은 이야기들... 참 존경스러웠다. 언니의 장례식장에서 딸은 엄마랑 절친이었고 베프(best friend)였다고 했다. "세상의 모든 엄마들은 오래 살아야 해요. 그러니 오래 사세요!" 했다. 그 딸은 이제 24살이다. 언니가 딸과 나눈 대화들은 아프면서도 귀엽고, 명랑했다.

나는 아주 적은 것을 말하여 왔다
짧은 한나절.
짧은 밤.
짧은 세월.

나는 아주 적은 것을 말하여 왔다.
내 할 바도 다하지 못하였다...
- 체스와프 미오슈, '아주 적은 것을'

나는 그냥 또 미안하다. 그래서 울었다.

모레부터는… 작업실에 문 닫고 들어가 안 나올 예정

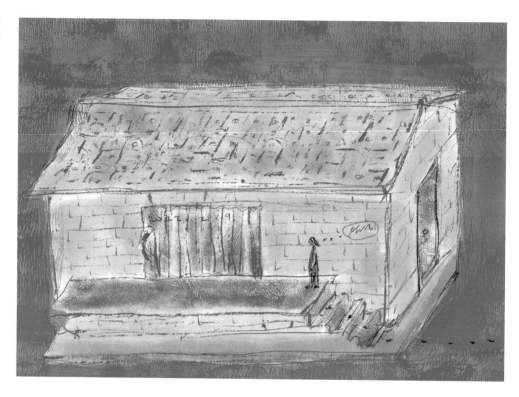

나는 아침에 일어나 물감이 아무렇게나 묻어도 좋은 편한 옷을 입고 작업실에 간다. 눈을 뜨자마자 커피 한 잔만 마시고 갈 때도 많다. 내일은 꼭 나가야 하는 날이다. 모레부터는 작업실에 문 닫고 들어가 나오지 않을 예정이다. 스스로 나를 가두지 않으면 작업을 할 수 없다!!!

내가 세상에 와 입은 옷은 몇 벌이었나…
몇 십 년 입은 옷 그게 바로 내 그림자 내 남루지.
누군들 헌 옷처럼 남루한 적 없었겠나…
옷 입는 일은 늘 그렇지 습관처럼 관습처럼 나를 따라 다니지…
한 몸에 빛과 어두움을 입고 벗는 옷 그러는 동안 여기까지 왔네
옷의 일생은 늘 그렇지 그대여 옷이란 그런 것이네 옷과 함께 잘 낡아가는 것이네.

- 천양희, '옷 입다 생각하니'

목
탄
부
자
!

목탄 3박스를 샀더니 10개씩 30개가 되었다. 상자에 다 쏟아 놓으니 부자가 되었다. 어제만 해도 가난하게 손톱 만한 것도 아끼면서 칠했는데...

나는 밑그림 그린 뒷장에 목탄을 칠하고 손바닥으로 잘 뭉갠 뒤, 장지에 베껴낸다. 베껴낸 그림은 내 손이 지나가면 지워지기 때문에 또다시 연필로 그 위에 그려야 한다. 내가 항상 느끼는 건데 처음 밑그림 그릴 때의 섬세한 느낌은 장지에 베껴지고 나면 그 느낌은 없다. 색을 칠하면서 다시 그린다고 봐야 하는 그런 작업이다. 한 화면에 두 사람이 그려졌다. 한 사람을 더 그릴지는 채색하면서 생각하기로 했다. 오늘 오후 채색을 시작했다. 야호!

"목탄 – 그림 그리는데 쓰는, 가느다란 막대 모양의 숯. 결이 좋고 부드러운 오동나무나 버드나무 따위를 태워서 만드는데 연필과 달리 연하고 입자도 거칠다."

- 국어사전

"과거 일본과 한국에서는 미대 입시에 목탄 석고데생이 있었으며, 입시 미술이 아니더라도 기초 단계에서 목탄으로 그리게 했으나, 시커먼 먼지가 날리고 주변이 더러워지는 데다가 입시 실기 시험을 칠 때 다른 사람의 옷에 치여 그림이 지워지거나 실수를 가장해 고의로 남의 그림을 망쳐 놓는 일이 일어나 연필 데생으로 바뀌었다."

- 나무위키, '숯'에서

이런 일도 있었구나!

친구가 '말하는 대로 된다'고 경험담을 이야기했다. 신기하다며... 나의 생각도 말로 하면 이루어진다고 꼭 해보라고 했다. 그래서 오늘은 말과 씨를 그렸다. 아재 개그가 아니고 아재 드로잉? 외우기 쉽잖아!!

"'말'을 늘려서 발음하면 '마알'이 됩니다. 이를 풀이하면 '마음의 알갱이'란 뜻이 됩니다. 말은 마음의 알갱이에서 나옵니다. 말이란 마음을 쓰는 것입니다. 말을 곱게 쓰는 사람은 마음을 곱게 쓰는 사람입니다. 반대로 말을 험하게 하는 사람은 마음을 험하게 쓰는 사람입니다. 말에는 세상을 창조할 수 있는 미음의 힘이 들어 있습니다..."

- 윤태익, '당신 안에 모든 답이 있다' 중에서

동백 꽃이 떨어질 때 나는 소리 들었다

새로 시작한 그림의 고민이 많아졌다. 한 사람만 그릴까? 두 사람 다 그릴까? 배경을 빨강으로 할까? 빨간 꽃을 그려 넣을까? 식물원에 갈까? 하다가 꽃집을 갔다. 다알리아를 그리고 싶은데 계절상 찾을 수는 없고... 동백을 보았다. 내가 생각한 동백꽃은 작은 나무에 꽃 한 송이가 열렸고, 겹동백을 보니 나무도 좀 그릴만 하고 꽃도 몇 송이 피어있었다. 나는 화려한 것을 좋아하나 보다. 겹동백이 예뻤다. 꽃집 청년에게 가격을 물어보는데 꽃이 툭, 툭 두 송이가 떨어졌다. 손바닥에 올려놓았다. "떨어진 꽃은 가지고 가서 그릴래요." 했다. 꽃이 하나도 시들지 않았는데 툭- 떨어지는 건 왜지? 작업실에 가져와 물감 접시 위에 물을 붓고 띄워 놓았다. 나무도 같이 데려왔는데... 두 사람을 다 그리면 몇 송이 그리지도 못할 것 같다는 생각을 했다. 그림 그리는데 화분까지 사야 하는 거였나? 그래도 잘만 키우면 동백꽃을 매년 볼 수 있겠지?

"...멀리 꽃향기를 날리는 대신에 쇳덩이 추를 달고 떨어지는 독한 것, 동백은 죽어 제 그늘 위에서 다시 피어나는 꽃이다 산문을 닫아건 채 자신의 중심을 물들이며 추락하는 저 얼얼한 꽃빛이 땅땅 쇠종 소리를 낸다."

- 손택수, '동백 사원'

겹동백은 크고 무거워서인지 떨어지며 땅땅 쇠종소리를 낸다는 말을 체험했다.

전에 맞춘 아크릴 액자가 깔끔하게 마무리가 되지 않아 마음에 걸려 다시 맞췄다. 작품 할 때는 은근히 까다로운데... 덜렁대다가 얼마 전 잃어버릴 뻔했던 그림 두 점, 전시 끝나고 작품 수 제대로 안 세서 다른 곳으로 갔다 온 것 한 점을 포함한 7점.

오늘은 액자 집 앞에서 자동차 키 차 바닥에 떨어뜨리고 10분은 찾았다. 아저씨가 웃었다. 잃어버렸을 때는 차 키에 줄을 길게 매달아야 하나? 생각했다.

처음으로 집에 오면서 뒤에 실린 그림 값을 계산했다. 이 그림들 다 합치면 얼마지? 나는 부자다!

잘사는 나라에서 인물화가 잘 팔린다는데... 우리나라가 좀 더 잘살게 되었으면 좋겠다.

...인생의 정답을 알 순 없지만 / 답과 가까워지려고 열심히 달리는 당신 / 오늘도 수고 했어요

...꿈에게 계속 말을 걸고 쓰다듬어주는 당신 / 오늘도 수고했어요

...나를 아는 사람 / 나를 모르는 사람 / 수고했어요.

- '아름다운 시와 노래' 중에서 '오늘도 수고했어요'

10년만 나이가 젊었으면 좋겠다고 생각한 날

오늘은 내가 10년만 젊었으면 좋았겠다고 생각했다. 열심히 하고 싶은데 나이가... 많아졌다. 감기 때문에 마음이 약해졌나?

"폐암 3기 판정을 받았다. 평생 담배를 물고 살았다. 심근 경색으로 쓰러지고서야 담배를 끊었다. 내 나이 아흔둘, 당장 죽어도 장수했다는 소리를 들을 텐데 선물처럼 주어진 시간이라 생각한다. 작업에 전념하며 더 의미있게 시간을 보낼 것이다. 요즘 많이 걸으며 운동하는 것은 더 오래 살기 위한 것이 아니라 좀 더 그리기 위한 것이다. 사는 것은 충분했는데 아직 그리고 싶은 것이 남았다. 그 시간만큼을 알뜰하게 살아 보련다. 이 소식을 듣고 놀라서 연락하려는 사람들 많을 거다. 하지 마라. 내게는 이제 그 시간이 아깝다. 그래도 말을 남기고 싶으면 문자를 넣어라. 문자가 공허한 사람들은 편지를 쓰고 우표를 붙여 우체통에 넣어라. 쉬는 시간에 정성껏 읽어보겠다... 내 소식은 앞으로 이렇게 간간이 전하겠다. 다시 한번 부탁하건대 안부 전화하지 마라. 나는 캔버스에 한 줄이라도 더 긋고 싶다."

- 박서보

평생 그림을 그리셨어도 이런 마음이신데... 구구절절이 마음에 와닿는 것은 나도 나이가 들었다는 것을 실감하고 있어서인 것 같다. 하루하루를 아끼며 그림 그리실 박서보 선생님을 응원하며... 나도 오늘은 작업실에 가서 그림을 열심히 그리고 집에 왔다.

100호 5개 화판을 어떻게 한 작품으로 구성할지 머릿속으로만 대강 생각하고 있었다. 오늘 아침에 '마트료시카' 인형을 보면서 생각을 굳혔다. '큰 작품하다가 작은 작품들은 언제 할래?' 하는 불안감도 있으나… 해보고 싶다. 3일을 비웠더니 작업 시작하기 힘들다. 270일 남았다. "김숙경을 찾지 마시오!"

"엄마가 딸을 품는 것처럼 큰 인형 속에 작은 인형, 그 속에 또 작은 인형들이 들어있고 맨 마지막에는 강보에 싸인 아기 인형이 나오도록 만들었다. 여성으로 바뀐 목각 인형은 러시아에서 많이 쓰이는 '마트료나(Matryona)'에서 따온 '마트료시카'라는 새 이름을 갖게 되었다. 영어의 'Mother'와 마찬가지로 이 '마트료나'도 '어머니'를 뜻하는 라틴어 'Mater'에서 유래했다."

- N 지식백과

마트료시카를 보고, 나는 어떤 작품을 만들어 낼까? 나도 궁금하다.

작은 일들이 무수히 반복되며 살아가는 거지 뭐!

돌돌-3-5. 수가스

"얼굴하고 머리하고 올게." 하고 말하니, 남편이 "누가 들으면 미용실에 가는 줄 알겠다!" 라고 해서 우리는 웃었다. 내가 오늘 작업실에서 그릴 그림의 계획을 말한 거였다. 오늘은 동화에게 집밥을 먹였다. 동화 친구까지도… 보통 작업실을 두 번 왔다 갔다 하는데 오늘은 세 번이다. 저녁을 먹고 다시 왔다. 화장실에 가다가 옆의 사무실 여자를 만났다. 우리는 이 밤에 서로 아무도 없을 거라는 생각을 했었나 보다. "전시회 또 하시나 봐요" 했다. 밤에 같이 있다는 생각을 하니 든든하다.

삶은 작은 것들로 이루어졌네
위대한 희생이나 의무가 아니라
미소와 위로의 말 한마디가
우리의 삶을 아름다움으로 채우네
…시간이 책장을 넘기면
위대한 놀라움을 보여주리

- 메리 R. 하트만, '삶은 작은 것들로 이루어졌네'

441

윗도리가 된 브라!

이것을 입을 수 있는 사람!

'마이크로 브라'는 옷이다. 상의(윗도리)로 입는다. 이런 옷을 소화할 수 있는 사람은 많지 않을 것 같다.

모델들은 재미있겠지? 이런 옷들을 입어보는 재미! 유행을 하는지... 올 여름을 지켜보아야겠다.

나는? 못 입는다. / 오늘 나는 내가 느끼는 모든 것을 아는 / 한 친구를 발견했다 / 그녀는 내 약점을 알고 / 내가 겪은 문제들을 안다 / 그녀는 내 놀라움을 이해하고 / 내 꿈에 귀를 귀울인다 /...그녀는 내가 겪고 있는 것을 이해하고 / 오랫동안 내 곁에 머물겠노라고 약속했다 / 내가 얼마나 그녀를 필요로 하는지 알게 하려고 / 나는 그녀에게 손을 뻗었다 /...나는 깨달았다 내가 발견한 그 완벽한 친구는 단지 거울이었음을

- 샨넌 라스, '완벽한 친구'

오늘 하루 종일 그림을 그렸으나 어제와 별로 달라지지 않았다. 나오면서 생각했다.

'그림에게 뭐라 하겠어! 그림이 나인데...'

어떤 부분이었냐면? 'ㄴ ㅈ'

C:\ > CD HHK21CM/HHK.EXE

'시를 그림같이 풀어냈다'는 생각을 했다. 그래서 그림으로 그려 보았다.

내 아이패드 자판에 한글 표기가 없어서 헤매는 나를 떠올리기도 했고...

처음으로 컴퓨터로 글을 쓴다.

캄캄한 새벽, / 컴퓨터 책상 앞에 앉아 글을 쓴다.

나는 방금 바로 위의 문장을 쓰면서도 / 한참이나 당황했었다.

키보드의 문자에 '앉'자의 'ㄴ ㅈ' 자가 보이지 / 않았기 때문이다.

캄캄한 새벽, 어쨌든 나는 처음으로 글을 쓴다.

바로 위의 문장을 써놓고도 나는 다시 한참이나 / 생각에 잠겼었다.

마치 말을 처음으로 배우는 애처럼, 그대여.

...좋은 글을 쓸 수 있었으면 좋겠어요. 선생님의 도움으로 좋은 글을 막 쓸 수 있으면 좋겠어요.

...C:\ > CD HHK 21CM/HHK. EXE

그대여, 그대여, / 나의 새로운 친구여, / 벗이여.

- 박남철, '시작'

어떤 일을 시작하든 '시작'은 서툴다. 누구나 다...

종이 붙이기 누가 해주면 좋겠어!

이제는 종이 붙이는 일이 힘들고 귀찮다. 100호에는 갱지(시험지를 생각하면 됨) 전지 4장을 이어 붙여야 한다. 내가 아는 화가들은 노루지를 쓴다고 하는데, 처음에 무엇으로 배웠는지가 평생을 좌우하는 것 같다. 나는 노루지는 그림 그리다가 뚫어질 것 같은데 다들 질기다고 했다. "풀칠도 귀찮고... 누가 해주면 좋겠어..." 하다가 남편이 돕기로 했다. 오늘 오전에 100호 두 개를 붙였다. 같이 하니 심심하지도 않고 빨리 할 수 있었다. 종이에 스프레이로 물을 뿌려 놓고 왔다. 내일 작업실에 갔을 때, 종이가 팽팽하게 잘 펴져 있으면 좋겠다. 아직 화판 3개 남았다. 오후엔 COEX에서 화랑미술제를 보고 왔다. 신기했던 건 미술관 관장일 것 같은 사람, 화가일 것 같은 사람, 그림을 사러 온 것 같은 사람들이 구분이 되어 보여졌다는 것? 나는 관찰자 입장이었으니...

...밤이 되면 포플러 나무는 / 온갖 색을 끌어안고 잠들어 있습니다 / 불안과 평온을 오가며

우리는 함께 이동 중입니다 / 거울 속에는 아직 그곳에 도착하지 않은 내가 있고 / 이곳의 나는 자꾸만 희미해져 갑니다

- 안희연, '에프트'

작업실 정리는 필수 준비 땅!

그림이 하나 끝날 때마다 작업실은 새롭다. 이유는 크지 않아서 정리하고 또 정리해야만 한다. 특히나 이번에는 더욱 그렇다. 100호 그림 5개를 펼칠 수가 없다. 돌아가며 벽에 붙여놓고 연결해서 보며 그릴 예정이다. 1, 2, 3화판은 갱지를 붙였고, 4, 5엔 장지를 붙였다. 세 장의 밑그림 먼저 그리고 나서 두 장의 밑그림을 더 그릴 예정이다. 구체적인 계획은 없다. 1을 그리면서 2를 생각하고, 2를 그리면서 3을 생각하고... 이런 식으로 나를 이끌어 봐야지! 작은 이젤엔 작은 그림을 그릴 밑그림이 완성되었다. 이제 준비가 되었다. 준비 땅!

"무엇이든 개의치 말고 나만의 생각과 방법으로 나아가면 됩니다. 결국 내가 겪어내고 버텨왔던 지난한 시간들이 나를 지탱해 줄 힘이 될 테니까요. 그럼에도 불구하고 당신은 결국 무엇이든 해내는 사람입니다. 다 잘될 것입니다. 그러니, 당신을 믿으세요."

- 김상현, '당신은 결국 무엇이든 해내는 사람'

책 표지에 _____, 결국 무엇이든 해내는 사람으로 되어 있다.

그래서 나는 _____ 안에 김숙경을 넣는다.

전
시
장
오
늘
의
마
지
막
관
람
자,
엄
마
와
딸

갤러리 문 닫을 시간에 온 마지막 관람객은 엄마와 딸이었다. 어린 딸은 내 그림을 보며 엄마에게 뭐라 뭐라 이야기를 하고, 엄마는 귀 귀울여 듣고 있다. 주고받는 이야기가 무엇이었냐고 물어보고 싶었지만... 나는 꾹 참고 갤러리를 나왔다. 아빠는 갤러리 밖에서 유모차의 아기를 데리고 기다리고 있었다. 아~! 궁금해라 ~~~

딸아, 사랑한다.
네가 없는 세상은 상상할 수 없어.
내 인생에서 가장 잘한 일이
바로 너의 엄마가 된 거란다.

너를 만난 후 내 인생은
비로소 인생다워졌어,
충만하고 아름다운 하루하루를 선물해준 너.

내 딸로 태어나줘서 고마워.

- 신현림, '딸아 외로울 때는 시를 읽으렴' 중에서

RETRO 감성의 하루, 70×115cm, 장지에 분채, 2023

조
심
히
다
녀
오
겠
습
니
다
!

"조심히 다녀오겠습니다." 몇 달 전 동주는 친구들에게 물어보았는데 부모님께 작업비를 받는 것은 다들 아니라고 했다면서 힘들게 돈을 벌었다. 차로 다니면 연료비와 주차비를 감당할 수 없다고… 돈을 모아 오토바이를 샀고, 여행비를 마련했다. 자신의 이야기를 책으로 만들어 보고 싶다고 했다. 어제까지는 준비를 했고, 비가 부슬부슬 내리는 오늘 카메라 가방을 메고 전국 일주를 떠났다. 철원에서 시작해서 남으로 남으로 제주까지 가서 다시 북으로 북으로 올라와 돌아올 예정이다. 비도 맞고 옷도 얇고 추워서 화천에 숙소를 얻었다고 했다. 첫날부터 철원까지는 가지 못했나 보다. 군대 GOP경험이 있으니 잘 다녀올 것 같다. 오늘 길에서 학원 현수막을 보았다.

"바보처럼 공부하고, 천재처럼 꿈꾸어라!"

우연히 길에서 요런 모습의 동주를 만나면 토닥토닥 힘을 주시길 부탁드립니다.^^

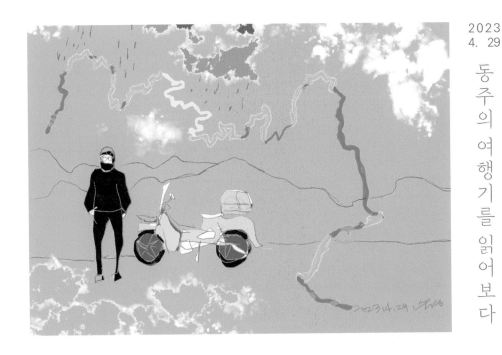

어제 동주가 태백산맥을 넘어 경상북도에 도착했을 때 눈물이 나왔다고 했다. 8시간 동안 산길을 달렸다고... 산을 여섯 개 넘었다고 했나? 밤이 되어 산길을 달렸다면 정말 무서웠을 것 같은데, 다행히 저녁 시간에는 도착했던 것 같다.

"무모하고 똥고집으로 살아온 것에 대한 후회가 많았습니다. 하지만 그런 경험들과 후회들이 없었다면 저는 여행을 계획하지도 못했을 겁니다.

만류하는 사람들이 많았습니다. 근데 당신들의 말을 듣지 않고 떠난 것에 대한 후회는 없습니다. 오히려 말을 들었다면 저는 죽을 때까지 후회를 했을 겁니다.

많은 것을 몸으로 느낍니다. 아직 끝이 나지 않아서 기쁩니다. 언젠가 이번 여행이 끝이 난다면 정말 많은 것을 깨닫고 살아갈 거라 확신합니다.

홀로 가본 적 없는 땅을 다니며 / 완벽한 타인들과의 대화들 / 응원의 말과 후한 인심들 / 온정 언젠가 나도 이렇게 베풀 것이라며 계속해서 잊지 않고 다짐해봅니다. / 삶이 정이 없어지고 힘들어도 제발 이때의 감정들이 사라지지 않기를 바랍니다.

멍하니 술잔 앞에 앉아 하루를 곱씹으며 행복해합니다. 삶이 입체적으로 느껴집니다.

언젠가는 무모한 짓을 저질러 보는 것도 꽤나 큰 쉼표가 될 것이라 조심스레 어린놈이 얘기해 봅니다. / 이제 거의 절반 온 동주 올림."

남편과 내가 여행을 만류하지 않아서 다행이라고 생각했다. 오늘은 여기는 비가 내렸다.

비가 내리냐고 전화도 못 했다. 달리고 있을까 봐서...

오늘도 잘 도착했다.

은
방
울
나
무
아
래
에
…

노동절이다. 절대 잊지 않을 날에… 한지 주머니에 들어있는 한 줌도 되지 않는 룻을 내가 좋아하는 은방울 나무 아래에 묻었다. 그리고 테라코타로 만들어진 작은 십자가로 흙에 가려지지 않게 잘 덮었다. 은방울 나무는 작지만 몇 년째 추운 겨울을 잘 견디며 자라고 있고, 잎이 백록색으로 되어 있어 참 예쁘다. 룻도 작았으니 편안한 자리를 잡은 것 같다. 햇볕도 잘 드는 곳이다. 룻! 맘에 들지?

여기 오래된 약속이 하나 있다
잊으라는 목소리가 하나 있다
잊지 말라는 목소리가 하나 있다

- 이제니, '사몽의 숲으로'

"하도에서 진 빼지 마라! 작품에서 최선을 다해야지!" 학교 다닐 때 황창배 선생님께서 하신 말씀이다. 요즘에서야 말을 잘 듣고 있다. 밑그림은 인물만 대강 그려 놓고 채색을 시작한다. 시작할 때 머리 속에서 반, 그리면서 생각의 나머지 반을 채워 나간다. 그러니까 나도 무슨 그림이 될지 잘 모르고 시작한다. 오늘의 문제는 100-4까지 밑그림을 그려 놓고 나서 100-5의 아이디어가 마음에 들지 않아 '100-5를 빼버려?' 하고 집에 왔다. 남편에게 말하니 "계획대로 5장 그려!" 교수님이 바뀌었나???

"알겠어! 해야지! 할께!" 100-5 생각! 생각! 생각...

잘 버티고 있다

그거 하나쯤이야 / 사는 데 문제없으므로
나를 버리고 싶은 생각을 겨우 참아 본다
...이런 생각은 그만 접어두자 말하며 / 이런 생각은 그만 잊어버리자 생각하며
운동장을 잊을 정도로 돌았다
잊으려 할수록 또렷해지면 대개 그 생각이다 / 그러면 주먹을 쥐었다
...두어 번 주저앉았지만 일어나 마저 운동장을 돌기로 했다

- 유수연, '믿음 조이기'

사실은... 100-5가 있어야 그림 이야기가 완성된다.

451

시
가
이
해
되
는
나
이

1. 화선지 붙이기 잘 끝내고, 장지까지 잘 붙여놓고… 벽에 기대놓다 화판이 쓰러져 종이에 구멍 날 뻔했다. 다행히 3 배접이라 움푹 패인 자리에 물을 뿌리니 살아났다. 휴유!

2. 시를 읽었다.

시가 이해가 되는 건 내가 나이가 들었다는 것. 엄마는 여자가 아니고 그냥 '엄마'라고 생각했던 적이 있었다.

…허리 굽고, 눈물 괴는 노안이 흐려오자
마루에 걸터앉아 먼 산 바라보신다
칠십 년 산 그늘이 이마를 적신다
버섯은 습생 음지 식물
어머니, 온몸을 빌어 검버섯 재배하신다
뿌리지 않아도 날아오는 홀씨
…아무도 따거나 훔칠 수 없는 검버섯
어머니, 비로소 혼자만의 밭을 일구신다

- 반칠환, '어머니5 – 검버섯'

내 그림의 주인공들은 내 안의 나였음

100-1의 그림에 들어갈 내용을 채우고 있다. 100-1의 생각이 정리되니 100-2의 내용도 조금씩 채워지고 있다. 밑그림 과정이지만 '결국은 내가 좋아하는 쪽으로 여자들을 끌고 가고 있구나' 하는 생각이 들었다. 내 그림의 주인공들은 결국 내 안의 모습이다. 5장의 그림의 배경색이 하나로 이어질지, 각자 다른 색으로 그려지게 될지는 좀 더 생각해 보기로 했다. 아직은 결정 장애!

...하지만 새로운 도전이란
잠시 혼란스럽고 불행하기 마련
마침내 지친 그들은
자기 자신에게로 돌아오지

내가 찾던 것 있었네
바로 내 안에 있었네...

- 수잔 폴리스 슈츠, '내 안에 내가 찾던 것이 있었네'

작업실 가는 나의 바뀐 복장

나의 달라진 모습은 모자, 선그라스, 자외선 차단 복면 마스크, 자외선 차단 옷 입고 자전거를 타고 작업실로 간다는 것! 진작에 이러고 다닐 것을... 자외선 차단 옷은 바람이 더 잘 느껴지고 시원하다는 것을 요즘에서야 느낀다.

바람이 부는 까닭은
미루나무 한 그루 때문이다

미루나무 이파리 수천수만 장이
제 몸을 뒤집었다 엎었다 하기 때문이다

- 안도현, '바람이 부는 까닭'

키 큰 나무에 꽃이 핀다는 것을 나는 몰랐다. 화려했던 이팝나무의 꽃들이 지고 나니 산딸나무에 꽃이 피었다. 산딸나무를 처음 보았을 때 나는 얼마나 놀랐었는지... "나 꽃!" 나무에 커다란 하얀 꽃이 눈처럼 내려앉은 모습은 신기하기만 했었다. 오늘 산딸나무에 꽃이 핀 것을 보았다.

산다는 것이
어디 맘만 같으랴

바람에 흩어졌던 그리움
산딸나무 꽃처럼
하얗게 내려앉았는데

오월 익어가는 어디쯤
너와 함께했던 날들 책갈피에 접혀져 있겠지

- 목필균, '오월의 어느 날'

전국 일주 끝낸 동주! 무사 귀환!

얼굴과 손등이 새까맣게 탄 동주가 전국 일주 여행을 끝내고 무사히 돌아왔다. 혼자 다니니 2인분을 시켜야하는 밥은 사먹지 못했고, 여행의 날짜를 늘리느라 먹는 것을 줄였다고 했다. 생각을 많이 했고, 매일 글로 적어 기록해놓았다고 했다. 실패할 거라고 한 사람도 있었고, 오토바이 여행은 위험하니 하지 말라는 사람도 있었다고 했다. 멋있게 살아가고 싶고, 돈도 많이 벌어 엄마 아빠께 돈도 드리고 싶다고 했다.

"인생은 결국, 어느 순간에 누구를 만나느냐다."
- 유병욱, '생각의 기쁨' 책 중에서

혼자서 여행한 것도 참 좋았다고 했다.
동주가 여행 중에 만난 사람들은 어떤 사람들이었을까?
여행 후 생각이 더 많아진 동주를 그렸다.

불안한 꿈을 꾸고, 밑그림을 완성했다

며칠 전에는 꿈에 지도교수님이 학교앞 카페로 찾아오셨고, 오늘은 꿈에 친구가 스케치북을 들고 그림에 대해 이야기하자고 집으로 찾아왔다. 저녁때 전화를 걸었다. 친구도 그림 그리느라 바빴다. 아침에 꿈을 꾸었는데 저녁에 전화하냐고 그랬다. 불안한 꿈을 꾸고 나서 100-5 밑그림을 완성했다. 100-4 밑그림도 마무리했다.

"그런 날이 있었어요... 완벽한 그림이 아닐까 봐서요. 미완성이거나, 잘못 섞인 색이 쓰였거나, 혹은 모두에게 인기가 없는 매력 없는 그림일까 봐 오지 않은 미래를 두려워하던 그런 날이 있었어요."

- 청춘유리, '오늘은 이 바람만 느껴줘' 책 중에서

...는 (제 꿈이, 제 미래가)였는데 (...)요 말만 빼면 기가 막히게도 요즘 나의 마음이다.

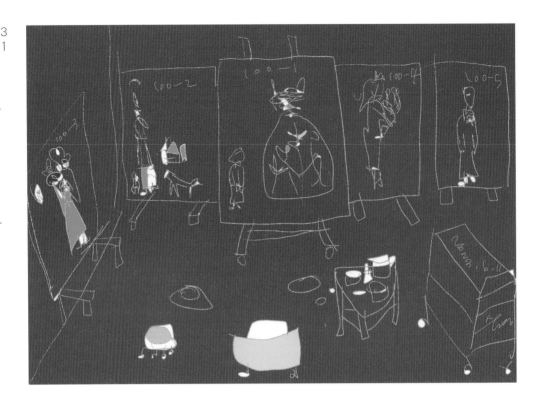

바닥에 순서대로 늘어놓고 시작했던 그림의 자리를 바꿨다. 쪼그리고 앉아 그리니 무릎이 아파서... 100-1을 이젤에 올려놓고 그리니 좀 편해졌다. 중앙 냉난방 시스템 때문에 주말에 더웠다. 어제는 실외기 없는 에어컨을 주문했는데 후회하는 것 아닌지 모르겠다.

100-1 치마 속은 빨리 끝낼 줄 알았는데 해도 해도 끝이 없어 불안하다. 에이 모르겠다! 시간이 지나면 완성되어 있기를...

어린애는 젖니를 기르다 / 7살이 되면 모든 치아를 가네. / 14살이 되면 신은 성장의 표시를 / 그의 몸에 드러내게 하네. / 셋째 7년 동안은... 피부에선 성년의 티가 나네. / 넷째 7년 동안 사람은 힘이 절정에 달하고 / 자신의 탁월성을 한껏 드러낼 일을 찾네. / 시간이 지나 다섯째 7년이 되면 / 사람은 결혼과 장차 대를 이을 자식을 생각하네. / 여섯째가 되면 사람의 정신은 충분히 원숙하여 / 불가능한 일을 시도하지 않네. / 일곱째 여덟째 14년 동안 사람은 / 지혜와 말솜씨가 절정에 이르네. / 아홉째 동안도 아직은 일을 할 수 있지만 / 말과 생각은 무디어지네...

- 솔론, '7년 단위로 본 인생'

내가 요즘 그리고 있는 그림과 비슷한 시를 찾았다.

자전거로 언덕을 올라가서 뒤로 돌아 또 한 번 올라가야 작업실이 나타난다. 처음부터 오를 수 있을까? 겁을 먹으면 다 오르지 못하고 멈추게 된다. 오늘은 언덕 끝을 보지 않고 땅을 보고 페달을 밟았다. 언덕길인지? 얼마나 남았는지? 생각하지 않고 무조건 앞으로만 달렸다. 뇌 속이기? 생각보다 나의 뇌는 단순해서 끝까지 올 수 있었다. 그림 그리기도 마찬가지 아닐까? 생각했다. 이걸 언제 다 그리지? 몇% 그렸지? 생각하지 않기로 했다. 100-1의 치마 속 풍경은 그려도 그려도 표가 안나더니 이제 끝이 보인다. 언덕을 오를 때처럼 계산하지 말고 그려보아야 겠다.

"에필로그 - 묘비명으로 '아직 생각 중'이라는 말을 새기고 싶은가?"
프롤로그 1장: 행동은 생각을 어떻게 뛰어넘을까?
일단 할 수 있는 데까지 해봐라
일은 시작이 전부다
마감일을 지키는 것이 능력이다
...생각만 하는 천재는 바보만 못하다
생각이 많다는 건 겁쟁이라는 소리다
안 해봐도 다 안다는 말은 악마의 속삭임이다...

- 센다 타쿠야, '생각을 이기는 행동의 힘' 중에서

이런 배경색 어때요?

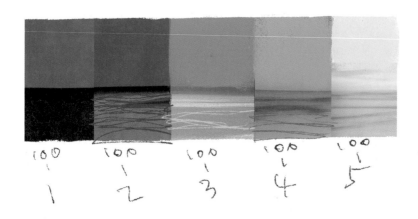

100
1

100
2

100
3

100
4

100
5

2023. 6.18. 지혜

배경색을 정하고 있다. '바다와 하늘' 그리다 보면 색이 바뀌겠지만 그래도…

마음에도 눈이 있다
슬픈 마음으로 보면 행복한 세상도 슬퍼 보인다
기쁜 마음으로 보면 슬픈 세상도 행복해진다

- 김명수, '마음 창고를 짓고 싶다'

나는 여자의 일생을 행복으로 표현하고 싶다. 그래서 100-5는 밝다.^^

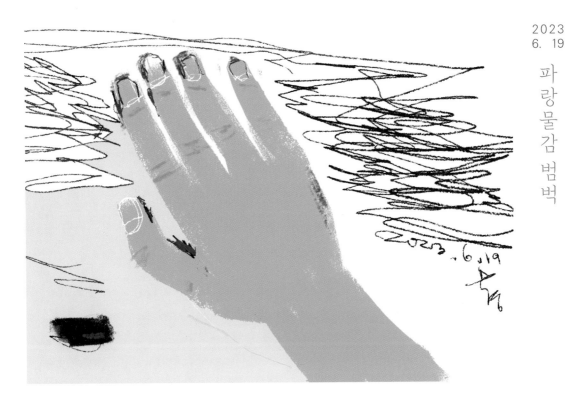

바다색을 바탕색으로 한 일은 잘한 것 같다. 여름이 되어서 그런지 시원하다. 내 손은 오늘 물감을 많이 만들어서 파랑이 손톱과 손에 다 묻었다.

그리고 오늘 남편이 "머리를 대봐!" 하더니 쓰윽 쓰다듬어주었다. 그림의 과정을 보고 칭찬하는 줄 알았는데... 밥 두 그릇 먹었다고 칭찬하는 거였다. 오늘은 조금 늦게까지 그림을 그리려고 한다. 단순한 작업이라 머리가 맑지 않아도 될 것 같다.

...최선을 다해보자고 다짐하기까지도 벌써 많은 밤이 지나버렸다
...오래 머무를 수 있는 문장은 아름답지 않아도 된다고
애쓰지 않아도 괜찮다고

- 조온윤, '십오행'

나의 그림 앞에서도 오래 머무를 수 있다면 좋겠다.

새
에
게
인
사
를
하
는
나

자전거 타고 작업실 가다가 참새를 만났는데... "안녕?" 하고 말을 하는 내 목소리에 내가 깜짝 놀랐다.

이건 무슨 현상이지?

...유리 온실에서 자라는 온화한 식물들의 이름을 불러주며
너와 나는 법 없이 살 수 있는 어른이 되자.
다짐했었는데
요즘은 이곳보다 편안한 곳은 없다는 생각이 들어.
밥과 약을 잘 챙겨 먹고 어느 때보다도 건강해
선량한 어른이 되었어...
중요한 것은 보지 못했던 식물의 이름이나 마땅히 지켜야만 하는 질서, 어른들의 말이 아니었고...

- 정다연, '흑백필름'

이름값을 치루고 있다

書耕夜讀

2023. 7. 5. 신o

내 그림 배경색과 붓 터치의 느낌이 너무 좋았다. 일어나보니 꿈이었다. 그 느낌을 잊지 않으려고 오늘 배경색을 열심히 칠하고 있다. 20대에 책을 보며 내 이름의 풀이를 해보았었는데 '주경야독'으로 나왔었다. 남편이 밥해줘서 좋다고 신나했었는데… 남편이 바빠서 나는 다시 나의 이름에 대한 값을 치루어야 할 것 같다. 이름을 이제와서 바꿀 수도 없고… 집에 가서 밥하고 뛰어와 다시 작업실. 집에 가서 빨래하고 다시 작업실…

주님, 저로 하여금 죽는 날까지
물고기를 잡을 수 있게 하시고
마지막 날이 찾아와
당신이 던진 그물에 내가 걸렸을 때
바라옵건대 쓸모없는 물고기라 여겨
내던져짐을 당하지 않게 하소서

- 17세기, 작자미상, '어부의 기도'

꿈에서 본 그 배경색을 잡을 때까지… 주경야독이라도 괜찮아~~~

그
림
의
실
마
리
를
찾
다

그림에 빨간 실을 물고 있는 작은 새를 그렸다. 이 새는 내 그림 이야기의 실마리가 될 것이다.

작은 새를 그려 넣으니 그림에 생기가 돌기 시작했다. 이 실은 100-5까지 어떤 모습으로 가게 될지 궁금해졌다.

가까운 하늘도 새가 아니면 넘지 못한다. 하루하루 넘어가는 것은 참으로 숭고하다.
우리도 바람 속을 넘어왔다...

- 천양희, '바람을 맞다'

생의 찬미 1 – 세상은 너에게 정말 새로울 거야, 162×130cm, 장지에 분채, 2023

2023
7. 06

발톱 꿰매 본 사람????

내과에 가서 약을 처방받아서 먹으면 될 줄 알았다.

정형외과에 가니 발톱을 가져왔냐고 하셔서 100-5 그림 앞에서 뜯어낸 발톱을 들고 다시 갔다.

발톱을 꿰매야 한다고 하셨다. 이유는 그냥 놔두면 발톱이 예쁘게 나지 않는다고... 괜히 뜯었다 생각했는데 어차피 뽑고 다시 붙인다는 간호사의 말에 조금은 위로가 되었다. 어떻게 꿰매는지 너무 궁금했지만 볼 수 없었다.

내일 다시 가서 소독하고 2주 뒤에 실밥을 풀어야 한다. 마취가 풀리니 발이 쿡쿡 쑤신다. 집에서 발톱을 깎았는데 빠진 발톱은 자르지 않은 것을 가지고 갔다. ㅋㅋㅋ 빠진 발톱은 예쁘니 다행이다.

발톱 깎는 사람의 자세는 / 둥글다네 // 나는 그 발톱 깎는 사람의 자세를 좋아한다네 //... 평생 누구에게 발톱을 / 내밀어보지 못한 사람은 불행한 사람 // 단 한 번도 발톱을 깎아주지 못한 사람은 불행한 사람 //...발톱 깎는 사람의 자세는 고양이에 가깝고 / 공에 가깝고 / 뭉쳐놓은 것에 가깝다네 그는 가장 작고 온순하다네 // 나는 그 발톱 깎는 사람의 자세를 좋아한다네

- 유홍준. '발톱 깎는 사람의 자세'

나는 발톱을 꿰매주기까지 했으니 얼마나 행복한 사람인가???

466

나다움의 서사

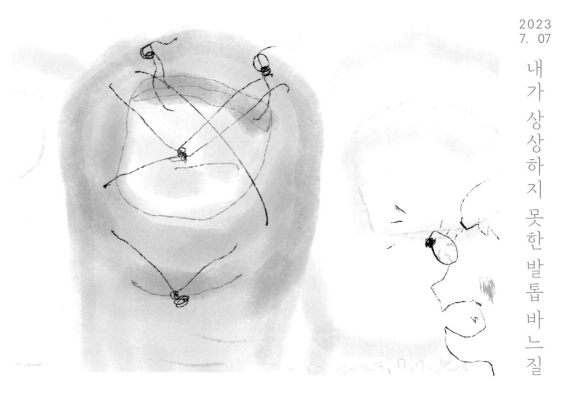

내
가
상
상
하
지
못
한
발
톱
바
느
질

소독을 하러 가서 내 발톱을 보았다. 아니!!! 이건 내가 상상한 바느질이 아니잖아???

마취 주사의 힘은 대단한 위력이었구나!

깨진 접시는 다시 붙일 수 없지만
살아 있는 것들은 달라
상처가 났던 자리가 다시 붙으면
거기는 더 단단해지잖아.
그런 일은 없겠지만 어떤 일이 있어도
아무것도 걱정하지 말고,
나를 믿고 우리를 믿어…

- 정현주, '그래도 사랑'

나는 머릿속 나비 한 마리 때문에 울었다

"퀴즈! 발톱은 액체일까요? 고체일까요?" 의사 선생님이 물었다. "고체요."

"땡! 틀렸어요. 액체입니다…" 맞았다. 내가 평생의 발톱을 내 몸에 지니고 있는 것이 아닌데… 내가 2주 뒤에 꿰맨 발톱이 붙냐고 물었었다. 액체인 발톱은 내가 2주 동안 만들어낸 주형의 틀을 따라 흘러내려 자라는 것이라는 답을 들었다.

"작가님이 생각하는 그림이란 무엇인가요?"라는 질문을 받았다. "제 생각과 그림이 만나는 날이 언제일까 모르겠어요."라고 답을 쓰고는 생각했다. 머릿속 나비 한 마리 때문에… 나는… 좀 슬펐다.

얼마나 오래 혼자인가요? / 얼마나 오래 말을 해본 적이 없나요? / 얼마나 오래 날짜와 날씨와 요일과 요즘을 잊나요? / 얼마나 오래 거울에서 얼굴을 보지 않나요? / 얼마나 오래 여기 있다는 걸 아무도 모르나요?

얼마나 자주 자기를 웃어넘기나요? / 얼마나 자주 누군가의 말과 눈빛에 베이나요? / 얼마나 자주 이가 상할 정도로 이를 악무나요? / 얼마나 자주 벌을 받고 있다고 생각하나요?… / 두 눈이 불거지고 온몸이 투명해져 스스로 빛을 낼 때면 / 눈물에 부력이 생기고 / 가슴에 차올라

마침내 심해의 바닥을 치고 솟아오른다 언제나 너는

- 정끝별

동주가 비행기를 타고 100일간의 여행을 떠났다. 이번에는 어떤 생각을 가지고 돌아올
지 모르겠다. 오토바이 전국 일주를 시작했을 때도 걱정하지 않았지만, 보내는 오늘도 마
음이 편안했다.

익지 않은 석류는 터지지 않는다
석류는 익을 때까지 오로지 중심을 향하는 힘으로 부풀어 오른다
앞으로 가는 뒷걸음질, 중심을 향하여 원주 밖으로 튀어나가는 힘...
비켜서서 멈추어 서니 단순해지는 고요
멈추어 서서 돌아서니 단정해지는 몸

- 이문재, '석류는 폭발한다'

그곳이라고 불리던 장소가 있었다
그곳에서는 그런 일이 있었다
아무도 그곳을 부르지 않아서
그곳에서는 어떤 일도 일어나지 않았다

- 오은, '그곳'

그림의 윗부분은 구름이 아니다. 돌처럼 굳은 내 입을 표현했다. 아침에 나의 도시락을 준비했고, 우비를 입고, 가방을 커다란 비닐 주머니에 넣고 맞을 만큼 내리는 비를 맞으며 자전거로 작업실을 갔다. 밤 10시 반에 집으로 오다가 떠오른 생각! 오늘 한마디도 말을 안 했네! (이른 아침 남편을 챙겨준 일 빼고...) 집에 들어와 "탕아! 잘 지냈어?" 한마디 했다.

오은 시집 '없음의 대명사' 책에서 시인의 말, "'잃었다'의 자리에는 '있었다'"라고 쓰여 있다.

말 없음의 날!

"나는 가난한 탁발승이오. 내가 가진 거라고는 물레와 교도소에서 쓰던 밥그릇과 염소젖 한 깡통, 허름한 모포 여섯 장, 수건 그리고 대단치도 않은 평판 이것뿐이오." 마하트마 간디가 1931년 9월 런던에서 열린 제 2차 원탁회의에 참석하기 위해 가던 도중 세관원에게 소지품을 펼쳐 보이면서 한 말이다. K. 크라팔라니가 엮은 '간디 어록'을 읽다가 이 구절을 보고 나는 몹시 부끄러웠다. 내가 가진 것이 너무 많다고 생각되었기 때문이다. 적어도 지금의 내 분수로는 그렇다…"

- 법정, '무소유'

아침에 책을 보다가 이 구절을 읽고 내 짐을 생각했다. 지금의 내 작업실은 그림 그리는 바닥에 물감접시가 내려와 피해 다니며 걸어야 한다. 물레 작업만 했다면 짐이 없었을까? 어제 오후부터 100-5 하늘의 색을 그리고 있는데 색을 바꿨다. 지금은 보랏빛처럼 보이는 파란색인데 아직은 잘 모르겠다.

그림 그리는 일은 짐만 산더미처럼 늘어나는 것 같아 의자 하나를 집으로 가져왔다. 내일도 하나를 더 가져올 예정이다. 이런다고 짐이 가벼워지나???

비 오 는 날 스 승 의 작 업 실 글 을 읽 고 …

친구는 내가 갖는 게 어울릴 것 같다고… 언젠가 그림에 그리라고… 짐을 정리하면서 집들을 세 채나 내게 보냈다. 어제부터 다시 장맛비가 내리고 있는데 오늘 스승님의 작업실에 관한 글을 읽고 눈물이 핑 돌았다. 내가 외롭게 그리고 있는 것이 힘들었나 보다.

"나의 작업실은 미적인 면은 전혀 고려하지 않은 채로 지은 말 그대로 작업실이다. 시골 산골에 벽은 붉은 벽돌로 올리고, 지붕은 파란색 조립식으로 간편하게 얹었는데 산 위에서 내려다보면 정말 촌스럽기 짝이 없다. 그러나 나는 행복하다. 특히 비 오는 날이면 그 촌스러운 조립식 지붕이 진가를 발휘한다. 비는, 내리는 풍경도 풍경이지만 나무, 풀, 돌, 땅, 지붕 등의 각기 다른 표면 위에 떨어지는 소리의 화음이 더욱 아름답다. 조립식 지붕은 비가 오기 시작하는 한두 가닥의 빗방울 소리부터 산골을 부술 듯 퍼부어대는 빗소리까지 작업실 전체가 울림통의 역할까지 하여 가히 환상적 소리를 만들어낸다. 나는 그 울림통의 한가운데서 그 소리를 음미하며, 작업의 집중력을 얻기도 하며 때로는 왜소함을 느끼기도 한다."

- 황창배, '작은 행복'(1992년 1월 현대문학)

100-5의 하늘엔 꽃비가 내릴 예정이다. 남편이 낮에 집에 도착해서 집을 두 번 차로 왔다 갔다 하면서 그림 그리고 집에 왔다.

아침에 일어나 책을 주문하고 작업실에 갔는데 집에 오니 책이 도착했다. 작가가 나와 똑같은 생각을 한 것이 놀랍고, 그분은 철학자라고 하는데 나도 조금은 깨닫게 된 걸까? 싶어서… 지금 그리고 있는 그림의 배경을 하늘과 바다로 정했던 이유는 하늘과 바다는 나의 삶처럼 하루도 같은 색을 보여주지 않기 때문이었다. 수평선이 보이는 바다는 평온해 보이지만 쉼 없이 흐르고 있어, 여자의 일생과 같아서 선택했었다. 책 제목이 '모든 삶은 흐른다'라니… 고백하는데 나는 요즘 이 그림을 그리면서 나의 마음이 아주 평안하다. 오늘 친구가 전화 통화 중에 팔리지도 않을 그림을 왜 그렇게 열심히 그리냐고 했다. 그러나 나는 상관없다. '여자의 일생'을 그려보는 것 이것으로 족하다. 오늘은 100-5 할머니의 모습을 그렸다. 주름살이 많지만 무섭지 않고, 추하지 않고, 아름답고, 인자한 모습으로 그려졌으면 좋겠다. 나의 미래의 모습이 이랬으면 좋겠으니까…

"푸른색, 삶은 수많은 색채를 경험하는 것"

- 로랑스 드빌레르, '모든 삶은 흐른다' 중에서

작업실에 가는데 다리 밑에서 겁에 질린 울음소리가 들려왔다. "왜 그러니?" "손이 찔려서 피나요~~ 엉엉 ~." "안 죽어! 올라와." 그제서야 아이들이 올라왔다. 손가락 사이에 돌이 박힌 것 같다고 했다. 약지와 새끼손가락 갈라지는 부분이 좀 깊게 찢어졌다. 엄마는 회사에 가시고 할머니가 집에 계시다고 하는데 전화를 안 받으시고... 병원에 데려갔다. 옷이 다 젖어서 수건으로 물기를 닦아 주었다. "너만할 때는 이렇게 다치기도 하고 그러면서 크는 거야." "그런데 겉옷이 잘 마르는 옷이니 화장실에서 팬티만 벗으면 축축하지 않고 빨리 마를 것 같아!" 하니 그제서야 씨익 웃으면서 "괜찮아요!" 한다. 진찰실로 들어갔을 때, 아이가 뭔가 들어간 느낌이라고 말하니 잘 안 보인다고 큰 병원에 가서 절개를 해서 찾아야 한다고 하셨다. 그냥 꿰매면 안에서 곪는다고... 진찰실에서 나왔을 때 아이의 아빠가 도착했다. "진료의뢰서 받으시면 돼요!"

"...저런 때가 내게도 있었다. 아홉 살 열 살 열한 살, 어린 동생들과 바닷가에서 조가비를 줍던, 바다가 무슨 말을 하는지 알아듣고 싶어서 한없이 귀를 낮추던 때, 이윽고 귀가 물거품처럼 부풀고 공기방울의 말이 내 몸으로 스르르 들어왔다 나가면서 바다와 대화하고 있다고 느껴지던 신비한 순간들이.

...눈앞의 동심이 눈부셔 여름 아침이 투명하게 왈왈거린다."

- 김선우, '쉬잇! 조심조심 동심 앞에서는'

아침에 고암 이응노 드로잉집을 꺼내 보았다. 400페이지가 넘는 책인데 700여 점이 들어있다. 일상 모습을 담은 인물화들이 생각보다 많았다. 신설동에 채석장이 있었다는 것이 신기했고, 지금은 다 땅속으로 들어가 버린 전봇대 세우기도 이제는 보기 힘든 풍경이 되었다. 나도 다시 스케치북을 들고 다니고 싶어졌다. 나는 요즘 무척이나 힘들고 고독한 생활을 하고 있다. 지쳐가고 있는 이때 눈에 들어온 글은…

"진갑을 넘은 나이에도 골든 바지 차림의 이 화백을 따라 아틀리에로 쓰고 있는 지하실 창고에 들어가 봤다. 문자 그대로의 그 '작업장'은 그림을 그린다는 것이 '미술'이기 이전에 '노동'이라는 실감을 더욱 굳게 해준다. 흔히 동양화의 고객들이 생각하듯이 그림을 그린다는 것은 풍류, 또는 영감의 신선놀이가 아니다. 이른 봄의 땅 및 냉기가 젊은 몸에도 으쓱한 지하의 공방에서 겨울 추위를 어떻게 배겨내시느냐 물으니 "추울 시간 여유가 어디 있어" 하는 한 마디 대답이었다."

- 최정호(칼럼니스트), '고암 이응노 화백' 글 중에서

자유 수영은 줄을 서서 표를 사야지만 들어갈 수 있는데 줄 서서 기다리면서 핸드폰에 손가락으로 그렸다. 쓱 새치기하는 할머니?도 그렸다. 나는 더 늙어도 이러지 말아야지.

2022. 9. 15. 1915

PART 10.

나의 그림은 이제 모두의
이야기이자 그림이 되었다

식
당
에
서
몰
래
스
케
치
한
두
여
자

요즘은 거의 혼자 밥을 먹는다. 식당에서 밥을 먹다가 '스케치북 들고 다닌다고 하고는 그냥 나왔네!' 생각했다. 밥 먹다 말고 핸드폰 보는 척하면서 재빨리 그리고 다시 밥을 먹었다. 왼쪽 여자는 비닐장갑을 끼고 튀긴 생선을 한 마리 들고 먹으며 이야기를 한다. 두 사람은 아주 친해 보였다. 일기 쓰려고 그림을 보았는데 내가 느꼈던 분위기가 그대로 그려진 것 같다. 오늘 트램펄린 수업에서 수영 안전요원 자격증을 취득한 두 사람이 수박으로 한턱냈다. 이 두 사람이 물에 빠진 사람을 건져 준다면 대박이다! 미인들이니까!

모든 것이 살아가는
삶인 듯
나에게는 정겨웁다
삶이 주어져 있기에
주어지는 수다들
가끔은 이런 것들이
위안이 되고
살아가는 힘이 된다

- 김선희, '수다'

이렇게 일을 많이 했는데

머리가 안 아프다니…

오전에 100-5 할머니 얼굴을 완성했다. 밥을 먹으러 집에 오다 보니 마당의 수국나무 잎사귀들이 힘없이 늘어져 있는 것을 발견했다. 이런 적이 없었는데… 우리가 너무 바쁘게 살았다. 어제, 오늘 머리가 너무 아팠는데 아마도 더위 때문인 것 같아 쉬기로 했다. 손빨래와 행주 삶기, 마당에 물주기, 테라스 청소, 욕실 청소를 했다. 남편에게 변기 닦는 방법, 타일 닦는 방법, 욕조 닦는 방법을 아주 자세히 알려주었다. 나 혼자 할 일이 아닌 것 같아서… 신기하게 진통제를 먹어도 낫지 않던 머리가 집에 있으니 말짱하게 나았다. 할머니 손과 다리는 내일로 미뤄야겠다.

힘을 풀라고 했다 / 두려움을 느끼는 순간 / 무거워져 가라앉는다 / 어떤 발버둥은 어떤 파장이 될 수 있다 / 깊어지려 하지 말자 / 깊이 없는 다짐이 / 나를 살리고 뭍으로 인도한다
- 유수연, '생각 믿기'

몰래 그리기 도전!

수영장에서 줄 서서 기다리다 내 앞사람들을 그렸다. 그림 왼쪽에 빈칸이 남아서 오늘은
용기를 내서 탈의실 풍경을 그려봐야지 했는데... 아닌 척하면서 그림 그리기는 참 힘들
었다. 사람이 많았다. 그래도 어린 여자아이로 시작해서 발에 로션 바르는 여자, 옷을 입
으려는 여자 3명 그리기 성공. 다음엔 탈의실에서만 그리기에 도전!!! 용기가 나지 않아
핸드폰으로만 그릴 예정이다. 왜 나를 그려요??? 하면 당신이 아닌데요... 해야지.

당신의 나이는 당신이 아니다
당신이 입는 옷의 크기도
몸무게와
머리 색깔도 당신이 아니다.

당신의 이름도
두 뺨의 보조개도 당신이 아니다...
당신은 많은 아름다운 것들로 이루어져 있지만
당신이 잊은 것 같다
당신 아닌 그 모든 것들로
자신을 정의하기로 결정하는 순간에는.

- 에릭 핸슨, '아닌 것'

오늘은 용기를 내서 거울 앞에 서서 드라이기로 머리를 말리거나, 로션을 바르는 사람들을 그렸다. 수영장에서 5분쯤 일찍 끝내고 나와서 사람이 많지 않을 때 그렸다. 다음엔 좀 더 용기를 내어...

거울 앞에 서면 / 거울은 늘상 나에게 / 당부한다

뒷모습은 생각 말고 / 앞모습만 보고 가라고

비바람이 불고 / 눈보라가 치더라도 / 앞모습만 보고 가라고 /...먹구름이 밀려오고

험한 파도가 치더라도 / 앞모습만 보고 살라고

거울 앞에 서면 / 거울은 항상 / 나에게 부탁한다

- 김병래, '거울 앞에 서면'

이 사람들에게도 거울은 부탁을 했을 것 같다.

보
슬
비
가
너
무
시
원
해

스프레이로 비를 뿌려주는 것 같은 보드라운 비가 하루 종일 내렸다. 꿈에 누군가가 특이하게 생긴 숟가락을 주었는데, 그 숟가락은 꽃에 갖다 대기만 하면 예쁘게 사진이 찍혀 나오는 신기한 것이었다. 꿈 때문인지 모르겠지만 그림의 100-3, 4, 5에서 안 풀리던 문제의 답을 얻었다. 밥을 먹으러 집으로 가는 길은 보슬비 때문이기도 했고, 입추가 되면서 시원해지기도 했고, 수학 문제 같은 그림의 문제가 풀렸고, 속이 뻥 뚫리는 것 같은 시원함으로 길가에 앉아 있던 새들이 놀라 후드득 날아가는 것까지도 얼마나 상쾌하던지…

마음은 고여본 적이 없다

마음이 예쁘다고 말한다고 해서 그 마음이 영영 예쁘게 있을 수는 없고, 마음이 무겁다고 말한다고 해서 내 마음이 계속 무거울 수 없는 것이다. 마음은 도대체 그럴 수가 없는 것이다.

…마음이라는 것은 도무지 없는 것이라서, 마음이 흐를 곳을 찾도록 내버려 둘뿐입니다.

- 유혜빈, '미주의 노래'

탕아! 갔다 올게! 현관까지 따라 나온 탕아의 슬픈 얼굴을 보며 잠시 잠깐 작업실에 데려 갈까? 생각하다 그냥 돌아섰다. 신호등 앞에서 커피 내려놓고 안 가져온 것이 생각나서 다시 집에 들어갔을 때... 테이블 위에서 놀다가 딱 걸린 탕아의 '얼음 땡!' 얼굴과 마주쳤 다. ㅋㅋ 혼자 잘 놀고 있구나!

"당신의 홀로움은 때로 둔중하고 때로 날카로워 영혼을 소스라치게 한다... 세상의 사물 들이 감당해야 할 홀로움이 이름인지 모른다. 당신이 부르는 순간 불린 것들은 우주 속에 서 홀로 존재하는 것이다..."

- 김윤배, '홀로움을 오래 바라보다'

탕아! 나도 하루 종일 홀로 있단다!

'생각이 반이다,'라는 말은 진짜!

아침에 마트료시카 인형 2개를 다시 발견했다. 작은 것은 3cm 정도 되는데... 이것을 보고 100-1 그림을 그렸다는 것이 참 신기했다. 또 하나는 아마도 5개의 목각인형 중 3번, 100-3 그림이 아닐까? 100호 화판을 다 써버리겠다는 마음과 작은 두 개의 인형으로 650x162cm 그림을 그려 나가고 있는 나를 보며 느낀 점은 '아주 작은 생각이라도 행동으로 옮기기 시작하면 언젠가는 결과는 있구나!'

"단지 조금밖에 할 수 없다는 이유로 아무것도 하지 않은 사람이야말로 가장 큰 실수를 저지른 사람이다."

- 에드먼드 버크

9월까지 끝내겠다는 목표로 그리고 있긴 한데...

뉴욕에 살고 있는 93세 할머니 화가를 보았다. 자세가 꼿꼿하고, 세련됐다. 온갖 도구들이 잘 정리되어 있지만 나의 작업실이 그렇듯 뭐가 많다. 다 필요한 것들이다. 93세까지 그림을 그리고 있으니 당연하다. 일기를 쓰고, 그림을 그린다. 그리기 전에 생각하고, 생각만 하지 않고 그린다. 건강이 허락되어 할 수 있다면 나도 이렇게 살고 싶다는 바램? 같은 것이 생겼다.

"2,000년 전 아리스토텔레스는 모든 것은 시작, 중간, 끝으로 하나의 전체가 된다고 말했다. 극작법 이론을 통해 그는 한 드라마의 3부 각각이 다채로운 에피소드로 알차게 구성되면서 저마다의 목적을 충실히 수행함을 실증해 보였다. 사람의 인생도 이와 비슷하다. 인생은 환경을 조성하는 서론, 사건들이 왕성하게 벌어지는 본론, 그리고 마무리 결론의 순서로 펼쳐진다... 대부분의 현대인에게 인생 3막은 길고도 다채로운 무대가 될 것이다. 주인공인 우리들 각자에게 이번 무대가 어떻게 느껴질지는 전적으로 우리 자신의 태도에 달려 있다..."

- 루이스 애런스, '나이듦에 관하여' 중에서

100세 시대라는데 의미 있게 살아봐야지!

호분으로 흰옷 그리기는 시간이 너무 오래 걸려!

엄마와 아기 옷을 흰색으로 하기로 결정을 하고는 물같이 흐린 호분(흰색)이 하얀 옷이 될 때까지 그려야만 하는 아주 지루한 작업을 하다가 왔다. 피곤하다.

새를 생각할 때는 새만 생각해
새는 보여주지 않고
새장을 보여주는 방식으로... 새를 그리려면 새를 잊어야 하지
손바닥을 펴서 눈을 가리고 보는 방식으로... 그리고 기다려
작고 생기있는 초침소리가
심장 소리와 가까워지도록

새를 생각할 때는 새만 생각해
새가 리듬을 통과할 때까지
내가 새를 볼 때
새도 나를 보듯이

- 신미나, '론도'

생의 찬미 4 – 누군가를 이렇게 사랑한 적이 있을까?, 162×130cm, 장지에 분채, 2023

내 그림의 100-3은 사랑이야기

96 80 20 95 98 %

그림 밑의 숫자는 점수가 아니고 어느 정도 그렸는지 적어 보았다. 어제는 100-2로 가겠다 생각했지만, 오늘 나는 100-3으로 갔다. 시간이 지날수록 내가 겁없이 큰 모험을 하고 있구나! 생각하며 자꾸만 쪼그라드는 나를 발견한다. 이제 와서 뭘 어쩌겠나? 완성으로 가야지!

5점의 그림에서 중년의 나이가 빠졌다. 내가 서 있어야 하나?

'100 인생 그림책'을 샀다. 1세부터 100세까지 표현된 그림과 한두 줄의 글에 인생이 다 들어있다.

나는 5장의 그림으로 무엇을 이야기하고 있는지... 이야기를 제대로 하고는 있는지... 그림은 또 어떻구...

99세엔 나비 한 마리의 그림과 "살면서 무엇을 배웠을까?"이다. 100 인생 그림책에서

나는 내 나이까지 공감하고, 다가올 미래의 나이는 이해하지만 아직 경험은 하지 못했다.

"이 책의 아이디어는 갓 태어난 내 조카를 보았을 때 떠올랐습니다. 그 애는 미라처럼 천에 돌돌 싸여서 침대에 누운 채 빛나는 눈으로 세상을 보고 있었지요. 네 앞에는 얼마나 기묘한 여행이 기다리고 있을까, 하고 나는 생각했습니다. 그 앞에 펼쳐질 굉장한 일들을 생각하니 반은 부러운 마음이었지만, 또한 그 애가 겪어야할 고통스러운 일들 때문에 마음의 반은 아프기도 했습니다... 인생 체험에 관해서는 한 가지 문제가 있습니다. 삶을 정말이지 갖가지 경험으로 가득 채우지 않는다면 이 말은 공허해질 뿐이라는 거지요..."

- 하이케 팔러, '100인생 그림책' 작가의 말 중에서

생의 찬미 3 - 아름다운 인생이 펼쳐지기를..., 162×130cm, 장지에 분채, 2023

아침에 떠오른 생각은 '나에게 100호 화판 하나와 시간이 더 있다면 100-6까지 그리면 좋겠다. 뭔가 아쉽다!' 그러다 생각했다. '100-4 와 100-5 사이에 좁고 긴 거울을 끼워 넣자! 그러면 내 그림 속에 거울을 보는 사람의 인생이 한 장면씩 들어가겠지. 내가 그리지 않아도... 더 멋지게 완성이 되는 거야!

'흰'이 빼곡하게 들어찬, 발 디딜 틈 없이 환한
커다란 백지에는
너무 맑은 냇물처럼 아무것도 살고 있지 않다
오래 들여다보면 시력을 다 뺏길 것 같다

...그때 검은 먹물 한 방울이 떨어져 천천히 번져 가면
'흰'들은 느슨해지고 눈도 귀도 편안해진다

풍경과 배경이 비로소 여백을 그려 보인다

검은 먹물 든 내 눈에
당신의 맑은 눈동자가 와서 눈을 뜨기도 한다

- 김현미, "'흰' 것들에게 말하는 일이 백지에 있다'

김현미 님의 시를 읽고 백지 화판을 떠올렸고, 나는 거울을 생각해 냈다.

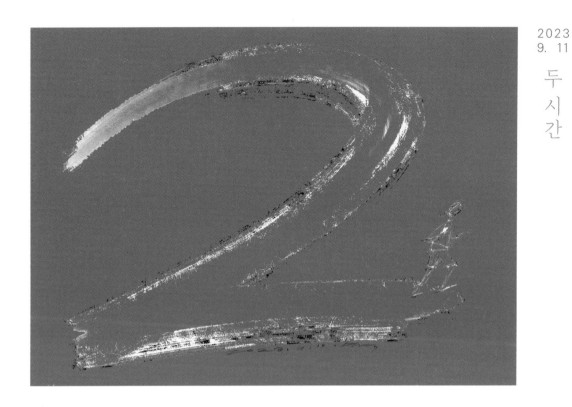

가끔 2시간은 많은 일을 할 수 있는 시간이라 느낄 때가 많다. 2시간 동안 시간을 흘려버리기도 쉽지만… 오늘 저녁을 먹고 작업실에 갈 마음이 없어졌는데, 막상 나가니 공기도 시원하고 머리도 맑아졌다. 가길 잘했다. 두 시간 동안 그림의 중요한 부분을 해결하고 왔다.

"30분을 티끌과 같은 시간이라 하지 않고, 그 시간에 티끌과 같은 일을 하는 사람이 현명하다."

- 괴테

나를 알아가는 것이 그림이 아닐까?

그림을 가지고 인사동에 갔다. 잠깐이지만 짬을 내어 그림에 대한 고민을 이야기하는 시간은 어떤 이야기보다 소중하다. 같은 길을 가고 있는 친구들을 동네에서 만나기는 하늘의 별 따기!

이 여행은 순전히 / 나의 발자국을 보려는 것 / 걷는 길에 따라 달라지는 / 그 깊이 / 끌림의 길이 / 흐릿한 경계선에서 발생하는 / 어떤 멜로디 / 나의 걸음이 더 낮아지기 전에 / 걸어서 들려오는 소리를 / 올올이 들려보려는 것 / 모래와 진흙, 아스팔트, 자갈과 바위 / 낙엽의 길
거기에서의 어느 하모니 / 나의 걸음이 다 사그러지기 전에 / 또렷이 보아야만 하는 공부...

- 장석남, '여행의 메모'

우리들의 그림 여행과 비슷한 시를 찾았다.

The 62th 크림슨 마스터즈 콘서트에 갔다. 오케스트라와 지휘자, 성악가들을 가까이에서 보았다. 눈빛을 주고받는 것까지 보였다. 음악 해설은 오페라 음악의 가사를 몰라도 어떤 상황의 노래인지 다 설명해주어서 더 좋았다. 바리톤 고성현 선생님의 '시간에 기대어'란 곡을 들을 때 나도 모르게 눈물이 나왔는데 선생님도 마지막 부분에서 울먹이시는 것 같았다. '음악이 이런 거구나!' 노래 한 곡의 짧은 시간에 듣는 사람의 마음을 움직이게 하는 것을 보며... 미술 작품 하나로 감상자가 눈물을 흘리게 만드는 내가 될 수 있을까?를 생각했다. (눈물이든, 기쁨이든, 행복감이든...)

저 언덕 너머 어딘가 / 그대가 살고 있을까... 연습이 없는 세월의 무게만큼 더
너와 난 외로운 사람

설움이 닿는 여기 어딘가 / 우리는 살아있을까
후회투성이 살아온 세월만큼 더 / 너와 난 외로운 사람

난 기억하고 난 추억하오 / 소원해져버린 우리의 관계도

사랑하오 / 변해버린 그대 모습 / 그리워하고 또 잊어야 하는 / 그 시간에 기댄 우리...

- 최진 작사, 곡, '시간에 기대어'

거의 다 그려 놓은 100-4와 100-5에 이미지를 하나씩 더 그려 넣기로 했다. 완성도는 높았으나 왠지 끝이라고 말할 수 없는 아쉬움이 있었는데 그림의 스토리가 짜여진 느낌이다. 오늘은 100-2 그림에 인형 놀이 집과 들꽃 수가 놓여진 가방을 완성했다. 내일은 오늘의 생각을 100-4, 5에 옮겨야겠다.

"넌 공간을 너무 많이 차지해."... "물을 줘요. 난 더 커질 수 있어요." 작게 속삭였지만, 그는 너무 오랫동 안 듣지 못했다. "내 방 좀 보세요. 나는 더 넓어질 수 있어요." 말했지만 그는 너무 오랫동안 눈이 멀었다.

"빛과 바람을 주세요. 나는 내 방을 뒤덮는 이 어둠보다 더 큰 열매를 맺을 수 있어요." 밤새 외쳤지만 그는 오래전부터 눈과 귀를 다 닫았다... 입김을 불어 스스로 바람을 만든다... 혼자 자란다..."

- 정다연, '분갈이'

생의 찬미 2 - 매일매일이 즐겁고 행복하기를... 162×130cm, 장지에 분채, 2023

495

내 그림의 첫 관람객은 오늘 오전 작업실에 소독을 하러 오신 아주머니였다. 소독을 마치고 100-5 그림 앞에 서서 "참 곱게 나이 드셨네요!" 하셨다. "그럼 성공이에요. 그렇게 보이게 그리고 싶었거든요."

오늘의 오후는 새벽 두 시가 넘도록 너무너무 바빠서 일기 포기하려다 첫 관람객의 관람평을 기록하고 싶었다.

그들의 걸음과 복사뼈와 낯빛에 대하여
무릎으로 생각하다
왜 나는 당신 얼굴을
쓰다듬으며 살지 못했을까
얼굴이 사라지기 전에
곱고 천진하게 패배하기는 얼마나 어려운가...

- 박연준, '네가 사라지기 전에'

생의 찬미 5 - 세상 모든 여인들을 위한 노래, 162×130cm, 장지에 분채, 2023

2023
10. 6

집에 오는 길 추웠음 13도

하루가 지날 때마다 기온이 빠르게 내려간다. 밤에 집에 올 때 "추워 추워" 하면서 집으로 왔다. 신호등 앞에서 기다리다가 아직도 초록이 예쁜 나무를 보면서 너무나도 빠른 가을의 속도가 아쉽기도 하고, 무섭기도했다.

내가 거기에 없어도
밤이면 거리는 어두컴컴해지고
가로등엔 불이 켜진다는 걸 안다
아, 실재하는 세계를 걷고 싶다

네가 거기 있다는 걸 안다
따라오지 말고 나란히 걷자고 말한다

- 조온윤, '그림자 무사'

가
을
을
줍
다
니
…

수채화가 K의 '화실 오는 길에서 주운 가을' 포스팅을 보고 나도 가을을 주워 오고 싶었다. 자전거로 오다 보니 주울 시간이 없어서, 집에 오자마자 밤중에 마당에 나가서 구절초를 꺾어와 물컵에 꽂았다. 나는 가을을 집으로 데려왔다.

구절초가 피어야 가을이
왔음을 비로소 안다… 깊어가는 가을
왠지 그냥 보내면 안 될 것 같은 느낌
구절초의 진한 향 맡으며
가을 같은 가을을
느껴보련다.

- 작가미상, '구절초'

천
일
홍
꽃
색
깔
참
예
쁘
다

작년에 앞마당에 심었던 천일홍이 왜 뒷마당으로 갔는지는 나도 모르겠다. 달맞이꽃을 옮겨 심다가 이사를 갔나? 작업실에 가려다 쪼그리고 앉아서 천일홍의 꽃 색깔을 기억하려고 그렸다.

천일홍 잎들은 노란색에 가까워지고 있었다.

친구야, 하늘 좀 봐
꿈을 가지라는 말은 아니지?
그냥 올려다봐
기분이 좋아져 꿈꾸는 기분이야

…뿌예서 앞을 내다보기 어려운 날들
그 와중에 빛나는 것이 있었다

친구가 불쑥 말했다
우리도 저런 사람이 되자

…우리의 걸음을 멈추게 한
우리의 숨을 잠시 멎게 한…

- 오은, '달 봐'

잊혀졌던 작은 천일홍은 자기 할 일을 다 하고 있었다.

거
울
사
이
즈
를
정
했
다

거울이 넓으면 작품 같지가 않을 것 같다. 가로 20cm를 하려고 하다가, 그것도 넓은 것 같아서 15cm, 이건 너무 좁나? 그래서 162cm의 1/10인 16cm로 정했다. 화판을 먼저 주문했다. 화판이 오면 거울을 주문해야지. 색이 있는 거울은 아직도 미련이 있는데... '동네에서 그냥 거울을 맡기자'로 마음이 정해지고 있다. 오늘 오전엔 이슬비가 내렸다.

누가 내 발 구름을 달아 놓았다
그 위를 두 발이 떠다닌다
발, 어딘가 구름에 걸려 넘어진다
생이 뜬구름같이 피어오른다...
하늘에서 하는 일을 나는 많이 놓쳤다
놓치다니! 이젠 구름 잡는 일들이 시들해졌다...
구름은 얼마나 많은 비를 버려서 가벼운가
나는 또 얼마나 나를
감추고 있어서 무거운가...
- 천양희, '구름에 깃들어'

전시장에 온 모든 사람들이 자신의 모습을 비춰보면 좋겠다.

2023
10. 20

급할수록 돌아가라는 말이 맞는 듯

마음이 급해져서 100-3 하늘을 칠하다가... 더 오래 걸리게 생겼다. 집에 늦게 가야겠다.
내 앞에 있는 색깔 접시들과 아교. 물 데우는 전기 워머, 스포이드, 붓을 얼른 그리고 다시
그림으로 돌아가야 한다. 지금 시간 밤 12시 27분.

그 후로 무엇인가
자꾸 멈춰 있는 것 같다는 생각이 들었다
이것은 나의 생각이었다
그냥 그랬다

- 황인찬, '낮 동안의 일'

하 늘 은 쳐 다 보 지 않 고 하 늘 만 그 렸 네 …

지난 일기가 올라왔는데… 그 날은 얼굴과 손에 푸른색을 묻히고 집에 왔나 보다. 오늘은 하루 종일 하늘만 그리다가 집에 왔다. 맑은 하늘로 시작했었는데 이제 그 색은 없다. 대신에 조금은 깊어진 하늘이 되어가고 있다. 어젯밤에 2시까지 그린 것은 역시 나에겐 무리였다.

돌아와 꽃병의 물이 줄어든 것을 보고 깜짝 놀랍니다
꽃이 살아있으니 당연한데도요
소리 없는 물만 먹는 꽃처럼
사는 게 다 힘든 거야
그런 충고의 낡은 나무계단 같은 삐걱거림 아닙니다
내게만, 내게만입니다…

- 김경미, '이기적인 슬픔을 위하여'

내일까지 하늘 그리자!

보
통
의
우
리
에
게
보
통
의
나
에
게

같이 전시 보기로 약속한 친구를 기다려야 했다. 'DEAR ORDINARY US' '보통의 우리에게' 광고판은 예뻤다. 내가 그리는 작품 속 인물은 어떤 느낌을 줄까? 생각했다. 약속 시간이 남아 롯데월드몰에 들어가서 보니 'DEAR ORDINARY US' 현수막이 늘어진 곳이 있어서 앉아서 그렸다. 큰 쇼핑몰 속에서 그림 그리고 있으니 마음이 편했다. 친구랑 전시를 보고 저녁 먹고, 커피 마시고 헤어졌다.

살고 있을 뿐
컵의 나날을 다만 컵으로서
한 컵 정도, 라고 말을 얼버무려 말할 때의
그 사소한 습관으로서… 우연히 만난 당신에게서 커피나 한 잔 얻어 마실 수 있다면,
그런 꿈을 꾸는 게 아닐까
컵은 다만 커피를 한 잔 마시고 싶었지 아주 따뜻한 커피를

- 박소란, '컵'

나는 보통 사람이다. 놓여있는 컵 같은…

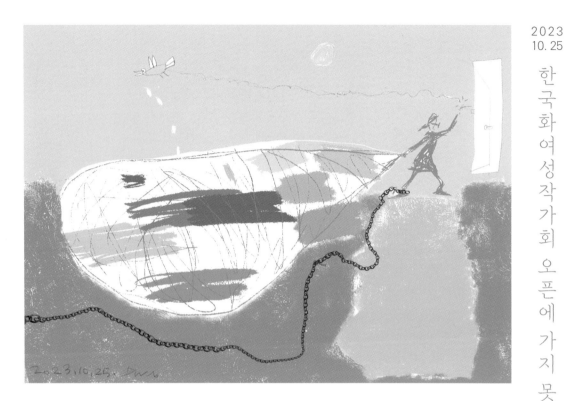

금방 끝낼 수 있을 것 같았던 100-3은 역시나 어렵다. 제일 가운데 있으니 양옆의 색들을 고려하지 않을 수가 없다. 구성도 자꾸만 변해가고 있다.

오늘 '장르와 경계 사이, 당대 한국화의 조형적 현상과 방향' - 한국화여성작가회 전시 오픈인데... 가지 못했다. 이번 전시에서 나는 '곤경에 처한 여자 - 용은 왜 공주만 잡아갈까? Damsel in distress' 60.6×50cm, 장지에 분채, 2023. 작품을 출품했다. - 세종문화회관 1층

"...한국화단을 이끄는 대표적인 작가들이 참여하고 있는 '한국화여성작가회'의 참다운 의의는 한국화의 역사를 몸으로 체험하고 지탱해온 작가들과 앞으로 전개를 짊어질 창작가들이 함께하여 이 땅에서 전개되었던 한국화에 정당한 자리매김을 부여하고 과거의 현상을 명확히 인지하는 과정을 실현시키려 한다는 점, 그리고 그 실현성을 보고 느낄 수 있도록 한다는 점에 있을 것이다. 현대 한국화의 좌표를 설정하고 있다는 점에서도 그 의미는 작지 않다." - 홍경한(미술 평론가)

도록의 글을 읽어 보다가... 중요한 일을 하고 있구나! 생각하는 밤이다.

세종문화회관 미술관에서 작품을 찾아서 나올 때 Queen의 Bohemian Rhapsody 음악이 들렸다.

발길을 멈추고 들었다. 음악이, 미술이… 사람들에게 주는 마음은 같을까? 오늘은 10월의 마지막 날이다. 나는 나에게 명령했다. 11월5일까지 작품 완성할 것! 6일에 스튜디오 가서 촬영할 것! 아니면 아무것도 못 함!!

새도 나처럼 가까스로 살아가요
먼동이 트면 나보다 먼저 일어나 하늘을 날아요
어느 시인의 말처럼
새가 자유를 찾아 푸른 하늘을 나는 것은 아니에요
새는 먹이를 찾아 하루 종일 가까스로 하늘을 날 뿐…

- 정호승, '가까스로'

이틀을 나갔더니 힘들어 작업실로 가지 못했다

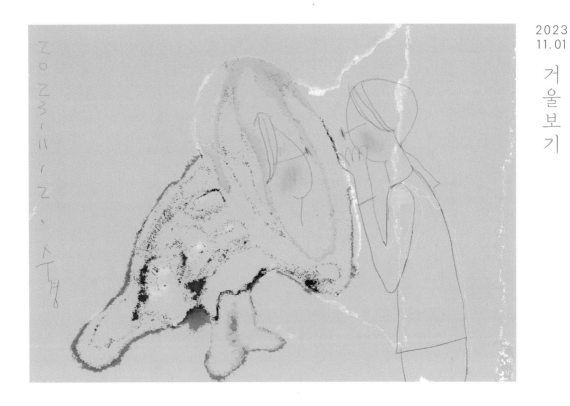

그 너머 하늘은 쪽빛 하늘
참새들도 새파랗게 얼어서 돌아옵니다

- 이시형, '십일월'

벌써 11월이 되었다. 나는 오늘 거울을 화판에 맞추어 만들어 달라고 주문했다. 100-4에
새처럼 생긴 거울도 그려 넣었다. 어제 만난 대학 동기의 전화를 받았다. 얼굴이 왜 그래?
아픈 것 아니지? 나를 자주 본 친구는 얼굴에 핑크색이 나타나고 20~30%만 더 좋아지면
될 것 같다고 했으나, 몇 년 만에 만난 친구에겐 아직도 많이 아픈 사람 같은 얼굴색이다.
"나는 사람 됐다고 생각하는데..." 하고 말했다. 개인전에 어떻게 손님을 맞아야 하지?

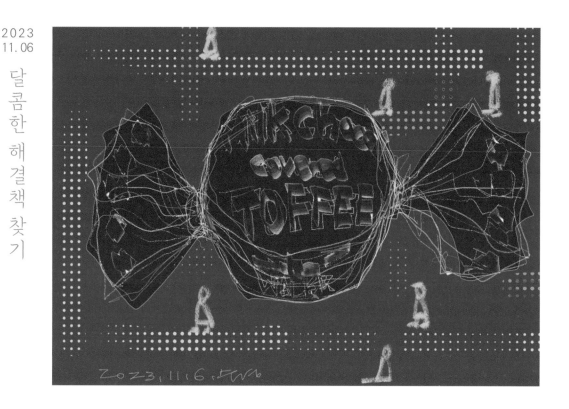

나는 쉬운 문제 먼저 풀고, 어려운 문제를 나중에 푸는 스타일인가 보다. 그림 그릴 때 잘 모르겠는 것이나 하기 싫은 것을 끝까지 남겨 놓다가 마지막에 쫓겨서 그리고 나면 아쉽기도 하고, '에라 모르겠다 더 이상 못한다!' 하는 마음으로 끝을 맺는다. '혹시나 시간에 쫓겨 초인적인 힘이 나올까?' 하는 기대심리가 있을지도 모른다. 어려운 숙제를 며칠 동안 하고 있다. 내일은 진짜 끝낼 수 있다.

"감당할 수 없다고 생각하는 문제는 단지 어려운 과제에 불과하다. 모든 과제는 반드시 해결책을 갖고 있다."

- 보도 섀퍼

이 말을 믿어보자.

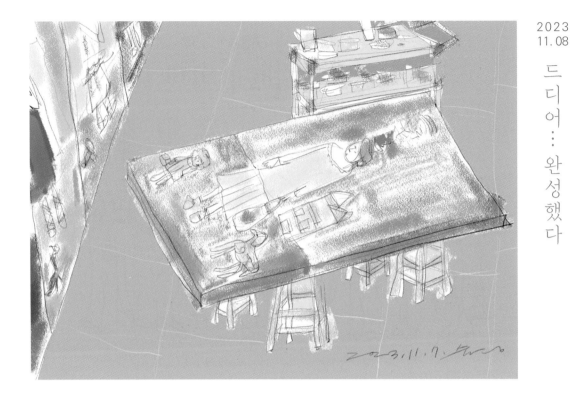

99% 완성했다. 지금은 옆면을 칠하고 있고, 내일 아침에 100-5 할머니 손과 장난감 오리에 실을 연결하면 끝난다. 엄청 오래 그린 것 같았는데 5월29일부터 채색을 시작했으니 5달 동안 그렸다. 한 달에 100호 1점씩? 오늘 계산해 보고 알았다. 에이~ 모르겠다. 나는 여기까지인가 보다.

내 가슴은 파도 아래에 잠겨 있고
내 눈은 파도 위에서 당신을 바라보고 있고…
우리는 서로를 건너편 끝에 앉혀놓고 테이블 위에 많은 것을 올려놓지
주름 잡힌 푸른 치마와 흰 셔츠, 지구본, 항로와 갈매기, 물보라, 차가운 걱정과 부풀려진 돛, 외로운 저녁별을

- 문태준, '수평선'

나는 5달 동안 수평선을 마주했고, 많은 것들을 올려놓았다.

어젯밤에는 스튜디오에서 찍고 온 한 작품에 미련이 남아 좀 더 그려야 하나? 고민했다. 오늘의 계획은 노트북 들고 카페에 가서 내일 인쇄소에 가져갈 자료 준비하려다가… 초대받은 작가가 오픈에 가지 않는 것은 예의가 아닌 것 같아 한국미술관으로 달려갔다. 가기를 참 잘했다. 올 때는 장맛비처럼 비가 내렸다. 한국화 작가들은 변화와 불변의 경계에서 각자 열심히 작업하고 있다. 오늘 좋은 말씀을 많이 들었지만…

"바람이 불지 않을 때 바람개비를 돌리는 방법은 앞으로 달려 나가는 것이다."

- 데일 카네기

김춘옥 선생님께서 우리들은 바람개비를 들고 언덕을 내리달리는 절박함으로 작업에 임한다고 관장님께 말씀하셨다. 기억하기 위해 작업실에 바람개비 하나 만들어 놓을까?

100-1, 2, 3, 4와 거울 100-5를 유리창에서 마주 보이는 곳에 걸어야 할지, 비스듬히 보아야 하는 곳에 걸어야 할지... 생각하고 있다. 처음부터의 계획은 유리창에서 마주 보이는 곳이었는데, 갤러리가 사선으로 되어 있어 어떤 느낌일지 모르겠다. 내일 인쇄소에 감리 보러 갔다가 다시 한번 가봐야겠다.

"당신은 할 수 있는 사람이니까. 하는 일마다 잘 될 사람이니까."

- 전승환 에세이, '당신이 어디에 있든 무엇을 하든 하는 일마다 잘 되리라'

전시장 평면도를 보면서 갑자기 걱정이 많아진 나! 겁없이 덜컥 계약했나 보다.

인쇄 감리는 사장님께 맡기기로…

전철 안에서 관찰하기 &

젊은사람

나이든 사람

머리, 모자, 옷무늬, 색깔,

다리모양

다리 모양

← 관찰자

2023.11.14.ㅂ녕

오늘 아침에 인쇄소에 감리를 보러 갔다.

나 : 처음부터 "괜찮은데요?"

사장님 : 세 번이나 "다시.... 바꾸고..."

결론은 사장님께 맡기는 것이 옳다. 전문가는 사장님!

나 : "다음부터는 사장님께 부탁드립니다."

사장님 : "모든 인쇄는 다 내가 봐요."

파란색은 인쇄에서 어렵다는 것을 알고 왔다. 갈 때는 지하철 안에서 젊은 여자들을 그렸고, 올 때는 경로석의 할머니들을 그렸다. 오늘은 다리 모양을 관찰했고, 경로석 노인들의 옷도 관찰했다. 무늬가 없으면 안 된다.

"아름답고 싶어. 아름다운 것을 보고 싶어. 아름다워지고 싶어서 행동하고 싶어. 눈에 띄지 않는 조용한 용기를 가지고 싶어. 그렇게 빛나는 색깔을 가지고 싶었는데..."

- 유혜빈, '마시멜로우 시리얼'

162×16x3cm 거울 옆면을 칠했다. 거울에도 바다가 있고, 하늘이 있으면 좋겠다고 생각했다. 내가 그렸던 바다색과 하늘색을 칠하고 보니 6mm 5겹의 하늘과 바다가 거울 옆면에 들어왔다. 옆면을 누가 본다고… 그래도 칠하고 싶다.

조금만 품을 팔아 날아가면 연못도 있고 / 냇물도 있고 강도 있고 계곡물도 있을 터인데 / 어쩌자고 간장 종지 만 한 물에 모여 법석을 떠는 것일까

아, 나는 기어이 그 답을 찾고 말았는데, / 맷돌 위에 내려앉은 하늘 때문이었다

그 하늘 한 조각씩 나누어 참새들은 깃털을 씻고 / 하늘 한 조각씩 나누어 물을 마셨던 것이다 / 작은 몸에 연못은 냇물은 계곡물은 맞지 않았던 것

제 몸에 맞는 가난한 하늘로 목을 적시고 / 제 몸의 크기에 맞는 하늘로 새는 노래한다 / 돌 위에 고인 하늘 한 조각씩 떠안고 새들이 돌아가고 / 이윽고 고요한 저녁이 왔다

- 복효근, '고요한 저녁'

광활한 우주를 생각하면 인간은 너무나 작은 존재임을 깨닫는다

긴
장
이
풀
렸
나
보
다
…

요 며칠 아침 일찍 일어나 일을 보았더니 오늘 오후, 서 있어도 눈이 감기는 현상을 맛보았다. 그래서 자고 일어났다. 긴장이 풀어졌나 보다.

오전에는 피부과에 갔다 왔고, 갤러리에 자료를 보냈고, 달력을 배달받았다. 나를 아는 지인들에게 2024년을 선물하는 느낌!

눈에 띄지 않는 조용한 용기를 가지고 싶어…
힘 빼고 있으면 더 잘 굴러간다는 걸 이제는 알지
그러니 어린애처럼 안달할 필요는 없는 거라고
무지개 모양 마시멜로우를 골라내며 생각하지

- 유혜빈, '마시멜로우 시리얼'

차의 부품을 구하지 못해서 차가 없다. 하필이면 전시 앞두고... 추쿤프트 선생님이 차 빌려주셔서 액자 문제를 해결했다. "내일 찾으러 오셔야겠는데요..." "저 차를 빌려서 왔어요. 오늘 해주시면 안 될까요?" "그럼 기다리세요. 난롯가 옆에 앉아서 기다려요" 액자를 만들어 집에 왔다. 그곳에서 무반사 아크릴 액자를 보았다. "아크릴도 무반사가 있어요?" 가격은 내 그림 크기면 내 아크릴 액자 가격의 20배를 지불해야 한다. "그림 좀 봐도 될까요?" "그럼요. 보세요." 아크릴 판에 붙어 있는 종이를 떼어 보여주셨다. 잘 팔리는 작가였다. 확실히 그림이 묵직하고 돋보였다. "아! 멋져요. 저는 언제쯤 이런 고급 아크릴 액자를 써보게 될까요?" 사장님께서 나에게 "그림 좋아요" 하셨다. 액자집 사장님 말씀에 기분이 좋아졌다.

"키가 웃자란 잡초를 헤치며 걷노라면 아침 노동이 시작되는 밤나무 밑에 다다르고, 나는 한낮에 분주한 햇빛의 노동을 생각한다... 나는 알고 있다. 수많은 세대가 좀 더 무거운 흙의 혼처럼 햇볕 아래 땀 흘리다 한낮 밤나무의 웅웅대는 힘 속으로 들어갔음을... 길은 밤나무를 지나 뻗어 있고, 누군가 웃자란 풀들의 이슬을 털며 숲의 더 깊이로 들어간 자취가 보인다..."

- 김진경, '밤나무 밑에 서서'

자 가 발 전 해 야 만 끝 까 지 가 는 사 람 이 구 나 !

개인전 준비를 하다가... '나는 자가발전을 하고 있는데, 발전기가 멈추면 더 이상 아무것도 할 수 없구나!' 하는 생각이 들었다. 오늘 인사동 화방에 가서 액자를 맞추고 돌아왔다. 몸이 안 좋아 정신이 멍한 상태로 이런저런 일들을 보았는데 결국 저녁엔 누워버렸다. 그래도 다행인 것은 전시 기간에 이러면 안 되는 거니까 힘을 보충하는 시간을 가져야겠다.

어딘가 도착하기 위해선
바람을 탄 채 바람에 저항하며
스스로 방향을 만들어야 한다는 것

그보다 묵직한 장엄은

날기 위해선 어딘가에 발 디뎌야 한다는 것
날개는 발 다음이라는 것

- 김선우, '새처럼 자유롭고 싶다고?'

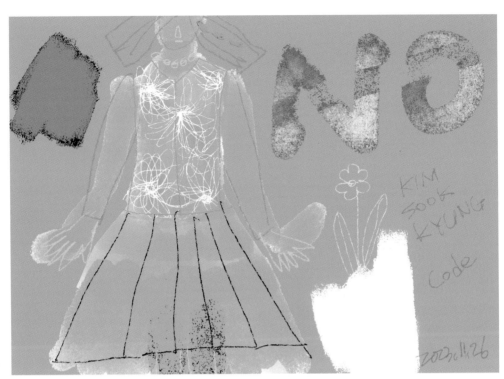

KIM
SOOK
KYUNG

code

2023.11.26

5m 드로잉 자료를 찾다가 보니 제목이 '김숙경 code'였다. 2020년에 그린 이 드로잉이 자꾸 생각났던 것은 이런 이유였을까? Re-code 제목을 생각한 건 올해 초였는데… 잠시 깜짝 놀랐다.

"인간의 깊은 내면에는 잠자고 있는 힘이 있다. 그 힘은 그가 소유하고 있으리라고는 꿈에도 생각하지 못한, 그 자신도 깜짝 놀랄 힘이다. 일단 그 힘을 깨워서 실행에 옮기면…"

- 오리슨 스웨트 마튼, '석세스' 창간자

다음 말은 "그의 삶에 혁명을 불러일으킬 것이다."였는데 나에게 붙일 말은 아닌 것 같아서 뺐다. 그러나 참 좋은 말이다. 나의 내면을 사랑해야겠다.

그림 속 NO는 남편의 내 그림 참견! 화가도 아니면서…

나다움의 서사

김숙경 code, 145×500cm, 캔버스 천에 수성펜, 2020

어느 할머니의 독백

전시장을 한 바퀴 돌고, 돌아서는 사람들의 얼굴은 영화 한 편 보고 나오는 사람들 같이 느껴진다. 내가 설명을 하지 않았는데 내가 무엇을 말하려고 했는지 느끼는 사람들이 많이 계시다. 거울을 왜 놓았는지 정확히 이해하시는 분들, 할머니를 그릴 때 내 마음을 같이 느끼시는 분들...

오늘 할머니들을 모시고 온 ○○학교 선생님의 부탁으로 그림 설명도 해드렸고, 단체 사진에도 찍혔다. 다른 할머니들이 돌아서서 나가시는데도 나의 100-4(젖을 물리고 있는 엄마와 아기) 그림 '생의 찬미 4 - 누군가를 이렇게 사랑한 적이 있을까?' 작품 앞에서 한참을 서 계시며 독백처럼 하신 말씀, "내가 삶을 다시 돌아간다면 이 그림으로 돌아가고 싶어." 그 말씀이 찡~ 하게 들려왔다. '품안의 자식'이란 말이 떠올랐다.

두 살 때보다 네 살 때 더 밉고
네 살 때보다 여섯 살 때 더 말 안 듣고
열여섯 살 때보다 서른다섯 살 때
더 속 썩이는 이런 사람
질리도록 사랑해 주는 사람
이런 사람 달리 없습니다
엄마밖에는

- 노진희, '서른다섯까지는 연습이다'

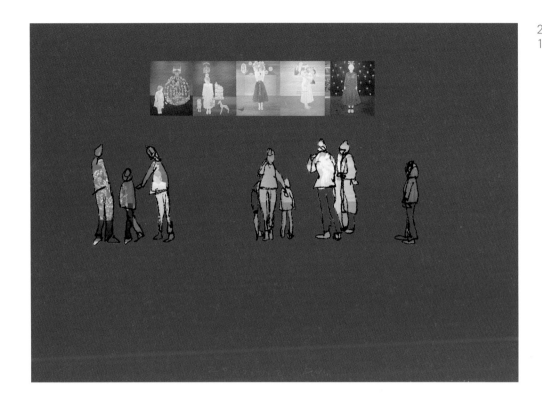

내 그림을 보고 마음속에 그림을 담아가는 사람들을 보는 일이 즐겁다. 모두 다른, 각자의 그림이 있다. 나는 그림을 그리는 동안 산을 넘고, 또 넘고, 또 넘었다. 내가 그림에 담은 이야기를 할 때 사람들은 귀를 쫑긋 세우고 듣는다. 산을 넘어온 그림이라 그랬을까?

산은 산이 아니다 산은 더 이상 산이 아니다…
산은 더 이상 산이 아니라 신비다 신비가 아니라면…

무슨 힘으로 저 산 넘고 또 넘었겠나,
신비가 아니라면, 지금 이 산이 다 무슨 소용 있겠나…

- 박규리, '산, 신비'

Photo credit: Myunghe Kim Han

나다움의 서사

Photo credit: Myunghe Kim Han

Re-code

세상은 code(암호, 부호)로 구성되어 있다.
Re-code는 과거에 만들어진 code를 찾아 풀고(decode),
다시 만들고(encode), 새롭게 만드는 과정을 의미한다.
남들이 만들어 놓은 과거의 코드로 다른 사람과 소통할 수 있다면
내가 세상의 중심이 될 수 있다.

나는 한국화를 통해 세상을 읽고,
세상을 다시 쓰며 소통하고 싶다.

- 김숙경

2년 동안 준비했던 개인전이 6일 전시되고 끝났다. 셀 수도 없이 많은 분들이 보아 주셨고, 공감해 주셨다.

1. 같은 그림을 보고 기분이 좋아진다는 분들도 계셨고, 우시는 분들도 계셨다. 인물화 그림이 주는 힘일까? 우셨던 분들은 분명 좋아질 것이다. 왜냐하면 자신을 돌아보았기 때문이다. 내가 그랬듯이…

2. 또 하나의 소득은 한국화가 이렇게 색이 아름다울 수 있냐고 하시는 분들이 많았다. 한국화에 대한 고정관념은 생각보다 컸다.

저 그루터기로 보아 베어내기 아까웠던
한때 참 잘 자랐던 나무인 걸 한눈에 알아봤어요
한 아름도 넘는 밑동이 곧게 자랐을 거란 믿음 같은 거…
아무래도 그루터기 나무는 어데 멀리 간 것이 아니라
숲이 내준 환한 슬픔의 자리에 앉아있는 듯해요
나도 이렇게 그루터기 나무와 함께 앉아보는 슬픔으로요

- 최창균, '앉아있는 나무'

나는 오늘 한 사람을 안아 주었다.

Seoul Art Guide 2024년 1월호 Exhibitions Review

[2023. 11. 29.-2023. 12. 5.] 갤러리이즈에서의 내 전시가 소개되었다.

"작가의 화면은 매우 정치하다. 이를 통해 전해지는 정서와 감성은 매우 여리고 섬세하다. 작가는 Re-code, 즉 보여지는 세상의 타인에 의한 수많은 행위와 현상에 대해 자신만의 해석을 통해 자아의 중심을 찾고자 한다. 그것은 마치 작가의 화면처럼 대단히 조심스럽고 은밀하다. 수많은 붓질과 시간의 축적을 통해 구축된 화면의 깊이는 매우 안정적이다. 채색화 특유의 장점과 특질을 내밀한 사유와 연계시켜 효과적으로 확장시킨 예이다."

- 김상철 미술평론가

여자의 일생을 그렸다

여자의 일생을 그렸다. 바다와 하늘을 배경으로 선택했다. 한 번도 같은 바다와 같은 하늘이 없으니, 우리들의 삶과 같다. 엄마로부터 받은 색동 실타래가 세상을 살아가는 동안, 삶에서 얻게 된 여러 가지 색들이 더해져 할머니가 되어 보니 아름다운 검정색이 되었다. 젖먹이는 엄마와 할머니 사이에는 길고 좁은 거울이 있다. 전시장에서 나의 그림을 보는 사람들 모두가 주인공이 되며 나의 그림은 완성된다.

나다움의 서사 - 하루를 그림에 담다

초판 1쇄 인쇄 2024년 5월 8일
초판 1쇄 발행 2024년 5월 13일

글그림 김숙경
펴낸이 김재광
펴낸곳 솔과학
편 집 다락방
영 업 최희선
디자인 miro1970@hatmail.com
등 록 제02-140호 1997년 9월 22일
주 소 서울특별시 마포구 독막로 295번지 302호(염리동 삼부골든타워)
전 화 02)714-8655
팩 스 02)711-4656
E-mail solkwahak@hanmail.net

ISBN 979-11-92404-78-3 03800